SCHUTZ FÜR OLIVIA

RED TEAM – STAHLHARTE BESCHÜTZER
BUCH ZWEI

RILEY EDWARDS
OPERATION ALPHA

WILLKOMMEN

Liebe Leserinnen und Leser,

willkommen in der Fan-Fiction-Welt von *Special Forces: Operation Alpha*!

Falls Sie diese Welt zum ersten Mal betreten, sollten Sie wissen, dass die Autorin in ihrer Erzählung einen oder mehrere meiner Charaktere verwendet. Manchmal spielt die Figur dabei eine wichtige Rolle in der Geschichte, und zuweilen wird sie nur kurz erwähnt. Das ist völlig legal und erlaubt, da der Roman von Aces Press, LLC veröffentlicht wird.

Dieses Buch ist vollständig das Werk der Autorin. Zwar habe ich beim Brainstorming geholfen und Ideen eingebracht, wenn es darum ging, welche meiner Figuren in der Erzählung erwähnt werden würden, aber ich hatte weder Einfluss auf den Schreibprozess noch auf die Bearbeitung der Geschichte.

Ich bin stolz und begeistert, dass meine Figuren so

viel Anklang finden und viele Autorinnen und Autoren ihnen in ihren eigenen Erzählungen Platz schaffen. Vielen Dank, dass Sie sie und mich unterstützen!

Viel Spaß beim Lesen!

Susan Stoker xoxo

ANMERKUNG DER AUTORIN

Bevor Sie dieses Buch lesen …

Danke, dass Sie sich für den Kauf von *Schutz für Olivia* entschieden haben. Ich bin überglücklich, in Susan Stokers *Special Forces: Operation Alpha* Universum mitwirken zu dürfen. Seit vielen Jahren bin ich ein Fan von Susan und habe jedes ihrer Bücher (mehrfach) gelesen. Obwohl ich mein Bestes getan habe, um ihren Originalcharakteren treu zu bleiben (denn sie sind einfach fantastisch), bin ich nicht Susan. Daher habe ich die Figuren so wiedergegeben, wie ich sie als Leserin erlebt habe. Ich möchte, dass alle Fans der SOP-Reihe das Gefühl haben, alten Freunden zu begegnen, wenn sie die Geschichten von Tex, Wolf, Abe und Caroline lesen. Ich hoffe, dass ich Susans geliebten Charakteren gerecht geworden bin. Aber vergessen Sie bitte nicht, dass ich mir auch einige Freiheiten genommen habe.

Ich hoffe, Sie genießen die Welt, die ich für Sie erschaffen habe, so sehr, wie ich es geliebt habe, sie zu gestalten.

PROLOG

»Bist du sicher?«, fragte Timothy Clark erneut.

»Zu hundert Prozent. Die Anrufprotokolle aus dem Gefängnis wurden gelöscht. Ich habe es mehrfach überprüft«, schnaubte Violet.

Die Frau war keine Idiotin. Bei Weitem nicht. Sie hatte sechs Jahre lang in der Verhaltensanalyseeinheit des FBI gearbeitet, bevor sie zur CIA gewechselt war, in der ihre Talente optimal genutzt wurden. Aus diesem Grund war meine Wahl auf sie gefallen. Zudem war sie schwach und nicht klug genug, um sich aus ihrer jetzigen Situation zu befreien.

»Also schön«, antwortete Timothy, bevor er sich mir zuwandte. »Es ist alles bereit«, informierte er mich unnötigerweise, als hätte ich Violet nicht über den Lautsprecher hören können.

»Hervorragend. Darf ich?« Mit einer Geste forderte ich ihn auf, mir das Telefon zu geben.

Er tat wie geheißen, ohne mit der Wimper zu

zucken. Timothy Clark war ein Narr und hatte offenbar keinen Selbsterhaltungstrieb. Da er uns nun nicht mehr von Nutzen sein würde, war es an der Zeit, ihn loszuwerden. Ich legte das Handy auf den Tisch, wobei ich darauf achtete, den Anruf nicht zu unterbrechen. Dann zog ich meine Browning M1911 aus dem Holster und richtete sie auf Timothys Kopf.

Der Schuss hallte durch den Raum und ich genoss das Klingeln in meinen Ohren. Es erinnerte mich an meine Zeit bei der Armee. Damals hatte ich Bolivien die Treue geschworen, bis mein Land mir den Rücken zugewandt hatte. Ich hatte jedoch jemanden gefunden, der meine Fähigkeiten zu schätzen wusste. Immerhin war ich zum Töten ausgebildet worden, da konnte ich mein Talent doch nicht einfach vergeuden.

»Oh Gott. Was war das?«, fragte Violet am anderen Ende der Leitung.

»Die Pläne haben sich geändert, Miss Meyers. Sie werden von jetzt an direkt mit mir zusammenarbeiten«, informierte ich sie.

»Wo ist Timothy?«, wollte sie wissen.

Blöde Ziege. Es war mir unbegreiflich, warum die Leute ständig Fragen stellten, auf die sie die Antwort bereits kannten.

»Er ist tot. Ich werde mich bald wieder melden.« Bevor sie etwas erwidern konnte, trennte ich die Verbindung und verstaute Timothys Handy in meiner Tasche.

»Beseitigt die Sauerei«, rief ich Juan zu. »Wickelt ihn in eine Plastikplane und steckt ihn in die Wand.«

Bei dem Gedanken an das Mädchen, das mit einer verwesenden Leiche im Zimmer sitzen würde, musste ich unwillkürlich lachen. »Ihr könnt eine Trockenbauwand hochziehen und die Stelle mit dem Tapetenrest überdecken.«

Ich hatte dieses Haus wegen seiner abgeschiedenen Lage gewählt und in einer Zwangsversteigerung erworben. Die Bank hatte die Strom- und Wasserversorgung wieder in Gang gesetzt, nachdem es auf den Markt gebracht worden war. Für meine Zwecke eignete es sich perfekt. Es sah aus, als hätten die Vorbesitzer es gerade frisch renoviert. Drei der vier Wände waren frisch tapeziert, doch die vierte war abgetragen worden. Es hätte ein wunderschönes Heim werden können. Zu schade, dass es nicht mehr stehen würde, wenn ich erst einmal damit fertig war.

»Carlo?«, rief ich einem meiner Männer zu. »Bist du bereit? Es ist Zeit, das Mädchen zu holen und nach Hause zu bringen.«

KAPITEL EINS

LEO

Meine Güte, ich würde meine Schwester umbringen. Ständig stellte sie irgendetwas an, was mir die Haare zu Berge stehen ließ. Jedes Mal schob sie ihren Freunden die Schuld in die Schuhe, aber ich wusste genau, dass sie die Rädelsführerin war. Arabella musste nur einen Ton von sich geben, und die Leute lagen ihr sofort zu Füßen. Das war schon immer so gewesen. Und je älter sie wurde, desto schlimmer wurde es. Mittlerweile war sie einundzwanzig und völlig außer Kontrolle.

Meine Mutter täte gut daran, sie so schnell wie möglich unter die Haube zu bringen, damit ein anderer mitten in der Nacht aufspringen und ihre Kaution bezahlen konnte. Heute wurde sie wegen Hausfriedensbruch und Zerstörung von Eigentum verhaftet. Für Bellas Verhältnisse war das noch harmlos. Ihr nagelneuer Jeep Wrangler war von oben bis unten mit

Schmutz bedeckt und von der Polizei beschlagnahmt worden, nachdem sie und ihre idiotische Clique, von Ma auch gern *Giamope* genannt, beschlossen hatten, auf einem Privatgrundstück ein Schlammrennen zu veranstalten. Sie hatte Glück, dass ich den diensthabenden Polizisten kannte, der den Papierkram schnell bearbeitet hatte. Hätte das Ganze nur fünf Minuten länger gedauert, hätte ich sie die Nacht in der Arrestzelle verbringen lassen. Ich war erschöpft und wollte nur noch ins Bett.

Mein Handy vibrierte in meiner Tasche, doch ich ignorierte es. Wahrscheinlich war es Ma, die mir erzählen wollte, dass sie ihre einzige Tochter Arabella genannt hatte, weil der Name übersetzt so viel hieß wie »Erhörung ihrer Gebete«. Als sie nach drei Jungs tatsächlich ein Mädchen bekommen hatte, waren ihre Gebete zwar erhört worden, doch heutzutage war Ma der Meinung, dass sie sie wohl eher nach dem Teufel hätte benennen sollen. Mit dieser Einschätzung lag sie nicht falsch. Ich liebte meine kleine Schwester, aber sie war für ihre Mitmenschen eine Bedrohung. Jedes Mal wenn Arabella verhaftet wurde, führten wir dieselbe Unterhaltung.

Mein Handy vibrierte erneut. Wider besseres Wissen zog ich es aus der Tasche und warf einen Blick auf das Display. Verdammt, wenn Garrett um zwei Uhr nachts im Büro saß, dann war etwas im Busch. Auf jeden Fall war es wichtiger als Ma, die sich nur über ihre Namenswahl beschweren wollte.

Ich ließ meinen Finger über das Display gleiten, um

das Handy zu entsperren, und gab meinen Sicherheitscode ein.

»Ja.«

»Tut mir leid, dass ich mitten in der Nacht anrufe, aber Tex hat sich gemeldet. Er ist bei seinen Nachforschungen auf einige interessante Informationen gestoßen. Offenbar spitzt dein Fall sich immer mehr zu und die Kacke ist am Dampfen. Wir treffen uns in der Scheune. Ich rufe Z an«, schnaubte Garrett.

Ich mochte den Kerl. Er schwang keine langen Reden und kam immer direkt zum Punkt. Obwohl er immer zum Scherzen aufgelegt war, war er sofort bei der Sache, wenn es ernst wurde. So wie jetzt.

Während der vergangenen drei Wochen hatten wir versucht, Olivia Cox aufzuspüren. Sie war die einzige Tochter von Pamela Cox, die die Assistentin der First Lady und darüber hinaus deren beste Freundin war. Für gewöhnlich würde Z Corps einen derartigen Auftrag nicht annehmen. Vor allem würde ein einfacher Vermisstenfall nicht den besten Agenten des Unternehmens zugewiesen werden. Das Red Team übernahm eigentlich nur streng geheime Missionen höchster Prioritätsstufe, die unsere einzigartigen Fähigkeiten erforderten. Doch als der Präsident der Vereinigten Staaten Zane um einen persönlichen Gefallen gebeten hatte, hatte er ihn nicht abweisen können. Anfangs hatte ich vermutet, das verwöhnte fünfundzwanzigjährige Partygirl sei nur auf Sauftour und würde in Las Vegas einen draufmachen. Aber ihre Mutter war krank vor Sorge, und das bedeutete, dass auch die First Lady, Clarissa Anderson, beunruhigt war. Und wenn Mrs. Anderson etwas Kopfschmerzen bereitete, dann würde der Präsident Abhilfe schaffen, damit seine Frau wieder ruhig schlafen konnte.

So viel zum Thema Schlaf. Ich hatte meinen Schlüssel bereits ins Schloss gesteckt und war meinem Bett so nahe. Doch es würde warten müssen. »Verstanden, ich bin in zehn Minuten da«, antwortete ich.

Dann war die Leitung tot. Ich steckte mein Handy in die Tasche, zog meinen Schlüssel aus dem Schloss und ging zurück zu meinem Wagen.

Um diese Uhrzeit war die Fahrt durch die Innenstadt von Annapolis ein Kinderspiel. Es waren weder viele Fahrzeuge unterwegs, noch zogen irgendwelche Fähnriche durch die Straßen, die einen Abend lang eine Auszeit von der Marineakademie genossen. Sobald ich das Zentrum hinter mir gelassen hatte, ließ ich den Motor aufheulen und erfreute mich an dem lauten Grollen meines neu installierten Auspuffs. Ich hoffte inständig, dass wir lange genug in den Staaten sein würden, damit ich hin und wieder eine Spritztour würde unternehmen können.

Zane besaß einen sicheren Unterschlupf am Ufer des South River. Auf den ersten Blick war dieser lediglich eine heruntergekommene Scheune auf einem zwei Hektar großen Grundstück, doch darunter befand sich ein Keller, der einem Atombunker glich. Er war voll ausgestattet mit einer Waffenkammer, Schlafplätzen, Lebensmitteln und Wasservorräten. Wenn nötig, wäre es ein Leichtes, jemanden dort zu verstecken. Zudem verfügten wir dort über eine abhörsichere Leitung.

Als ich vor dem Gebäude eintraf, sah ich, dass Z und Garrett bereits dort waren. Zanes Rover und Garretts Motorrad GSX R750 parkten neben einer schwarzen Limousine und einem Porsche Panamera, beide mit Washingtoner Kennzeichen. Allmächtiger, es war nie ein gutes Zeichen, wenn uns jemand aus D. C. einen Besuch abstattete.

Voller nervöser Anspannung stellte ich den Motor ab. Ich fragte mich, was zum Teufel so wichtig war, das ein Treffen mitten in der Nacht erforderte. Ja, ich war müde und hatte schlechte Laune. Ich ging zur Tür der Scheune, legte vier Finger auf den biometrischen Scanner, der unauffällig unter einer Box angebracht war, die wie ein Schlüsselkasten aussah, und wartete ungeduldig darauf, dass mir der Zutritt gewährt wurde. Das Schloss wurde entriegelt und ich betrat die staubige alte Scheune, die mit Strohballen, Pferdeställen und sogar dem erdigen Moschusgeruch perfekt getarnt war. Ich machte mir nicht die Mühe, das Licht einzuschalten, da ich schon hundertmal hier gewesen war und genau wusste, wo sich die Tür zum Keller befand.

Ich gab meinen achtstelligen Code ein und unterdrückte ein Niesen, wobei es jedoch egal war, ob ich einen Laut von mir gab oder nicht. Jeder im Keller wusste vermutlich bereits, dass ich hier war. Das Alarmsystem hätte sie in dem Moment auf meine Anwesenheit aufmerksam gemacht, in dem ich auf das Grundstück gefahren war.

Meine Schritte hallten im Treppenhaus wider, als ich nach unten ging und dann vor der letzten Tür stehen blieb. Ich hielt mein Gesicht dicht vor den Netzhautscanner und verfluchte Z insgeheim, weil er ein regelrechter Sicherheitsfanatiker war. Niemand gelangte uneingeladen in das Allerheiligste irgendeines Gebäudes seiner Firma.

Alle Augen richteten sich auf mich, als ich den Raum betrat. Sofort verwarf ich jegliche Hoffnung, in nächster Zeit eine Mütze voll Schlaf zu bekommen.

»Panther. Schön, dich zu sehen, mein Junge«, meldete sich eine schroffe Stimme zu Wort.

»Mr. President. Die Freude ist ganz meinerseits, Sir«, antwortete ich.

Ich ließ den Blick durch den Raum schweifen und stellte fest, dass Tom Anderson lediglich ein zweiköpfiges Sicherheitsteam mitgebracht hatte, das aus Gerald und Aaron bestand. Der Präsident hatte die schlechte Angewohnheit, sich vom Gelände des Weißen Hauses zu schleichen und nur seine persönlichen Leibwächter mitzunehmen. Ich glaube, als der zuständige Secret Service Agent das letzte Mal versucht hatte, mit ihm darüber zu sprechen, hatte der Präsident ihn freundlich daran erinnert, dass er selbst eine Zeit lang als Spezialagent bei der CIA gearbeitet hatte. Es wäre gut möglich, dass Tom während der Unterhaltung ein paar Schimpfwörter hatte fallen lassen, um dem Agenten zu verstehen zu geben, wohin er sich seine Bedenken stecken konnte. Er war durch und durch ein harter Kerl.

Peter Newton stand etwas abseits und wirkte trotz seiner gebügelten Jeans und seines Polohemds ungepflegt und deplatziert. Ich hatte den Justizminister noch nie ohne einen teuren Designeranzug gesehen.

Es fiel mir immer noch schwer zu glauben, dass Zane und Tom befreundet waren. Ich kannte meinen Chef nun schon eine ganze Weile, aber ich hatte erst vor Kurzem herausgefunden, wie eng seine Beziehung zum Präsidenten tatsächlich war.

Genau genommen hatte ich es während unserer letzten Mission erfahren. Dabei waren streng gehütete Geheimnisse über eine fehlgeschlagene russische Operation, die zur Gefangennahme und Folter von Jasmin Parker und Zane geführt hatte, ans Licht gekommen. Jasmin hatte als Folge der Folter ihr Gedächtnis verloren. Allerdings wusste ich nicht recht, ob ich erleichtert sein sollte, weil ich Jasmin nun nicht mehr hinsichtlich der Vergangenheit belügen musste, oder ob ich immer noch wütend war, weil Zane und Lincoln uns ebenfalls einige Informationen vorenthalten hatten. Niemand aus unserem Team hatte gewusst, dass Zane einen Bruder hatte. Vor allem hatten wir nicht geahnt, dass Lincoln Parker, alias Ghost, besagter Bruder war. Zudem war der Präsident der Vereinigten Staaten auch Jasmins Onkel. Der vergangene Monat war also ziemlich lehrreich gewesen.

»Leo. Ich bin froh, dass du hier bist«, sagte Zane, der am anderen Ende des Raumes stand.

»Ist der Transport unterwegs?«, fragte der Präsident an Gerald gewandt.

»Ja, Sir. Voraussichtliche Ankunft in zwei Minuten«, antwortete er.

»Gut, gehen wir nach oben«, befahl Tom.

Wortlos setzten die Leibwächter sich in Bewegung. Garrett folgte ihnen mit zwei sandfarbenen Blackhawk Kuriertaschen über der Schulter. Ich wusste, dass er nicht weniger als vier Laptops und einen Tablet-PC in diesen Taschen verstaut hatte. Der Kerl verlieh dem Wort *Computerfreak* eine ganz neue Bedeutung.

Zane folgte dem Präsidenten und dem Justizminister, hielt an der Tür inne und drehte sich zu mir um. »Alles in Ordnung?«, fragte er.

»Alles bestens«, antwortete ich. »Wohin gehen wir?«

»Wir statten Tex einen Besuch ab.«

»In Pennsylvania?«, erkundigte ich mich. Ich hatte noch nie erlebt, dass Tex jemanden zu sich nach Hause eingeladen hatte.

»Ja.«

»Wer hat ihn angerufen?«, wollte ich wissen.

»Er hat uns angerufen. Offenbar ist er auf etwas gestoßen, worüber er mit uns nur von Angesicht zu Angesicht sprechen kann. Er hat die Anwesenheit des Justizministers erbeten. Tom rief an und sagte, er würde uns begleiten.«

»Verdammt, das bedeutet sicher nichts Gutes. Garrett hat erwähnt, dass Tex Informationen über den Fall Cox hat«, teilte ich Zane mit. »Eine Sache noch.

Woher wusste Tom, dass der Justizminister hier sein würde?«

»Das ist die Millionen-Dollar-Frage. Ich hasse es, im Dunkeln zu tappen. Hoffentlich findet Garrett mehr heraus, bevor wir in Pennsylvania landen. Wenn Tex um ein Treffen bittet, muss irgendetwas schiefgelaufen sein. Jeder weiß, dass er seine Geschäfte lieber über das Darknet oder das Telefon abwickelt. Verdammt, ich habe den Kerl nur einmal persönlich getroffen, und das auch nur, weil sein Freund namens Wolf Informationen von mir brauchte. Nichtsdestotrotz hat der Justizminister uns heute Abend von sich aus angerufen und wollte sich ebenfalls mit uns treffen.«

»Hat er gesagt weshalb?«, fragte ich.

Ich selbst war Tex noch nie persönlich begegnet. In der Vergangenheit hatten wir einige Male zusammengearbeitet, aber er hatte uns lediglich Informationen über einen sicheren Server geliefert. Zane hatte sicher recht. Wenn der Mann ein persönliches Treffen angefordert hatte, dann konnte etwas nicht stimmen.

»Peter hat heute Abend eine E-Mail erhalten. Er weigerte sich, die Nachricht weiterzuleiten, und wollte, dass Garrett sie ausschließlich auf seinem Laptop ansieht. Garrett hat sie überprüft und den Absender ermittelt. Mach dich auf was gefasst, Bruder. Das wird eine lange Nacht – der Präsident, der Justizminister und Tex.« Z hielt inne und schüttelte den Kopf. »Ich habe ein schlechtes Gefühl bei der Sache.«

Als wir aus der Scheune traten, setzte der Eurocopter EC155 gerade zur Landung an. In dem

Hubschrauber fanden acht Männer normaler Größe Platz. Sowohl Z als auch ich selbst waren fast ein Meter neunzig groß, und Toms Leibwächter waren nicht viel kleiner. In der Maschine würde es eng werden, aber glücklicherweise würde der Flug nicht lange dauern.

Garrett kletterte als Erster hinein. Zweifellos wollte er sofort an die Arbeit gehen und beginnen, das Darknet nach Informationen zu durchforsten. Ich hingegen wollte nur ein kurzes Nickerchen machen, bevor die Hölle losbrach.

In weniger als einer Minute waren alle an Bord und wir hoben ab.

KAPITEL ZWEI

OLIVIA

Mir tat alles weh. Muskeln, von deren Existenz ich nicht einmal etwas gewusst hatte, schrien protestierend auf, als ich versuchte, mich aufzusetzen. Aufgrund des Schlaf- und Nahrungsmangels hämmerte mein Schädel unaufhörlich, und ich musste würgen, als mir der allgegenwärtige überwältigende Gestank von verrottendem Müll und … irgendetwas anderem in die Nase stieg. Es war jedoch schwer zu sagen, woher dieser andere Geruch rührte, da mein Haar mit Erbrochenem verkrustet war. Ich konnte mich nicht daran erinnern, wann sie mir das letzte Mal erlaubt hatten zu duschen. Es musste Tage her sein, aber vielleicht waren es auch Wochen.

Zu Anfang hatte ich mich täglich waschen dürfen und hatte ein Essenstablett bekommen. Nachdem der Wärter mich jedoch dabei erwischt hatte, wie ich versuchte, das Schloss meiner Handschellen mit einer Plastikgabel zu knacken, wurden mir sowohl die Nahrung als auch das Bad und sogar der Ausblick verweigert. Die Fenster waren mittlerweile mit Sperrholzlatten zugenagelt, sodass nicht einmal ein Hauch Tageslicht in den Raum fiel. Ich hatte weder eine Ahnung, wie spät es war, noch konnte ich abschätzen, wie viele Tage vergangen waren, seit die Fenster abgedeckt worden waren.

Falls die Wachen sich an ihren üblichen Zeitplan hielten, war es bereits Mittag. Neben mir standen eine kleine Flasche Wasser und eine Dose Gemüsesaft. Offenbar sollte ich davon leben.

Ich öffnete die Wasserflasche und trank zaghaft einen kleinen Schluck in der Hoffnung, dass mein Magen nicht dagegen aufbegehren würde. Mein Körper war dehydriert und flehte mich förmlich an, alles auf einmal hinunterzustürzen, doch ich wusste, dass ich meine Flüssigkeitszufuhr rationieren musste, da ich nur diese eine Flasche bekommen würde.

Rufe vor der Tür ließen mich aufschrecken und ein Tropfen Wasser spritzte in mein Gesicht. Was hätte ich nicht alles dafür gegeben, mir die Flasche über den Kopf zu gießen und mir den Dreck aus Gesicht und Haaren zu spülen. Aber das kam nicht infrage. Wenn ich etwas mit dem Wasser reinigen würde, dann war es mein Handgelenk. Obwohl das sicher auch nichts mehr bringen würde. Die Handschellen hatten rote Striemen auf meiner Haut hinterlassen, die sich in eine offene Wunde verwandelt hatten, aus der nun Eiter quoll. Sie war zweifellos infiziert, daher war es sinnlos, sie zu säubern. Aber ich konnte den ekelhaften Anblick nicht ertragen und musste sie dennoch waschen.

Das Geschrei draußen wurde immer lauter. Diese verdammten Idioten brüllten und prügelten sich täglich. Wahrscheinlich waren sie die schlechtesten Entführer in der Geschichte der Menschheit. Sie mussten doch wissen, dass ich ein Niemand war. Meine Mutter arbeitete zwar als Assistentin der First Lady im Weißen Haus, aber niemand würde seine politische Karriere aufs Spiel setzen, um die entführte Tochter einer einfachen Angestellten zu retten. Ganz zu schweigen von der Tatsache, dass die Regierung kein Lösegeld zahlen würde.

Ich legte mich wieder auf den harten Holzboden und richtete den Blick auf die Wand auf der gegenüberliegenden Seite des Raumes. Dabei versuchte ich, die Rufe auszublenden, indem ich mich auf den einen Fleck an der ansonsten makellosen schwarz-weiß gemusterten Damasttapete konzentrierte. Meistens gelang es mir dadurch, meine Mitte zu finden und zu meditieren, und manchmal malte ich mir aus, wie ich meine Entführer töten würde.

Mir war klar, dass es dazu nie kommen würde. Ich würde in diesem Raum sterben und hatte mich bereits damit abgefunden. Meine Mutter tat mir leid. Sie würde mich vermissen und sich die Schuld für mein ausschweifendes Verhalten geben. Tatsächlich war sie eine großartige Mutter, die einfach nie viel Zeit für mich gehabt hatte. Aber ich konnte mir ihrer Liebe stets sicher sein. Zweifellos würde ich auch meiner einzigen wirklichen Freundin fehlen. Erin hatte sich Sorgen um mich gemacht und versucht, mir verständlich zu machen, dass ich zu viel trank. Und was hatte ich getan? Ich hatte sie von mir gestoßen. Und zwar nicht, weil sie unrecht hatte, sondern weil sie recht hatte. Ich war nicht bereit gewesen, mich der Realität zu stellen, denn dann hätte ich mir eingestehen müssen, wie sehr ich alle enttäuscht hatte. Bei unserer letzten Unterhaltung hatte ich ihr gesagt, sie solle sich um ihren eigenen Mist kümmern und mich nie wieder anrufen.

Nun war ich in diesem abscheulichen Raum gefangen, sah meinem Tod entgegen und bereute jedes böse Wort, das ich ihr je an den Kopf geworfen hatte. Doch das würde sie nie erfahren, denn ich würde allein in diesem Zimmer sterben. Entweder würden meine Entführer mich irgendwann umbringen oder die Infektion an meinem Handgelenk würde mir den Rest geben. Ich hatte die Arschlöcher angefleht, meine andere Hand in Handschellen zu legen, damit meine Schulter sich entspannen und die Wunde heilen konnte, aber sie hatten sich geweigert.

Je mehr ich mich bemühte, mich auf den Fleck an der Wand zu konzentrieren, desto schlimmer wurden die Kopfschmerzen. Seit Jahren praktizierte ich Yoga und übte mich in Meditationstechniken, doch im Moment schien nichts zu helfen. Meine Gedanken schweiften immer wieder ab, während dieser Fleck zu einer Besessenheit wurde.

In meiner Situation konnte ich nichts anderes tun, als nachzudenken, und ich war zu dem Schluss gekommen, dass dieser Raum frisch tapeziert war. Als die Kerle mich am Tag meiner Entführung hier untergebracht hatten, hatte ich den Kleister riechen können. Warum zum Teufel sollte jemand einen Raum tapezieren, in dem er eine Geisel festhielt? Ich begann zu glauben, dass sie das hässliche Muster gewählt hatten, um mich verrückt zu machen. Mir wurde schwindelig, wenn ich es nur ansah. Jetzt war da ein roter Fleck an der Wand. Entweder hatte ich den Verstand verloren oder er wurde jedes Mal, wenn ich ihn anstarrte, größer.

Das Geräusch von Schüssen riss mich aus meinen Gedanken. Ich kauerte mich an die Wand und rollte mich zu einer Kugel zusammen. Dabei betete ich zu Gott, dass die Arschlöcher, die mich entführt hatten, sich gerade gegenseitig umbrachten. Angestrengt spitzte ich die Ohren und versuchte zu verstehen, was sie sagten. Leider sprach ich nur sehr wenig Spanisch und konnte lediglich bestimmte Wörter ausmachen. Ich wusste jedoch, dass das Arschloch, das mich entführt hatte, Englisch sprach. An dem Abend, an dem ich ihm in der Kneipe begegnet war, hatten wir uns eine ganze Weile unterhalten. Nun wechselte der Scheißkerl kein einziges Wort in meiner Muttersprache mit mir, sondern sprach ausschließlich Spanisch.

Ich würde in diesem Zimmer sterben.

KAPITEL DREI

LEO

Sobald wir landeten, erhielt Z eine Nachricht von Tex mit den Koordinaten eines Treffpunkts, den er als »den Imbiss« bezeichnete. Als wir den Ort erreichten, stellte sich heraus, dass es sich dabei tatsächlich um ein verlassenes Restaurant mitten im Nirgendwo handelte.

»Sir, ich muss Ihnen davon abraten einzutreten. Wir haben dieses Gebäude nicht überprüft«, sagte Gerald, dem diese Reise ganz offensichtlich nicht behagte.

»Blödsinn. Ich habe alles im Griff«, entgegnete Tom.

»Aber Sir.«

»Ich sagte, ich habe es im Griff, Gerald. Ende der Diskussion«, beteuerte der Präsident.

Mit diesen Worten stiegen wir alle aus dem Geländewagen, der am Landeplatz für uns bereitgestanden hatte. »Mr. President, wenn es Ihnen nichts ausmacht, werde ich zuerst hineingehen, während Sie mit Gerald hier warten«, schlug Z vor.

Dies war nicht unser erster gemeinsamer Einsatz mit Tom. Gerald und Aaron taten mir wirklich leid, denn es war sicher nicht leicht, den Präsidenten zu bewachen, solange dieser die Angewohnheit hatte, aus der Reihe zu tanzen.

»Herrgott, wie oft muss ich euch noch daran erinnern. Ich heiße Tom, einfach nur Tom. Im Moment sind weder das Pressekorps noch irgendwelche Angestellten des Weißen Hauses zugegen. Wir sind hier unter Freunden«, erwiderte der Präsident beharrlich. »Außerdem vergesst ihr offenbar, dass ich ein Kampfschwimmer bei der Navy war. Ich habe schon als Froschmann gedient, bevor das Wort SEAL überhaupt erfunden wurde. Verdammte Kaulquappen.«

Ich hatte Schwierigkeiten, mir ein Lachen zu verkneifen. Mit seinem kleinen Wutausbruch erinnerte Tom uns daran, dass er einst als Froschmann dem Kampfmittelräumdienst der US-Marine angehört hatte, der der Wegbereiter der Marinekommandos für Spezielle Kriegsführung war. Die Kampfschwimmer waren knallharte Kerle, die im Vietnamkrieg den Vietcong das Fürchten lehrten. Jeder Soldat einer Spezialeinheit, sei er noch aktiv oder bereits außer Dienst, wusste genau, welchen Platz diese Männer in der Geschichte der SEALs einnahmen, und respektierte sie dafür. Tom war der einzige Mensch, der es sich erlauben konnte, Z als Kaulquappe zu bezeichnen. Es war urkomisch. Irgendwann würde sich mir eine Gelegenheit bieten, Zane damit aufzuziehen. Obwohl es mir zweifellos eine Tracht Prügel einbringen würde, würde es sich auf jeden Fall lohnen.

Tom zog eine Sig Sauer P226 aus dem Holster unter seinem Jackett und richtete sie auf die Tür. »Wenn ihr Jungs jetzt fertig seid mit eurem Gequatsche über meine Sicherheit, dann lasst uns endlich loslegen.«

»Hooyah«, brüllte Z lachend.

Gerald und Aaron gingen voran und betraten das Restaurant, dicht gefolgt von Garrett und dem Justizminister. Tom reihte sich hinter ihnen ein, während Zane ihm den Rücken freihielt. Ich bildete die Nachhut.

»Kommen Sie nach hinten«, drang eine Stimme mit einem breiten Südstaatenakzent hinter der Schwingtür hervor, die zur Küche führte.

Ein Mann, der Tex sein musste, stand vor einem behelfsmäßigen Arbeitsplatz mit mehreren Computern. Sofort wurden fünf Waffen auf ihn gerichtet. »Immer noch das übervorsichtige Arschloch, wie ich sehe.«

»Vertrauen ist gut, Kontrolle ist besser, alter Freund. Ist der Ort sicher?«, wollte Z wissen.

Ich ließ den Blick durch den Raum schweifen und bemerkte die große topografische Karte auf der Anrichte. Auf drei der fünf Monitore waren Geheimdienstberichte und weitere Karten zu sehen. Die beiden anderen zeigten Überwachungsbilder von der

Außenseite des Imbisses und dem Landeplatz, auf dem unser Hubschrauber aufgesetzt hatte.

»Ja, es ist sicher«, antwortete Tex. »Danke, dass ihr euch die Mühe gemacht habt hierherzukommen. Einige Dinge würde ich nicht einmal über die sicherste Leitung der Welt besprechen.« Tex straffte die Schultern und wandte sich dem Präsidenten zu. »Mr. President.«

»John Keegan. Es ist mir ein Vergnügen, Sie endlich kennenzulernen, ich habe schon viel von Ihnen gehört. Bitte nennen Sie mich Tom.«

»Wohl kaum, Sir«, erwiderte Tex mit einem leisen Lachen.

»Ich wünschte wirklich, ihr alle würdet endlich lernen, mich mit meinem Vornamen anzusprechen, wenn wir unter uns sind.« Der Präsident stieß ein Seufzen aus und ich musste unwillkürlich lächeln. Ich erinnerte mich noch gut an den Moment, in dem der Präsident mir zum ersten Mal die Leviten gelesen und von mir verlangt hatte, ihn Tom zu nennen. Damals hatte ich es für einen Scherz gehalten.

»Tex, das ist Panther.« Z deutete auf mich und stellte ihm dann auch die anderen Anwesenden vor. »Gerald und Aaron sind Toms Leibwächter. Garrett ist mein betriebseigener Geheimdienstspezialist, und das ist Peter Newton, der Justizminister.«

Tex reckte das Kinn in die Höhe und musterte uns einen nach dem anderen abschätzend. Einmal ein SEAL, immer ein SEAL. Nur weil jemand aus dem Militärdienst ausschied, bedeutete das nicht, dass seine

Ausbildung verloren ging. Wir standen zwar alle auf der gleichen Seite, aber man konnte nie vorsichtig genug sein.

»Da wir nun die Höflichkeitsfloskeln hinter uns gebracht haben, könntest du uns verraten, warum wir hier sind?«, fragte Z.

Leider hatte Garretts Recherche während des Fluges nichts ergeben. Wir alle waren neugierig zu erfahren, worauf Tex gestoßen war.

Ich studierte die Karte auf der Anrichte und sah, dass darauf der Potomac im Westen und die Chesapeake Bay im Osten abgebildet waren. Zwischen den beiden Gewässern lag Scotland, Maryland, etwa einhundertdreißig Kilometer südlich von Annapolis. Auf der Karte war jedoch nirgendwo ein bestimmter Ort eingezeichnet.

»Eigentlich bin ich nur durch Zufall darauf gestoßen. Ich war gerade in einem Chatroom, um einen Informationsvermittler unter die Lupe zu nehmen, als jemand über Pamela Cox und ihre Tochter sprach. Nachdem Zane uns mitgeteilt hatte, dass Olivia vermisst wird, habe ich es mir genauer angesehen.«

»Wann war das?«, wollte ich wissen.

»Vor ein paar Stunden«, antwortete Tex. »Normalerweise hätte ich es einfach gemeldet und mich dann wieder an die Arbeit gemacht, aber es gab auch Gerüchte über die First Lady.«

»Was ist mit meiner Rissa?«, knurrte Tom.

»Offenbar wurden private E-Mails zwischen ihr und Pamela Cox gehackt«, erklärte Tex.

»Wie bitte?«, brüllte Z. »Garrett, finde die Schwachstelle.«

»Das habe ich bereits. Es war ein Insiderjob. Ein Analyst der CIA namens Timothy Clark hat sich Zugriff verschafft«, berichtete Tex.

»Hat er eine Spur hinterlassen?«, fragte Garrett.

»Ja, sie führt nach Langley«, antwortete Tex.

Garrett klappte seinen Laptop auf und begann, fieberhaft auf den Tasten herumzuhämmern. Seit unserem letzten Einsatz suchte er nach Timothy Clark, doch der Mann schien wie vom Erdboden verschluckt zu sein.

»Clark ist nicht mehr bei der CIA. Er hat sich aus dem Staub gemacht. Wir haben seinen Bruder eliminiert«, sagte Zane.

»Ich habe davon gehört. Nightstalker hat ihrem Ruf alle Ehre gemacht und wie immer hervorragende Arbeit geleistet. Du hast sie gut ausgebildet. Es ist eine Schande, dass wir Deepweb336 nicht auf unsere Seite ziehen konnten.« Tex sprach von unserer letzten Mission, bei der Jasmin Parker, die einzige Frau in unserem Team, einen Kerl mit dem Decknamen Deepweb336 ausgeschaltet hatte. »Er war ein verdammt guter Hacker. Die CIA hätte seine Fähigkeiten gebrauchen können. Zu schade, dass er ein Arschloch war und sein Land verraten hat. Sein Bruder ist fast so gut wie er, allerdings ist seine Arbeit schlampig. Er hat eine Spur hinterlassen. Als er die E-Mails gehackt hat, war er in ein CIA-Netzwerk eingeloggt. Wenn ihr mir erzählen wollt, dass Clark nicht mehr für die Behörde arbeitet, dann muss es einen weiteren Spion geben.«

»Ich will, dass er gefunden wird, Zane!«, rief Tom. Dann wandte er sich wieder an Tex. »Und was ist mit den E-Mails?«

»Sie waren persönlicher Natur, Sir.«

»Wie persönlich?«

»Persönlich von Pamelas Seite. Sie hat die First Lady um Rat gebeten«, antwortete Tex.

Tom versteifte sich, und plötzlich herrschte eine angespannte Stimmung im Raum. Der Präsident sah aus, als könnte er jeden Moment einen Schlaganfall erleiden. Ich warf einen Blick auf Z, dem Toms Reaktion nicht entgangen war.

»Mr. Newton, Sie haben heute Abend in meinem Büro angerufen und ein Treffen mit dem Team erbeten«, sagte Zane.

»Ja. Mir wurde gesagt, dass ich Sie anrufen soll, falls ich jemals ein Problem haben sollte«, antwortete Peter. Er bedachte Zane mit einem flehenden Blick und fummelte nervös am Saum seines Polohemdes herum.

»Ich werde Ihnen auf die Sprünge helfen, Peter. Gibt es eine Leiche? Und wenn ja, wer ist sie und wo haben Sie sie zurückgelassen? Und um Himmels willen, sagen Sie mir bitte, dass Sie ein Wegwerfhandy benutzt haben, als Sie sie bestellt haben«, sagte Zane.

Peter riss schockiert die Augen auf. »Nein! Da ist keine Leiche. Ich habe keine Prostituierte bestellt.« Peter spuckte das Wort förmlich aus, als würde es ihn anwidern. »Wie ich Garrett bereits erklärt habe, habe ich heute Abend um dreiundzwanzig Uhr eine E-Mail erhalten. Zuerst dachte ich, es sei ein Scherz, aber dann verwies der Absender auf einen Namen, den ich in allen Berichten, die ich dem Justizministerium habe zukommen lassen, persönlich geschwärzt habe. Das einzige Exemplar, in dem dieser Name sichtbar ist, wurde dem Präsidenten von mir persönlich übergeben, und die digitale Kopie befindet sich in meinem Tresor.« Peter hielt inne und sah den Präsidenten an.

Tom warf daraufhin einen Blick auf Z. Dieser nickte verständig und wandte sich Tex zu, um ihn einen Moment lang zu betrachten. Zufrieden sah er wieder Tom an und nickte erneut.

»Sie können frei sprechen, wir sind zu hundert Prozent sicher. Zane und sein Team sind loyal und wenn Zane Tex als vertrauenswürdig erachtet, dann tue ich das ebenfalls«, erklärte der Präsident.

Das war eine gewaltige Geste. Für gewöhnlich vertraute Zane niemandem, außer den Leuten, die er beschäftigte.

»Was hast du herausgefunden, Garrett?«, wollte er wissen.

»Ich weiß, woher die E-Mail verschickt wurde«, antwortete Garrett und zeigte auf die Karte auf dem Bildschirm. »Der Absender sitzt in Scotland, Maryland. Sagt euch dieser Ort etwas? Wer auch immer die E-Mail gesandt hat, hat sich keine große Mühe gegeben. Die Nachricht wurde weder umgeleitet noch sonst irgendwie verschlüsselt, um mich über mehrere IP-Adressen und Proxy-Server rund um den Globus zu führen. Entweder ist der Kerl irgendein Junge aus der Highschool oder es ist eine Falle. Niemand stellt eine Lösegeldforderung und gibt seinen Standort preis.«

»Darum geht es hier also? Um eine Lösegeldforderung? Was haben sie in der Hand?«, wollte Zane wissen.

Ich war mir sicher, dass Zane im Geiste bereits Peter Newtons Lebenslauf durchforstet hatte. Aber der Kerl war Witwer, hatte keine Kinder und seine Eltern waren verstorben.

»In der E-Mail steht, dass sie meine Tochter haben«, antwortete Peter. »Aber ich habe keine Kinder. Wer auch immer diese E-Mail geschickt hat, muss sich im Adressaten geirrt haben. Tatsache ist jedoch, dass jemand den Namen eines hochrangigen Gefangenen kennt und weiß, dass ich besagte Person in Gewahrsam habe. Ganz zu schweigen davon, dass offenbar jemand irgendjemandes Tochter entführt hat.«

Irgendetwas passte nicht zusammen. Auf keinen Fall würde jemand versuchen, Geld oder Informationen von dem Justizminister der Vereinigten Staaten zu erpressen, ohne sich zuvor zu vergewissern, dass die entführte Person tatsächlich mit ihm verwandt war.

»Verdammte Scheiße! Wir müssen eine Pause von etwa dreißig Minuten einlegen. Zane, ich will dich draußen sprechen.« Mit diesen Worten machte Tom sich auf den Weg zur Schwingtür und schüttelte den Kopf, als sein Sicherheitspersonal ihm folgen wollte. »Ich brauche einen Moment Privatsphäre.«

»Was wissen Sie, Tom?«, fragte Peter.

Tom hielt inne und wandte sich Peter zu. »Sie haben eine Tochter. Olivia Cox ist Ihr Kind.«

»Dann hat Pamela mich angelogen?«, flüsterte Peter. »Als sie mit einem Baby aus Europa zurückkam, habe ich sie gefragt, ob es von mir ist. Sie sagte, sie hätte in Paris jemanden kennengelernt.«

»Es tut mir leid, Peter. Sie hat gelogen, Olivia ist Ihre Tochter«, wiederholte Tom.

»Was stand in Pams E-Mail?«, wollte Peter von Tex wissen.

»Sir?« Tex warf Tom einen fragenden Blick zu. Dieser nickte und senkte den Kopf. Ich hätte wetten können, dass der Präsident bereits wusste, was darin stand. »Pamela ist schwer krank. Sie hat die First Lady um Rat gebeten und sie gefragt, wie sie Ihnen Olivia am besten vorstellen soll. Bevor ihr Gesundheitszustand sich verschlechtert, wollte sie reinen Tisch machen. Ich muss sagen, in diesem Punkt stimme ich Garrett zu. Es war viel zu einfach, den Hack zurückzuverfolgen. Irgendetwas stimmt da nicht. Die E-Mails wurden von jemandem in Langley gehackt, aber die Nachrichten im Chatroom kamen aus Scotland in Maryland.«

Verflucht. Die Sache wurde immer komplizierter. Peter stand schweigend da und starrte ins Leere. Er sah aus wie ein Mann, für den gerade eine Welt zusammengebrochen war. Ich hatte Mitleid mit ihm. Es musste schrecklich sein herauszufinden, dass die Frau, die er liebte, ihn belogen und ihm sein Kind vorenthalten hatte.

»Wir werden sie zurückholen, Peter«, sagte Tom. »Tex, ich danke Ihnen für Ihre Hilfe. Gerald wird Ihnen meine persönliche Nummer geben. Falls Sie in Zukunft etwas brauchen, rufen Sie mich an. Ich bin Ihnen etwas schuldig.«

Zane verließ mit dem Präsidenten die Küche und gab mir ein Zeichen, ihnen zu folgen. Hinter mir hörte ich noch, wie Garrett eine Reihe von Flüchen ausstieß. Ich hätte darauf gewettet, dass er versuchte, jede nur erdenkliche Information auszugraben. Garrett war ein Informationsjunkie und ein Weltklasse-Hacker. Es konnte durchaus gefährlich werden, ihn mit Tex zusammen in einem Raum zurückzulassen. Ich bezweifelte nicht, dass die beiden in der Lage wären, die gesamten Vereinigten Staaten innerhalb weniger Sekunden in höchste Alarmbereitschaft zu versetzen.

»Soll ich den Rest des Teams hinzuziehen?«, fragte Zane an Tom gewandt.

»Ja, und zwar umgehend.« Der Präsident senkte die Stimme. »Du musst mir einen Gefallen tun. Völlig inoffiziell. Wenn irgendetwas davon nach außen dringt, endet das in einem politischen Desaster. Wer auch immer Olivia entführt hat, hat den Namen eines Mannes, von dem die USA jede Kenntnis abgestritten haben. Ich *persönlich* habe geleugnet, etwas von seiner Gefangennahme und Inhaftierung zu wissen.«

»Kein Problem«, antwortete Zane, ohne zu zögern.

KAPITEL VIER

»Sauber!«, rief jemand auf der anderen Seite der Tür.

Ein paar Sekunden später hörte ich Schüsse. Ich lauschte angestrengt, ob sonst noch jemand Englisch sprach.

»Alles sauber, Viper«, ertönte die Stimme wieder.

Langsam wurde die Tür zu meinem Zimmer geöffnet. Mit wild klopfendem Herzen hielt ich den Atem an und machte mich darauf gefasst, mich zu verteidigen. Wenn nicht einer der Kerle von der anderen Seite des Raumes auf mich schoss, würde ich ihm die Augen auskratzen und ihm die Eier abreißen. Da ich ohnehin sterben würde, konnte ich die Scheißkerle auch noch etwas leiden lassen.

Im nächsten Moment betrat eine hochgewachsene Gestalt den Raum. Ich hatte noch nie einen so großen Mann gesehen. Er war von Kopf bis Fuß in Schwarz gekleidet und hatte das Gesicht mit einer schwarzen Maske verhüllt. In der Hand hielt er ein Gewehr, das aussah wie eine Militärwaffe, und zielte in meine Richtung. Für einen Augenblick dachte ich daran, mich tot zu stellen. Vielleicht würde er einfach die Tür wieder schließen und mich hier zurücklassen.

Es kam mir wie eine halbe Ewigkeit vor, als er langsam auf mich zu schlich. Er hatte sein Gewehr zwar gesenkt, aber ich bemerkte, dass sein Finger noch am Abzug lag. Mir blieben nur wenige Sekunden, bevor er die Waffe wieder auf mich richten würde.

Er kniete sich neben mich und strich mir sanft das verkrustete Haar aus dem Gesicht.

»Heilige Mutter Gottes. Diese verdammten Barbaren«, murmelte er.

Ich riss die Augen auf und starrte in zwei durchdringende grüne Iriden. Der Mann erinnerte mich an einen schwarzen Panther mit grünen Katzenaugen.

»Olivia?«, fragte er.

Ich wusste nicht recht, ob es eine Frage oder eine Feststellung war, aber ich antwortete dennoch: »Ja.«

»Wir werden dich hier rausholen. Du musst nur noch einen Moment Geduld haben, bis ich dir die Handschellen abgenommen habe«, erklärte er.

»Wo… wohin bringen Sie mich?«, fragte ich.

Das alles lief nicht wie geplant. Eigentlich hätte ich ihm jetzt die Eier abreißen sollen. Ich hatte schreien und um mich schlagen wollen, um zu entkommen. Stattdessen starrte ich wie gebannt in seine Augen. Darin spiegelte sich ein freundlicher und sanfter

Ausdruck wider, der mir das erste Mal seit Langem ein Gefühl von Sicherheit vermittelte.

»Panther, uns bleiben noch drei Minuten«, sagte ein Mann, der plötzlich in der Tür erschien. »Heiliger Strohsack! Hier drin riecht es nach verwesenden Leichen.«

»Verdammt, Blue, du meckerst ständig über irgendeinen Gestank«, ertönte eine weitere Stimme, als ein dritter Mann den Raum betrat.

Wahrscheinlich hätte ich vor Angst zittern und um mich schlagen sollen, doch der Mann neben mir beruhigte mich, indem er mir eine behandschuhte Hand auf den Arm legte. Mit dem Daumen streichelte er sanft über meinen Bizeps.

»Würdet ihr beiden Idioten bitte die Klappe halten«, sagte er und wandte sich dann wieder mir zu. »Wir werden dich nach Hause bringen, Olivia. Deine Mutter macht sich große Sorgen um dich.«

»Meine Mutter?«, fragte ich. »Wie? Wer bist du?«

»Zerbrich dir nicht den Kopf über das Wie, *tesorino*. Du wirst im Nu wieder zu Hause sein. Ich bin Panther, das ist Blue, und der andere Kerl hier ist Breeze.« Die beiden Männer auf der anderen Seite des Raumes nickten mir zu.

»Panther? Das passt«, flüsterte ich. Die Worte kamen mir ungehindert über die Lippen und ich lief vor Verlegenheit rot an.

Panther lachte leise und fragte: »Wirklich, wie das?«

»Als ich deine Augen sah, war mein erster Gedanke,

dass sie wie die eines schwarzen Panthers aussehen«, gestand ich.

»Und ich dachte, es läge daran, dass ich so tödlich und flink wie eine Raubkatze bin«, erwiderte er und zwinkerte mir zu.

Heilige Scheiße, dieser Mann war tatsächlich tödlich, doch das hatte nichts mit den vielen Waffen zu tun, die er am Körper trug. Das Geräusch von Metall, das auf dem Boden aufschlug, lenkte meine Aufmerksamkeit auf mein Handgelenk. Die Wunde sah heute noch schlimmer aus. Mittlerweile hatte sich die Infektion von der Innenseite auf mein gesamtes Handgelenk ausgebreitet.

»Ich will nicht, dass meine Mutter mich so sieht«, platzte ich heraus, als mir schlagartig der Ernst meiner Lage bewusst wurde.

Es war seltsam, mitten in einer Krisensituation schalten sich bestimmte Teile des Verstandes einfach ab, und alles, was zählt, ist das Überleben. Sobald man jedoch einen Anflug von Sicherheit verspürt, stürmen sämtliche Emotionen, die man die ganze Zeit unterdrückt hat, mit einem Mal auf einen ein.

Ich begann zu schluchzen und konnte den Schmutz schmecken, der mit den Tränen über meine Wangen rann. Panther ging in die Hocke, um mich hochzuheben, und ich wurde von Verlegenheit gepackt.

»Ich kann selbst gehen«, sagte ich.

»Nein, *tesorino*, das kannst du nicht. Ich werde dich tragen«, antwortete er.

»Aber, ich … ich stinke. In meinen Haaren klebt Erbrochenes. Ich bin in der Lage zu gehen, ehrlich.«

In Wahrheit glaubte ich nicht, dass ich einen Fuß vor den anderen setzen konnte. Da ich mit den Handschellen an die Wand gefesselt war, hatte ich nicht einmal genügend Platz gehabt, um aufrecht zu stehen. Dennoch war der Gedanken, dass dieser Mann mich im Arm halten würde, während ich nach Erbrochenem müffelte, mehr als beschämend. Zwar hätte ich mich in diesem Moment wirklich nicht darum scheren sollen, aber ich fühlte mich wie ein räudiges Tier.

»Komm schon, hoch mit dir. Halte dein wundes Handgelenk dicht an deinen Körper. Ich möchte, dass du die Augen schließt, sobald wir diesen Raum verlassen. Die Szene da draußen ist nicht sonderlich schön«, wies Panther mich an und ignorierte meine Bemerkung.

Bevor er mich jedoch hochheben konnte, ertönte von der anderen Seite eine Reihe von Flüchen. Panther baute sich umgehend vor mir auf.

Um mich zu schützen.

»So eine Scheiße!«, brüllte einer der anderen Männer.

Ich spähte um Panther herum und sah, dass einer von ihnen vor dem roten Fleck an der Wand stand. Mit behandschuhten Fingern tastete er die Tapete ab.

»Hast du gesehen, was in diese Wand gesteckt wurde?«, fragte er.

Sprach er mit mir? Er wollte wissen, was in der Wand steckte? Was meinte er damit?

»Olivia?«

»Oh. Entschuldigung. Ich verstehe nicht ganz, was du meinst. Seit ich hier bin, hat niemand in dem Zimmer etwas verändert. Am ersten Tag glaubte ich, Tapetenkleister zu riechen, falls euch das weiterhilft«, antwortete ich.

»Wir brauchen noch zehn Minuten. Der Vogel soll warten«, sprach der Mann in ein Funkgerät an seiner Schulter.

»Verstanden.«

Die beiden Männer machten sich daran, die Tapete von der Trockenbauwand zu ziehen. Ich zuckte zusammen, als einer von ihnen ein Loch in die Wand trat und sie begannen, die Gipsplatten herunterzureißen.

»Was zum Teufel?«, fluchte einer von ihnen.

»Ach du Scheiße«, keuchte der andere.

Stück für Stück öffneten sie die Wand, bis etwas zum Vorschein kam, das wie eine durchsichtige Plastikplane aussah. Ich beugte mich vor, um einen Blick darauf zu werfen, doch Panther hielt mich zurück.

»Das willst du nicht sehen«, sagte er.

»Was ist das?«, fragte ich.

Er schüttelte nur den Kopf und stellte sich vor mich, um mir die Sicht zu versperren.

»Panther, du solltest sie nach nebenan bringen. Viper kann auf sie aufpassen.«

»Nein! Bitte lass mich nicht allein«, rief ich.

KAPITEL FÜNF

LEO

Im Raum stank es nach Pisse und verwestem Fleisch.

Olivia zitterte am ganzen Körper und krallte sich an meinen Arm. Je schneller ich sie von hier wegbrachte, desto besser. Das Mädchen war ein Wrack. Ihr blondes Haar war verfilzt und mit Erbrochenem verklebt, und ihr Handgelenk war eindeutig infiziert. Ihr Gesicht hatte einen gräulich blassen Farbton angenommen, der die dunkelroten Ringe um ihre Augen hervorhob. Sie war zweifellos eine hübsche junge Frau, doch im Moment war sie weit entfernt von dem aufgetakelten Partygirl, das ich auf den Fotos gesehen hatte.

»Bitte«, flehte sie.

»*Tesorino*, ich gehe nirgendwo hin«, versicherte ich ihr. »Sie bleibt hier, Blue.«

»Panther …«, warnte Blue.

Ich ignorierte ihn und fixierte Olivia mit einem eindringlichen Blick. »Du musst mir jetzt einen Gefallen tun. Lege dich auf den Boden und schließe die Augen. Ich werde hier bei dir bleiben.«

Olivia nickte und tat wie geheißen.

Nun, da die Jungs ein Loch in die Wand gerissen hatten, war der Gestank der verwesenden Leiche überwältigend. Es überraschte mich, dass Olivia sich noch nicht darüber beklagt hatte. Wahrscheinlich hatte sie sich während all der Wochen, in denen sie in diesen Raum eingesperrt war, an den Geruch gewöhnt.

»Wir müssen gehen«, rief ich, als ich das Geräusch des sich nähernden Hubschraubers vernahm.

Breeze hatte den Rest der Trockenmauer abgerissen und die in Plastik eingewickelte Leiche freigelegt. Blue schnitt das Klebeband durch, mit dem die Leiche aufrecht an den Holzstreben befestigt war. Eigentlich hätten wir diesen Einsatz zügig über die Bühne bringen sollen und hatten nicht damit gerechnet, einen Toten aus der Wand schälen zu müssen. Wir mussten uns wirklich beeilen und so schnell wie möglich von hier verschwinden.

»Ist das Paket bereit?«, ertönte Vipers Stimme mit einem Knistern in meinem Ohr.

»Positiv«, antwortete ich. »Zeit zu gehen, unser Transport ist eingetroffen.«

Blue hatte sich die Leiche bereits über die Schulter geworfen und verließ den Raum. Breeze blieb zurück, um mir Deckung zu geben.

»Wir müssen gehen, Olivia.« Ich wartete, bis sie

mich ansah. »Ich werde dich jetzt hochheben und hier raustragen. Vergiss nicht, die Augen geschlossen zu halten, bis ich dir sage, dass du sie wieder öffnen kannst.«

»In Ordnung«, flüsterte sie.

Ich hob sie hoch und drehte mich zu Breeze um. Mit einem Nicken zog er seine Waffe und trat hinaus in den Flur.

»Das Paket ist unterwegs. Ich wiederhole, das Paket ist unterwegs«, sagte Breeze ins Funkgerät.

Frische Luft schlug mir ins Gesicht und ich atmete tief durch. »Du machst das großartig«, sagte ich zu Olivia. »Wir sind fast da.«

Kaum hatte ich sie einigermaßen beruhigt, wurden wir durch eine gewaltige Explosion von den Füßen gerissen. Ich versuchte, mich in der Luft zu drehen, sodass ich die Hauptlast trug, als wir auf dem Boden aufschlugen. Wir rollten uns ab, wobei ich mich bemühte, Olivias Kopf mit einer Hand zu schützen, wobei meine Finger mit Wucht in den Kies gepresst wurden. Als wir endlich zum Liegen kamen, war sie auf mir. Schnell drehte ich mich und warf mich auf sie, um sie mit meinem Körper zu schützen.

»Bring sie in den Hubschrauber«, schrie Viper.

Noch nie zuvor war ich so dankbar für meinen Gehörschutz wie in diesem Moment. Im Gegensatz zu einigen meiner Kameraden verzichtete ich nie darauf. Die Explosion verursachte ein dumpfes Dröhnen in meinen Ohren, aber das war nichts im Vergleich zu dem, was ich ohne den Schutz hätte ertragen müssen.

Ich blickte auf das, was von dem brennenden Haus übrig war. Überall lagen Trümmer und brennende Holzstücke.

»Los, los, los«, rief Viper und schreckte mich aus meiner momentanen Benommenheit.

Wortlos schnappte ich mir Olivia und sprintete zum Helikopter, während Viper, Blue und Breeze uns Deckung gaben.

Der Pilot startete den Motor und die Rotoren setzten sich in Bewegung. Breeze und Blue waren direkt hinter uns, während Letzterer immer noch die Leiche auf den Schultern trug. Viper, der stets als Erster ausstieg und als Letzter einstieg, sprang hinter Blue in die Maschine.

»Los«, brüllte Viper über den Lärm der Rotorblätter hinweg.

Ruckartig riss Viper sich die schwarze Sturmhaube vom Kopf. Ich hatte keine Ahnung, ob er vor Wut bebte oder ob die Vibration des Hubschraubers für sein Zittern verantwortlich war, aber er war aufgebracht. Mir ging es nicht anders.

»Was zum Teufel war das?«, brüllte Viper.

Ich war mir sicher, dass die Frage rhetorisch gemeint war, aber Blue antwortete dennoch. »Das war absolut beschissen!«

»Ach wirklich? Verflucht«, erwiderte Viper.

Olivia lag immer noch in meinen Armen und rührte sich nicht. Sie wog kaum etwas. Fast hätte ich vergessen, dass sie überhaupt da war. Bei dem ganzen Lärm versuchte ich erst gar nicht, mit ihr zu sprechen, denn sie hätte mich ohnehin nicht hören können. Als ich den Kopf senkte, um sie anzusehen, stellte ich überrascht fest, dass sie zu mir aufstarrte. Sie hatte tiefbraune Augen, die so dunkel waren, dass ich ihre Pupillen nicht ausmachen konnte.

Ich schenkte ihr ein, wie ich hoffte, beruhigendes Lächeln. Eigentlich hätte ich Olivia an Blue übergeben sollen, da er auf das weibliche Geschlecht eine gewisse Wirkung ausübte. Sobald er den Mund aufmachte, stürzten die Frauen sich praktisch auf ihn. Obwohl er wahrscheinlich besser geeignet wäre, Olivia zu trösten, wollte ich derjenige sein, der ihr Schutz bot. Irgendetwas an ihrem Blick zog mich förmlich in ihren Bann.

Vielleicht hatte ich das Mädchen falsch eingeschätzt und sie war gar nicht das verwöhnte Partygirl, für das ich sie gehalten hatte. Möglicherweise stand sie aber auch einfach unter Schock, und der bewundernde Ausdruck in ihren Augen rührte lediglich daher, dass ich sie gerettet hatte, da ich der Erste vor Ort gewesen war. Hätte einer der anderen Männer sie vor mir erreicht, dann hätte sie ihn jetzt genauso angesehen.

Die Scheune war nur etwa hundert Kilometer nördlich von unserem derzeitigen Standort entfernt. Innerhalb einer Stunde würde Olivia sicher zurück auf dem Boden sein, dann würden wir sie versorgen und sie mit ihrer Mutter vereinen.

Ich begegnete Vipers Blick und deutete auf eine Wasserflasche zu seinen Füßen. Nachdem ich den Deckel aufgeschraubt hatte, half ich Olivia behutsam, sich aufzusetzen.

»Trink etwas«, formte ich mit meinen Lippen.

Sie begann, gierig zu schlucken, doch ich schüttelte den Kopf und zog die Flasche zurück. »Langsam.«

Ich setzte die Flasche erneut an ihre Lippen, woraufhin sie nur kleine Schlucke zu sich nahm. Als sie fertig war, schob sie die Flasche von sich und schloss die Augen. Die Arme musste völlig erschöpft sein. Sie war nicht nur gegen ihren Willen festgehalten worden, zu allem Übel würde nun auch das Adrenalin nachlassen.

»Macht euch bereit zur Landung. Wir setzen auf in zwei … eins … Touchdown«, ertönte die Stimme des Piloten über meinen Ohrhörer.

»Danke. Reibungsloser Flug«, erwiderte Viper.

Viper sprang, dicht gefolgt von Blue und Breeze, eilig aus dem Hubschrauber. Ich brauchte einen Moment länger und achtete darauf, Olivia so vorsichtig wie möglich zu transportieren.

Sobald wir den Keller der Scheune betraten, herrschte ein wildes Durcheinander. Die Teammitglieder begannen, sich ihrer Waffen und Ausrüstung zu entledigen, während ein Arzt sich bereits mit einer Liege und Infusionsständern bereithielt.

»Legen Sie sie dorthin«, wies der Doktor mich an.

»Bitte geh nicht«, flüsterte Olivia mit flehendem Blick.

»Ich werde nur beiseitetreten, damit der Arzt dich untersuchen kann«, beschwichtigte ich sie.

»Bitte geh nicht«, wiederholte Olivia diesmal etwas lauter.

Schockiert über den nachdrücklichen Unterton in ihrer Stimme warf ich zuerst einen Blick auf den Arzt und dann meine Teammitglieder. Viper bedeutete mir mit einer Geste, bei ihr zu bleiben, während der Arzt die Lippen zu einer dünnen Linie zusammenpresste. Ich wusste jedoch nicht, ob er sich darüber ärgerte, dass ich ihm im Weg stand, oder ob er Verständnis für Olivias verängstigten Zustand zeigte. Wie dem auch sei, ich würde Olivia auf keinen Fall allein lassen.

»Ich bleibe hier, *tesorino*.«

Es kostete mich einige Mühe, sie langsam und behutsam auf die Liege zu betten. Wenn ich im Einsatz einen Verwundeten auf einer Trage ablegte, dann achtete ich nicht darauf, ihm keine weiteren Unannehmlichkeiten zu bereiten, sondern ließ ihn einfach fallen. Für Vorsicht blieb keine Zeit, da ich mich für gewöhnlich sofort wieder an die Arbeit machen und dem Feind stellen musste. Das klang zwar hart, doch es änderte nichts daran, dass man sich im Kampf und bei Geheimoperationen keinerlei Schwäche erlauben konnte.

So viel Zärtlichkeit ließ ich nicht einmal meiner Mutter zuteilwerden. Aber die Frau war immerhin eine Italienerin. Nachdem sie drei Söhne und eine Tochter großgezogen hatte, die allesamt Teufelsbraten waren, konnte sie nichts mehr erschüttern. Für Gefühlsduseleien hatte sie nichts übrig. Tatsächlich war sie die stärkste Frau, die ich kannte.

Nachdem ich Olivia abgelegt hatte, machte der Arzt sich an die Arbeit.

»Hallo Olivia, ich bin Dr. Westinghouse. Ich bin der Leibarzt des Präsidenten. Er hat mich gebeten, Sie zu untersuchen. Bevor wir beginnen, müssen Sie mir sagen, ob ich die anderen aus dem Raum schicken soll. Ich werde Ihnen einige sehr persönliche Fragen stellen müssen.«

Hatte er den Verstand verloren? Gerade eben hatte ich Olivia versprochen, dass ich nicht von ihrer Seite weichen würde. Auf keinen Fall würde ich jetzt gehen.

Olivia begegnete meinem Blick und hatte einen panischen Ausdruck in den Augen. »Ich werde sie nicht allein lassen, Doc«, erklärte ich.

»Ich möchte, dass er bleibt«, bestätigte Olivia.

Ich bezweifelte, dass Olivia sich nach dem Trauma, das sie erlitten hatte, überhaupt an meinen Namen erinnerte. Wahrscheinlich wollte sie einfach nicht allein sein. Dennoch traf es mich mitten ins Herz, als sie mich mit einem derart flehenden Blick bedachte.

»Also gut. Dann lassen Sie uns beginnen. Ich entschuldige mich im Voraus dafür, dass ich so persönlich werden muss, aber hat jemand Sie sexuell missbraucht?«, fragte Westinghouse.

Bevor Olivia antworten konnte, spürte ich, wie mein Herzschlag sich beschleunigte. Aus irgendeinem mir unerfindlichen Grund erwachte in mir ein unbändiger Beschützerinstinkt. Das Gefühl war so stark, dass es mich fast zu Tode erschreckte. So hatte ich noch nie empfunden, nicht einmal in Bezug auf meine Mutter oder meine Schwester.

»Nein, niemand hat mich unsittlich berührt«, antwortete Olivia.

»Gut. Das ist gut. Warum sagen Sie mir jetzt nicht, wo Sie Schmerzen haben, und dann sehen wir weiter.« Dr. Westinghouse schenkte Olivia ein Lächeln.

Obwohl Olivia bestätigt hatte, dass sie nicht vergewaltigt worden war, wollte dieses Gefühl einfach nicht verebben. Ich wünschte, wir hätten ihre Entführer nicht so schnell ausgeschaltet, denn für das, was sie ihr angetan hatten, hatten sie einen langsamen und schmerzhaften Tod verdient.

KAPITEL SECHS

Ich hatte Schwierigkeiten, mich auf die Fragen des Arztes zu konzentrieren, solange Panther mich mit einem derart durchdringenden Blick fixierte. Mit dem wütenden Gesichtsausdruck und der schwarzen Militärkluft wirkte er wie ein Krieger auf einem Rachefeldzug. Der Anblick hätte mir Angst einjagen sollen, doch stattdessen fühlte ich mich sicher. Solange er an meiner Seite war, würde es nie wieder jemand wagen, mich zu entführen.

»Nun, Olivia, ich würde sagen, alles in allem hatten Sie großes Glück. Für die Infektion an Ihrem Handgelenk werden wir Ihnen intravenös Antibiotika verabreichen, außerdem sind Sie dehydriert und bekommen Flüssigkeit über eine Infusion zugeführt. Glücklicherweise haben Sie keine Knochenbrüche erlitten. Es wird ein paar Wochen dauern, bis die Blutergüsse verschwunden sind, und Sie werden ein paar Tage lang alle zwei Stunden sehr kleine, leicht verdauliche Mahlzeiten zu sich nehmen müssen, bis Ihr Magen sich wieder erholt hat. Aber Sie sind eine zähe junge Frau und werden wieder gesund. Ich weiß, dass Ihre Mutter hier ist und Sie unbedingt sehen will, aber ich wurde darüber informiert, dass Sie sich zuerst waschen wollen. Eigentlich würde ich Ihnen eine Dusche verbieten, da Sie noch zu schwach sind, aber falls Leo mit Ihnen ins Badezimmer geht und Ihnen dabei hilft, Ihre Haare zu waschen, hätte ich nichts dagegen einzuwenden. Wenn Sie fertig sind, werden wir Sie an den Tropf hängen, damit Pamela Sie besuchen kann.«

»Wie bitte? Nein, wer ist Leo?«, wollte ich wissen. Ich hatte keine Ahnung, wer dieser Leo war, doch ich wollte nicht, dass Panther von meiner Seite wich.

»Ich bin Leo, *tesorino*«, erklärte Panther.

»Oh.« Ich spürte, wie mir vor Scham die Hitze in die Wangen stieg.

»Keine Sorge. Es ist nicht leicht, sich all unsere Namen zu merken«, beschwichtigte er mich mit einem Lächeln. »Und jetzt komm, ich helfe dir. Deine Mom hat dir saubere Kleidung mitgebracht.«

Wow, er hatte ein tolles Lächeln. Gerade weiße Zähne und volle Lippen. Das wunderte mich nicht, denn er erinnerte mich an einen Superhelden. Und die Superhelden auf der Leinwand sahen alle umwerfend aus.

Bevor ich ihm erklären konnte, dass ich selbstständig gehen konnte, hob er mich hoch, als würde ich nichts wiegen. Ich hätte protestieren sollen, doch ich brachte kein Wort heraus. Stattdessen vergrub ich mein Gesicht an seiner Schulter und genoss das Gefühl seiner starken Arme um mich.

Ich war in Sicherheit.

Leo trug mich ins Bad und setzte mich auf dem Toilettendeckel ab, als die Tür hinter uns ins Schloss fiel. Das metallische Geräusch ließ mich zusammenzucken und ich ballte die Hände zu Fäusten. Die Sicherheit, die ich kurz zuvor noch in Leos Armen verspürt hatte, wich einer unerklärlichen Angst. Plötzlich hatte ich das Gefühl, wieder in dem schmutzigen Zimmer zu sitzen.

Ich konnte nicht atmen, und je mehr ich mich bemühte, Luft zu holen, desto mehr brannte meine Lunge.

»Ganz ruhig, *tesorino*. Du musst langsam atmen«, befahl Leo.

Doch es funktionierte nicht, ich konnte mich einfach nicht beruhigen.

»Olivia! Versuche, ruhig zu atmen.« Leo ergriff meine gesunde Hand und drückte sie gegen die harte Schutzweste an seiner Brust. »Atme mit mir ein und aus.«

Ich konnte spüren, wie seine Brust sich hob und senkte, und bemühte mich, meine Atmung der seinen anzugleichen.

»Gut. Und jetzt gleich noch einmal. Ganz langsam ein und aus, *tesorino*. Du musst keine Angst haben. Hier drin sind nur wir beide, niemand wird dir etwas antun.« Leo drückte weiterhin meine Hand an seine Weste und atmete so lange mit mir ein und aus, bis das Schwindelgefühl nachließ.

»Ich danke dir«, hauchte ich. Nachdem ich noch ein paarmal tief durchgeatmet hatte, fühlte ich mich schon besser. »Es tut mir leid. Ich weiß nicht, was gerade passiert ist.«

»Du musst dich nicht entschuldigen. Du hattest eine Panikattacke, das ist ganz normal. Wahrscheinlich wirst du das noch häufiger erleben, also ist es gut, wenn du darauf vorbereitet bist. Denke einfach daran, deine Atmung zu verlangsamen, andernfalls wirst du ohnmächtig.«

Wie beschämend. Eine Panikattacke. So etwas war mir noch nie passiert.

»Außerdem sollte ich mich bei dir entschuldigen. Ich sollte es besser wissen und ein Opfer nicht mit einem Fremden in einem Raum einsperren«, fuhr er fort.

Ein Opfer.

Das sah er also in mir. Ich war die Geisel und er der Retter, der das *Opfer* befreit hatte. Wie dumm von mir, in ihm meinen persönlichen Superhelden zu sehen. Wir hatten keinerlei Verbindung zueinander. Ich war nur ein Job, mehr nicht. Ganz sicher hatte meine Mom sich an Mrs. Anderson gewandt und sie um Hilfe gebeten.

Ich sehnte mich nach meiner Mutter.

Ich wollte nur noch, dass sie mich in ihre Arme schloss, damit ich mich sicher fühlen konnte. Sie war der einzige Mensch auf der Welt, der mich liebte und sich um mich kümmerte. Meinen Vater hatte ich nie kennengelernt, da er schon vor meiner Geburt verstorben war. Da meine Mutter mit mir völlig allein war, verließen wir Paris, um in der Nähe meiner Großeltern zu sein. Sie hatte nie wieder geheiratet und sich nicht einmal mit Männern verabredet. Sie sagte, sie habe meinen Vater so sehr geliebt, dass kein Mann jemals das Loch in ihrem Herzen würde füllen können, das er hinterlassen hatte. Angeblich liebte sie ihn sogar noch heute. Ich hoffte, dass ich eines Tages ebenfalls eine Liebe finden würde, die so unerschütterlich sein würde, dass sie sogar den Tod überdauerte.

»Ich habe mich wieder beruhigt und kann mich selbst waschen«, sagte ich vielleicht etwas schroffer als beabsichtigt. Dieser Mann war nicht mein Ritter in strahlender Rüstung, also musste ich mir die Vorstellung aus dem Kopf schlagen. Ich machte mich nur lächerlich und wollte mich nicht emotional an ihn binden.

»Wo warst du gerade mit deinen Gedanken, *tesorino?*«, wollte er wissen und musterte mich mit seinen grünen Augen. Ich hatte das unbestimmte Gefühl, dass ich ihm nicht so einfach etwas vormachen konnte wie den Jungs auf dem College. In ihrer Gegenwart war es leicht, sich dumm zu stellen, denn sie waren nicht so aufmerksam und scharfsinnig wie dieser Mann.

»Warum nennst du mich ständig *tesorino?* Was heißt das?«, fragte ich, weil ich das Thema wechseln wollte.

Ich wusste, dass es Italienisch war, aber es war lange her, seit ich die Sprache gelernt hatte, und ich war ziemlich eingerostet.

»Es bedeutet Schätzchen.« Er legte eine Hand an meinen Ellbogen. »Komm schon, hoch mit dir. Es wird Zeit, dass du dich wäschst.«

Schätzchen? Warum in aller Welt nannte er mich Schätzchen?

Leo half mir aufzustehen. Ich hielt mich am Waschbecken fest und schaffte es, mir die Zähne zu putzen und das Gesicht zu waschen. Mit meinem Haar würde es nicht ganz so einfach werden.

»Entschuldige bitte, aber könntest du mir mit den Haaren helfen? In diesem winzigen Waschbecken kann ich sie nicht waschen.«

Es war tatsächlich viel zu klein, und leider befand sich in dem Zimmer keine Badewanne, über die ich mich hätte beugen können. Hier gab es nur eine kleine Dusche.

Leo sah sich in dem kleinen Raum um und schien seine Möglichkeiten abzuwägen. Ich war kurz davor, ihm zu sagen, dass ich das Erbrochene einfach aus meinem Haar herausbürsten würde. Gegen den Gestank würde es zwar nicht helfen, aber es wäre besser als nichts.

»Vertraust du mir, Olivia? Vertraust du mir wirklich und wahrhaftig?«, fragte er.

Ich war mir nicht sicher, wie ich darauf antworten sollte. Bisher war er sehr nett zu mir gewesen. Offensichtlich arbeitete er für die Regierung oder hatte zumindest irgendwann einmal für sie gearbeitet. Letzteres war natürlich nicht zwingend ein Argument für seine Vertrauenswürdigkeit.

»Das ist keine Fangfrage. Es gibt keine richtige oder falsche Antwort.«

Vielleicht war es dumm von mir, doch letztendlich entschied ich mich, seine Frage zu bejahen. Immerhin hatte er mich aus diesem Drecksloch befreit und mich beschützt, als das Haus explodierte, wobei er das Risiko in Kauf genommen hatte, selbst verletzt zu werden.

»Ich vertraue dir«, antwortete ich.

»Dann werde ich dir beim Duschen helfen. Trägst du unter dem Kleid noch einen BH und ein Höschen?«, wollte er wissen.

Ich traute meinen Ohren nicht. *Hat er mich wirklich gerade gefragt, ob ich ein Höschen trage?* Ich senkte den Blick und betrachtete meine nackten Füße und den zerrissenen Saum des Kleides, das ich seit dem Tag meiner Entführung am Leib hatte. Wie das Schicksal es wollte, war ich nicht beim Joggen in einem sportlichen Outfit und Turnschuhen entführt worden. Nein, ich wurde in einem Nachtklub überwältigt, während ich ein Kleid und Stöckelschuhe getragen hatte. Ersteres war zudem sehr kurz und überließ nur wenig der Fantasie.

»Ich trage ein Höschen, aber keinen BH«, antwortete ich aufrichtig.

»Wir werden Folgendes tun. Ich steige mit dir unter die Dusche, denn du bist zu schwach, um ohne Hilfe aufrecht zu stehen. Zieh alles bis auf dein Höschen aus und ich werde mein T-Shirt und meine Boxershorts anlassen. Aber ich habe eine Regel, und die ist nicht verhandelbar. Ich muss die Tür verriegeln.«

»Warum?«, platzte ich heraus. Zuerst fragte er mich, ob ich ihm vertraute, und nun wollte er die Tür verriegeln. Ich war eine Idiotin.

»Solange ich meine Waffe nicht umgeschnallt habe, muss ich auf Nummer sicher gehen, selbst wenn meine Teammitglieder sich im Raum nebenan aufhalten«, erklärte er.

Ich verstand ihn zwar immer noch nicht ganz, aber ich steckte nicht in seinen Schuhen und hatte noch nie eine Waffe in der Hand gehalten. Und bei genauerer Betrachtung war eine verriegelte Tür nichts im Vergleich zu der Tatsache, dass ich mich mit einem Mann in einem Raum befand, der zum Töten ausgebildet worden war. Wenn er mich also verletzen wollte, würde er dafür nicht zuerst die Tür abschließen müssen.

»In Ordnung«, erwiderte ich schließlich.

»Was ist in Ordnung?«, fragte er.

»Alles«, erklärte ich.

Er war so groß, dass er in dem winzigen Raum nur die Hand ausstrecken musste, um die Tür zu verriegeln. Dann griff er in die Dusche und stellte das Wasser an.

»Halte dich am Waschbecken fest, während ich mich ausziehe«, wies er mich an und streifte seine Weste ab. Ich beobachtete gebannt, wie er sich seiner Pistole und seines Messers entledigte und sie in einem kleinen Regal verstaute. Dann zog er Stiefel und Hose aus. Ganz gleich, in welcher Situation man sich befand, der Anblick eines Mannes, der seine Socken abstreifte, hatte stets etwas Sinnliches an sich. Zumal er schöne Füße hatte, die in muskulöse Beine übergingen. Es wäre vielleicht übertrieben zu behaupten, dass seine Oberschenkel so breit waren wie meine Taille, aber es fehlte nicht viel.

Als er fertig war, streckte er eine Hand in den Wasserstrahl, um die Temperatur zu überprüfen.

»Das ist warm genug.« Leo stellte sich hinter mich. Zu meinem Leidwesen war der Spiegel über dem Waschbecken mittlerweile beschlagen, sodass ich ihn nicht mehr sehen konnte. »Ich werde jetzt den Reißverschluss deines Kleides herunterziehen.«

Seine Fürsorglichkeit war beruhigend. Hätte er mich einfach ohne Vorwarnung berührt, hätte ich vielleicht eine weitere Panikattacke erlitten.

Ich atmete tief durch und wappnete mich. Bisher hatte ich noch nie mit einem Mann geduscht, denn es war intim. Die Jungs aus dem College, mit denen ich für gewöhnlich zusammen war, hielt ich auf Distanz.

Über das Rauschen des Wassers hinweg konnte ich hören, wie er den Reißverschluss meines Kleides herunterzog. Vielleicht war es auch nur der Klang meines Herzschlags, der in meinen Ohren widerhallte.

»Das machst du gut. Der Reißverschluss ist offen. Jetzt lasse einfach das Kleid zu Boden fallen.«

Ich hatte gar nicht bemerkt, dass ich die Hände vom Waschbecken gelöst hatte und nun mein Kleid an meine Brust drückte. Jetzt oder nie. Je schneller ich es hinter mich brachte, desto schneller würde ich meine Mutter sehen. Ich zählte im Geiste bis drei und ließ das Kleid fallen, wobei der Stoff sich um meine Füße ballte. Nun musste ich nur noch darüber steigen und mich unter die Dusche stellen. Das konnte nicht so schwierig sein, schließlich war er nicht der erste Mann, vor dem ich mich entblößte. Von den meisten Kerlen, mit denen ich im vergangenen Jahr zusammen gewesen war, kannte ich nicht einmal die Namen. Warum fühlte es sich so anders an, wenn Leo mich nackt sah?

»Ich bin bereit«, sagte ich nur.

KAPITEL SIEBEN

LEO

Ich war ein Vollidiot.

Wahrscheinlich war der letzte Rest meines Verstandes bei der Explosion in Mitleidenschaft gezogen worden.

Was hatte ich mir nur dabei gedacht?

Ich musste nicht ganz bei Sinnen gewesen sein, als ich ihr vorgeschlagen hatte, mit ihr unter die Dusche zu springen.

Liebend gern würde ich behaupten, dass ich Olivia nur helfen wollte, damit sie endlich wieder mit ihrer Mutter vereint werden konnte. Pamela war wahrscheinlich bereits außer sich vor Sorge. Dennoch hätte ich Olivia nicht anbieten sollen, sie zu waschen, sondern hätte Jasmin bitten sollen, sich um sie zu kümmern. Sie war zwar nicht gerade die Sanftmütigkeit in Person, aber sie war immerhin eine Frau.

»Ich bin bereit«, sagte Olivia und riss mich aus meinen Gedanken.

Sie mochte bereit sein, aber ich war es nicht. Bevor ich meine Meinung jedoch ändern konnte, hob ich sie hoch und stellte mich mit ihr unter die Dusche. Ich achtete darauf, sie nicht direkt unter dem Wasserstrahl zu platzieren, und ließ das warme Wasser zunächst auf meinen Rücken prasseln. Dabei versuchte ich vergeblich, meinen Blick nicht tiefer gleiten zu lassen. Flüchtig sah ich ihre perfekten vollen Brüste und ihre steifen Nippel. Obwohl ich sie nicht unverhohlen anstarrte, musste ich sie absetzen, bevor mein Schwanz völlig steif wurde. Nur weil mein Gehirn verstand, dass ich ihr nur helfen wollte, hieß das noch lange nicht, dass mein Körper es ebenfalls begriffen hatte.

Ich stellte sie auf die Füße. »Lehn dich zurück«, befahl ich.

Sie tat wie geheißen und streifte dabei mit ihrem Hintern versehentlich meinen Schwanz. Das konnte nicht gut gehen. Auf die eine oder andere Weise würde ich sie festhalten müssen, während sie sich die Haare wusch. Das bedeutete, dass sie ihren Po entweder an meine Männlichkeit pressen würde oder ihre Brüste gegen meinen Oberkörper. Glücklicherweise trug ich noch immer meine Boxershorts und mein T-Shirt.

Ich gab mich geschlagen. Die Dusche war einfach viel zu eng, daher würde es keine perfekte Lösung für das Problem geben. Also zog ich sie mit dem Rücken an meine Brust. »Achte darauf, dass keine Seife in die offene Wunde an deiner Hand rinnt. Das würde höllisch brennen.«

Ich schnappte mir das Shampoo von der Duschablage und gab etwas davon auf ihren Kopf. Leider hatte ich keine Ahnung, wie man einer Frau die Haare wäscht. Bisher hatte ich mir nie die Zeit genommen, mit einer Frau zu duschen, und hatte auch nie darauf geachtet, wenn eine meiner Eroberungen am nächsten Morgen unter die Dusche sprang, bevor sie meine Wohnung verließ. Ich massierte das Gel in ihre Kopfhaut und ließ meine Finger durch ihre Strähnen gleiten, wobei ich vor allem die Stellen säuberte, in denen noch Erbrochenes klebte.

»Das fühlt sich gut an«, murmelte Olivia und stieß ein Seufzen aus.

Wenn sie noch einmal so einen Laut von sich gab, würde ich den Verstand verlieren. Meine Selbstbeherrschung wurde ohnehin auf die Probe gestellt, da ich mich nach Kräften bemühte, nicht zu beobachten, wie das Wasser über ihre nackte Haut rann. Sie hatte den Kopf zur Seite geneigt und gewährte mir einen ungehinderten Blick auf ihre …

Nein! Daran durfte ich nicht einmal denken. Ich hatte einen Job zu erledigen und durfte mich keinen Fantasien über ihre Titten hingeben. Vor allem sollte ich mir nicht ausmalen, wie sie sich anfühlen oder wie sie schmecken würden, während sie an mein Bett gefesselt war und sich unter mir wand.

Ich schüttelte den Kopf und versuchte, die Bilder, die mein überaktiver Verstand heraufbeschwor, zu verdrängen. Es war lange her, dass ich mit einer Frau geschlafen hatte. Wahrscheinlich war das der Grund für meine rege Fantasie. Ich fühlte mich gar nicht zu Olivia hingezogen, sondern litt einfach nur unter Sexentzug.

Sobald ich das Shampoo aus ihrem Haar gewaschen hatte, wiederholte ich den Vorgang mit der Spülung. Je schneller ich es hinter mich brachte, desto eher würde ich ihr beim Anziehen helfen und zurück in die Zentrale fahren können. Ich musste noch einiges an Papierkram erledigen und an einer Nachbesprechung mit dem Präsidenten teilnehmen.

»Die Haare sind sauber. Ich gebe dir jetzt die Seife, damit du dich waschen kannst.«

Sie löste ihre gesunde Hand von der Wand und stützte sich stattdessen mit dem infizierten Arm ab.

»Autsch«, schrie sie auf. »Auf diese Weise kann ich das Gleichgewicht nicht halten. Es ist schon gut, es reicht, dass meine Haare sauber sind.«

Verdammter Mist. Ich war wirklich ein Vollidiot.

»Dann stütze dich wieder mit der gesunden Hand ab.« Ich betete zu allem, was mir heilig war, dass irgendwo in der Dusche ein Waschlappen zu finden war.

Natürlich wusste ich, dass meine Gebete nicht erhört werden würden, dennoch hoffte ich, dass sich einer auf magische Weise materialisieren würde.

Vergebens.

Ich griff um sie herum nach der Seife, schäumte sie

auf und legte sie zurück in die Halterung. Dann machte ich mich an die Arbeit.

Ich vermied es, die Stellen ihres Körpers zu berühren, die meine Erregung noch steigern würden, falls das überhaupt möglich war. Während ich meine Hände über ihre geschmeidige Haut gleiten ließ, spürte ich, wie sich eine Gänsehaut unter meinen Fingern bildete. Auch das war meinem Zustand nicht gerade zuträglich. Um Abhilfe zu schaffen, schloss ich die Augen und stimmte im Geiste ein Marschlied an.

Ich bemühte mich, so effizient und zügig wie möglich vorzugehen. Als ich innehielt, um die Seife erneut in meinen Händen aufzuschäumen, bemerkte ich, dass sie am ganzen Körper zitterte.

»Was ist los? Habe ich dir wehgetan?«, fragte ich.

»Nein.«

»Fühlst du dich unwohl in meiner Gegenwart?« Was für eine dumme Frage. Natürlich fühlte sie sich unwohl. Sie stand mit einem Fremden unter der Dusche, der sie am ganzen Körper betastete, nachdem sie durch die Hölle gegangen war. »Oder besser gesagt, habe ich dich an einer Stelle berührt, die dir unangenehm ist?«

»Nein.«

Ach du meine Güte. Ich musste ihr wohl jedes Wort einzeln aus der Nase ziehen.

»Hör zu, *tesorino*, ich will ehrlich sein. Für solche Ratespielchen bin ich nicht gemacht. Ich stamme aus einer italienischen Familie. Wenn einer von uns etwas auf dem Herzen hat, dann bringt er es laut und deutlich zur Sprache.«

»Es ist mir peinlich, dass du mich waschen musst. Ich fühle mich wie das Opfer, das ich deiner Meinung nach bin.«

Hatte ich sie ein Opfer genannt? »Das tut mir leid, so etwas hätte ich nicht sagen sollen. Ich wollte dich nicht als Opfer bezeichnen. Ich entschuldige mich für meine missglückte Wortwahl.«

»Missglückte Wortwahl hin oder her, es ist die Wahrheit«, schluchzte sie.

Verdammt. Ohne darüber nachzudenken, drehte ich sie in meinen Armen um und drückte sie an mich.

»Du bist kein Opfer! Du bist stark und zäh und hast eine schreckliche Tortur überlebt«, murmelte ich.

Sie zitterte immer noch am ganzen Körper und ich konnte ihren Schmerz förmlich spüren.

Irgendwann schloss sie die Augen und sagte: »Nein, ich bin ein Opfer. Willst du wissen, woran ich dachte, als ich in dem Zimmer auf dem Boden lag? Ich hatte mich damit abgefunden, dass ich dort sterben würde, und hatte nicht einmal versucht zu fliehen. Ein Opfer nimmt sein Schicksal einfach an. Eine starke Person hätte sich gewehrt.«

»Das reicht! Was hättest du denn tun wollen? Weißt du eigentlich, wie viele Männer dich festgehalten haben?«

»Nein.«

»Selbst wenn du es irgendwie geschafft hättest, aus dem Zimmer zu entkommen, hättest du nicht gewusst, was dich draußen erwartet. Oder hattest du etwa eine Waffe, die ich übersehen habe?«

»Nein.«

»Ganz genau. Dann wolltest du dich also mit bloßen Händen gegen fünfzehn bewaffnete Männer wehren.«

»Äh …«

»Du hast das einzig Richtige getan, indem du gefügig warst und gewartet hast, bis jemand kommt, um dich zu befreien. Damit hast du dir selbst das Leben gerettet. Denn hättest du versucht zu fliehen, hättest du sie nur wütend gemacht. Im besten Fall hätten sie dich verprügelt, woraufhin du dir wahrscheinlich gewünscht hättest, sie hätten dich getötet. Und im schlimmsten Fall hätten sie dir, ohne mit der Wimper zu zucken, eine Kugel in den Kopf gejagt. Verstehst du das?« Es war mir zuwider, ihr derart schonungslos die Wahrheit zu sagen, aber sie musste begreifen, dass sie gegen diese Männer keine Chance gehabt hätte. »Solche Tiere haben keinen Respekt vor dem menschlichen Leben. Das ist leider die traurige Wahrheit. Glaub mir, du hast das Richtige getan.«

»Okay«, murmelte Olivia nur. »Ich verstehe.«

»Du musst diese Zweifel sofort ablegen, bevor sie dich innerlich auffressen. Nimm dir einen Moment Zeit, sortiere deine Gedanken und führe dir vor Augen, dass du nicht anders hättest handeln können. Dann lasse die Sache hinter dir. Du bist kein Opfer. Eigentlich hatte ich sagen wollen, dass ich dich nicht in einen kleinen Raum mit mir hätte sperren sollen nach all dem, was du gerade durchgemacht hast. Ich hätte dich vorwarnen müssen. Es tut mir leid.« Ich tadelte mich selbst, weil ich einen derartigen Anfängerfehler begangen und sie obendrein als Opfer bezeichnet hatte. Verdammt, ich war ein Idiot. Ich konnte nicht glauben, dass ich ihr diese Gedanken in den Kopf gesetzt hatte.

»Hilft dir diese Taktik auch?«

Für gewöhnlich breitete ich mein Privatleben nicht vor anderen aus, doch aus irgendeinem mir unerfindlichen Grund beschloss ich, eine Ausnahme zu machen. »Ja.«

»Funktioniert es?«

Was sollte das werden? Ein Verhör der Spanischen Inquisition?

»Ja. Es hat keinen Sinn, sich über etwas den Kopf zu zerbrechen, was ich nicht ändern kann. Es ist, wie es ist«, antwortete ich.

»Ich werde es versuchen«, lenkte sie schließlich mit sanfter, unsicherer Stimme ein. Plötzlich wurde ich von dem Drang übermannt, mir ihr Wohlbefinden zur Lebensaufgabe zu machen. Ich wollte dafür sorgen, dass sie nicht nur versuchte, das Trauma hinter sich zu lassen, sondern ihr sogar dabei helfen. Es war verrückt, wenn man bedachte, dass ich sie erst seit einer Minute kannte.

»Gut. Wir sind hier fertig. Ich bin sicher, deine Mom wartet schon sehnsüchtig auf dich. Falls sie Ähnlichkeit mit meiner Mutter hat, dann treibt sie bereits alle in den Wahnsinn.«

»Ja, da hast du wohl recht. Danke für all deine Hilfe

und dafür, dass du mich gerettet hast. Das hätte ich schon viel früher sagen sollen.«

Ich hatte dieses Mädchen wirklich falsch eingeschätzt. »Weißt du, die meisten Frauen in deiner Situation hätten wahrscheinlich längst den Verstand verloren und würden schreiend und weinend um sich schlagen. Aber du nicht. Das beweist nur, wie stark du bist.«

»Ich glaube, ich stehe immer noch unter Schock. Normalerweise würde ich an die Decke gehen, weil mein Kleid ruiniert wurde und ich mein Lieblingspaar Jimmy Choo's verloren habe. Es ist beschämend, das zuzugeben. Ich bin eine Versagerin. Das ist das Schlimmste an der ganzen Sache. Es ist alles meine Schuld. Ich trinke zu viel und bringe mich selbst immer wieder in Schwierigkeiten.«

»Olivia«, ermahnte ich sie.

»Es hat keinen Sinn, es zu leugnen, ich …«

Ich packte sie an den Schultern und stieß sie ein Stück von mir, um sie zu zwingen, meinem Blick zu begegnen.

»Hör zu«, sagte ich hastig. »Diese ganze Sache ist nicht deine Schuld. Oder willst du mir etwa erzählen, dass du verantwortlich dafür bist, dass fünfzehn Männer dich gegen deinen Willen als Geisel festgehalten haben? Es ist mir scheißegal, ob du zu viel trinkst, zu viel fickst oder herumheulst, wenn du deine Jimmy was auch immer verlierst. Niemand hat das Recht, dich auf eine Weise zu berühren, die dir nicht behagt. Vor allem hat niemand das Recht, dich unter

Drogen zu setzen und zu entführen.« Als ich endlich fertig war, hatte sie die Augen so weit aufgerissen, dass sie ihr fast aus dem Kopf zu treten schienen. »Hake es ab, Olivia. Lasse es hinter dir, zieh dich an und geh zu deiner Mutter.«

»Ich versuche es ja«, schluchzte sie.

Ich war wirklich nicht sonderlich bewandert darin, einer Frau Trost zu spenden. Meine Kameraden waren hauptsächlich Männer. Wir kämpften und töteten Seite an Seite und wir tranken zusammen. Noch nie in meiner Laufbahn hatte ich mit einem von ihnen geduscht, während er in meinen Armen geweint hatte. Weder meine Mutter noch meine Schwester hatten je eine Träne vor meinen Augen vergossen. Die meiste Zeit über gingen sie mir auf die Nerven und brachten mich zur Weißglut. Und nun wusste ich nicht, was ich tun sollte.

»Es tut mir leid. Ich bin dir wahrscheinlich keine große Hilfe. Deine Mutter wird sicher besser wissen, was zu tun ist. Vergiss alles, was ich gesagt habe«, flüsterte ich und strich ihr die nassen Haare aus dem Gesicht. Sie wirkte so schmächtig und verloren. Zum Teil war das meine Schuld.

Schnell streifte ich mir das nasse T-Shirt über den Kopf und warf es ins Waschbecken. Dann zog ich meine Hose über meine durchnässten Boxershorts, während Olivia schweigend dasaß. Sie sagte auch nichts, als ich sie abtrocknete. Und als ich das Handtuch vor ihr in die Höhe hielt, um ihr etwas Privatsphäre zu geben, während sie eine saubere Jogginghose und ein T-Shirt anzog, brachte sie immer noch keinen Ton hervor. Ich trug sie zurück auf die Liege, wobei sie mich nicht einmal ansah.

Ich hatte es gründlich vermasselt, aber ich hatte keine Ahnung, wie ich es wiedergutmachen sollte. Ich wusste nicht einmal, ob das überhaupt klug wäre. Ganz sicher hatte ich genug gesagt, um das Mädchen zu traumatisieren. Ich entschied mich, die Klappe zu halten, damit ein anderer ihr helfen konnte. Vielleicht war es besser so. Jedes Mal wenn sie mich mit ihren warmen braunen Augen ansah, weckte sie in mir Gefühle, die mir nicht ganz geheuer waren und die nicht für einen Mann wie mich bestimmt waren. Olivia hatte einen gut gekleideten Mann verdient, der den ganzen Tag hinter einem Schreibtisch saß. Jemand, der ihr Sicherheit bot und sich mit ihr ein gemeinsames Leben aufbaute. Keinen Raufbold wie mich, der eine kugelsichere Weste trug und stets eine Waffe mit sich führte. Ich musste mich von ihr fernhalten.

Kaum lag sie wieder auf der Trage, desinfizierte Westinghouse ihren Unterarm und legte ihr eine Infusion. Da Olivia nicht mehr darauf bestand, dass ich bei ihr blieb, trat ich beiseite und ging zu Garrett hinüber.

»Gibt es etwas Neues?«, fragte ich, während ich mir ein sauberes T-Shirt über den Kopf zog.

»Wir haben größere Probleme, als wir ursprünglich dachten. Ich bin die Informationen durchgegangen, die Tex mir übermittelt hat. Die Situation hat sich verschlimmert.«

Bevor ich Garrett um Einzelheiten bitten konnte,

wurde die Tür aufgestoßen und eine sehr verzweifelte Mutter stürmte in den Raum. Sie blieb abrupt stehen, als fünf wütend aussehende Männer ihre Waffen auf sie richteten. Ich bin mir ziemlich sicher, dass Pamela Cox noch nie mit einer Sig P226 in Berührung gekommen war, geschweige denn mit fünf.

»Oh mein Gott!«, schrie sie.

Sofort ließen wir die Waffen sinken und verdrehten die Augen, als sie an die Seite ihrer Tochter eilte. Die Frau hätte sich um Haaresbreite eine Kugel eingefangen. Wo zum Teufel war Peter Newton und warum hatte er die Frau nicht unter Kontrolle?

Kaum war mir der Gedanke gekommen, erschien Peter in der Tür. Er sah aus wie ein Mann, dessen Welt gerade zusammengebrochen war. Und offenbar war er stinksauer. Der Ausdruck auf seinem Gesicht hatte rein gar nichts mit der gelassenen Miene des Politikers gemein, die er für gewöhnlich aufsetzte. Er blieb stehen und beobachtete, wie Pamela ans Bett ihrer Tochter trat.

»Gott sei Dank«, schluchzte Pamela und schlang sichtlich erleichtert die Arme um ihre Tochter.

Pamela war eine wunderschöne Frau und immer perfekt gekleidet. Tatsächlich sah sie aus, als hätte sie stets einen persönlichen Stylisten bei sich. Heute trug sie jedoch eine gewöhnliche Jeans, während ihre Bluse zerknittert war.

»Es geht mir gut«, hörte ich Olivias erstickte Stimme.

»Gott sei Dank«, wiederholte Pamela. »Mein süßes Mädchen.«

Olivia ließ ihren Tränen freien Lauf und schluchzte an der Brust ihrer Mutter, bevor sie die Arme um sie schlang und Pamela ihre Tochter fest an sich drückte. »Ich liebe dich, Mom.«

»Gott sei Dank«, sagte Pamela erneut und hielt Olivia fest. Sie brachte kaum ein Wort heraus, doch das war unter diesen Umständen verständlich. »Ich liebe dich auch, mein Mädchen.«

Nach einer Weile ließ Olivia die Arme sinken und keuchte: »Ich brauche einen Moment für mich, Mom. Ich kann nicht … ich brauche eine Minute.« Irgendetwas stimmte nicht. Die anfängliche Erleichterung schien verflogen und ein panischer Unterton schlich sich in ihre Stimme.

Offensichtlich rang Olivia nach Atem. Ohne darüber nachzudenken, trat ich an die andere Seite der Liege und ergriff Olivias Hand.

»Miss Cox, Sie sollten einen Schritt zurücktreten«, erklärte ich.

Pamela richtete sich auf und straffte die Schultern. Offenbar war sie nicht sehr erfreut darüber, dass ich sie in ihre Schranken verwiesen hatte. Doch das war mir egal. Olivia hatte sie zweimal vergeblich gebeten, ihr eine Verschnaufpause zu gönnen.

»Sieh mich an, Olivia«, forderte ich und drückte ihre zierliche Hand an meine Brust. Ohne meine Weste konnte ich spüren, wie sie sich mit den Fingernägeln in mein T-Shirt krallte. »Atme mit mir ein und aus.«

Ich holte tief Luft und hielt den Atem eine Sekunde lang an, bevor ich ihn wieder ausstieß. Dabei beobachtete ich, wie Olivia sich bemühte, ihre Atmung an meine anzugleichen.

»So ist es gut, *tesorino*. Ganz ruhig. Du hast es gleich geschafft.«

Wir atmeten gemeinsam weiter und irgendwann löste sie ihren Griff um mein T-Shirt.

»Danke«, flüsterte sie.

»Gern geschehen.«

Wie sollte ich mich nur von dieser Frau fernhalten?

KAPITEL ACHT

OLIVIA

Mir drehte sich der Kopf.

Ich hatte das Gefühl, den Verstand zu verlieren, und glaubte, jeden Moment aus der Haut fahren zu müssen. Obwohl ich mich nach der Umarmung meiner Mutter gesehnt hatte, hatte ich in dem Moment, in dem sie mich an sich gedrückt hatte, nicht mehr atmen können. Was war nur los mit mir? Als sie traurig meine Hand ergriff, wurde ich von Schuldgefühlen gepackt. Sie schien am Boden zerstört zu sein. Ich drückte ihre Finger und versuchte, ihr zu versichern, dass es mir gut ging. In Wahrheit ging es mir jedoch nicht gut.

In diesem Raum befanden sich entschieden zu viele Leute, vielleicht war das das Problem. Ich wollte nur noch nach Hause. Alle sahen mich an, als sei ich verrückt geworden. Vielleicht hatten sie damit gar nicht so unrecht. Dennoch war es mir unangenehm.

»Hallo Olivia«, ertönte die Stimme eines Mannes. Als er sich neben meine Mutter stellte, drückte sie angespannt meine Hand.

Es dauerte einen Moment, bis ich mich an ihn erinnerte. Er hieß Peter Newton und war der Justizminister. Ich hatte nie mit ihm gesprochen, aber ich war ihm ein paarmal im Weißen Haus begegnet. Es hatte durchaus Vorteile, eine Mutter zu haben, die eng mit der First Lady befreundet war. Und nicht nur das, meine beste Freundin war Erin Anderson, die Tochter des Präsidenten. Ich wünschte, sie wäre jetzt ebenfalls hier, obwohl ich es ihr in letzter Zeit nicht leicht gemacht hatte und sie mich sicher hasste. Aber vielleicht würde ich mich bei ihr sicher fühlen.

»Schatz?«, drängte meine Mutter.

»Oh, Entschuldigung. Guten Tag, Mr. Newton«, begrüßte ich ihn.

Sein Lächeln verblasste und er sah aus, als hätte er eine Zitrone verschluckt. So ein Mist. Ich wusste nie, wie ich die Kabinettsmitglieder ansprechen sollte. »Entschuldigen Sie bitte, Herr Justizminister«, korrigierte ich.

»Nenne mich bitte einfach Peter.«

Was hatte er eigentlich hier zu suchen? Ich ließ den Blick durch den Raum schweifen, konnte aber weder den Präsidenten noch Mrs. Anderson irgendwo entdecken. Hatten sie ihn geschickt, um nach mir zu sehen?

»Wann kann ich nach Hause gehen?«, fragte ich.

»Schon bald, Schatz. Sobald du entlassen wirst,

nehme ich dich mit«, antwortete meine Mutter mit einem Lächeln.

»Ich muss Ihnen leider widersprechen, Miss Cox«, meldete sich einer der Männer neben Leo zu Wort. »Mir wurde gesagt, dass Peter Sie über alles in Kenntnis setzen würde und auch Tom mit Ihnen sprechen wollte.«

»Sie haben es mir beide gesagt, Mr. Lewis, aber ich bin damit nicht einverstanden. Olivia wird mit mir nach Hause kommen«, antwortete meine Mutter.

»Bitte nennen Sie mich Zane. Dann hat Peter Ihnen die Situation erklärt? Wir müssen leider darauf bestehen«, erwiderte Zane.

Worüber sprachen sie bloß? Ich versuchte, Leos Aufmerksamkeit auf mich zu ziehen, doch er starrte mit finsterem Blick und gerunzelter Stirn auf ein Tablet in seiner Hand.

»Das ist mir völlig egal. Es ist alles Peters Schuld, also kann er es wieder in Ordnung bringen. Ich werde meine Tochter mit nach Hause nehmen und niemand wird mich davon abhalten.«

»Was soll das alles? Was ist hier eigentlich los?«, wollte ich wissen.

»Es ist alles in bester Ordnung, Schatz. Kein Grund, sich Sorgen zu machen«, beschwichtigte meine Mutter mich.

Ich hörte, dass Leo auf der anderen Seite des Raumes ein Knurren ausstieß. Mittlerweile wirkte er nicht mehr nur wütend, sondern absolut bedrohlich.

»Pamela. Das ist nicht der richtige Zeitpunkt für Schuldzuweisungen«, meldete Peter sich zu Wort.

»Du hast mir gar nichts zu sagen. Olivia kommt mit mir«, rief meine Mutter.

Mir wurde ganz schwindelig, während ich einen nach dem anderen ansah und versuchte, ihrer Unterhaltung zu folgen.

»Du hast recht, ich habe gar nichts zu sagen. Dafür hast du gesorgt, als du mich angelogen hast. Aber hier geht es nicht um deine Lügen, sondern um Olivias Sicherheit«, stieß Peter zwischen zusammengebissenen Zähnen hervor.

»Das reicht jetzt. Dies ist wirklich nicht der richtige Zeitpunkt für Streitereien«, fiel Leo den beiden ins Wort.

»Ich würde es wirklich begrüßen, wenn mir jemand verrät, was hier vor sich geht«, forderte ich.

»Es ist gar nichts«, versuchte meine Mutter, mich zu beruhigen, und legte auch die andere Hand um meine, sodass sie meine Finger mit beiden Händen umschloss.

»Wir haben eine weitere Drohung erhalten«, sagte Leo.

»Und dabei geht es um mich?«, wollte ich wissen.

»Es ist alles in Ordnung, Schatz«, warf meine Mutter hastig ein, doch Leo fiel ihr erneut ins Wort.

»Ja. Wir haben neue Informationen erhalten. Derselbe Mann, der hinter der ersten Entführung steckt, hat erneut Drohungen ausgesprochen und weitere Forderungen gestellt«, erklärte er.

»Das muss sie nicht wissen …«

Leo unterbrach meine Mutter ein weiteres Mal. »Sie irren sich, Miss Cox. Olivia sollte unbedingt darüber Bescheid wissen. Es ist mir völlig egal, mit welchen Dramen Sie in Ihrer Familie zu kämpfen haben und wem Sie die Schuld daran geben wollen. Hier geht es sowohl um Olivias als auch um die nationale Sicherheit. Als wir Ihnen sagten, dass wir Olivia in Schutzhaft nehmen würden, haben wir Sie nicht um Erlaubnis gebeten. Wir wollten Sie aus reiner Gefälligkeit darauf vorbereiten.«

»Wer sind Sie eigentlich?«, kreischte meine Mutter.

»Ich bin der Mann, der dafür sorgen wird, dass Ihre Tochter am Leben bleibt.«

»Das ist keine Antwort. Ich kenne Sie nicht.« Meine Mutter schäumte vor Wut. Noch nie hatte jemand in diesem Ton mit ihr gesprochen.

»Nein, du kennst ihn nicht. Aber ich schon«, ertönte die Stimme des Präsidenten. Ich drehte mich in die Richtung, aus der sie gekommen war, und stellte fest, dass er in der Tür stand und die Arme über seiner breiten Brust verschränkt hatte. »Wenn Erin in Schwierigkeiten wäre, würde ich keinem anderen als diesen Männern ihr Leben anvertrauen. Zane und sein Team werden für Olivias Sicherheit sorgen. Darauf gebe ich dir mein Wort.«

»Warum geschieht das nur alles?«, schluchzte meine Mutter.

»Ich bin nicht befugt, dir das zu sagen. Aber ich verspreche dir, dass sie gesund und munter wieder zu

Hause sein wird, sobald wir die Bedrohung aus dem Weg geräumt haben«, antwortete der Präsident.

»Würde *mir* vielleicht jemand den Grund verraten? Was zum Teufel ist hier los? Warum sollte jemand mich entführen wollen? Ich bin ein Niemand.«

Das alles ergab überhaupt keinen Sinn.

»Du bist meine Tochter, Olivia«, erklärte Peter. »Du bist meinetwegen in Gefahr.«

Was zum Teufel hatte er gesagt? Mein Vater war tot. Das behauptete zumindest meine Mutter. Im Laufe der Jahre hatte sie mir immer wieder Geschichten darüber erzählt, wie sie sich kennengelernt und ineinander verliebt hatten, während sie beteuert hatte, dass ihre Liebe nie erloschen war.

»Wie bitte?«, fragte ich. Da musste ein Irrtum vorliegen.

»Du bist meine Tochter«, wiederholte Peter.

Ich begegnete dem Blick meiner Mutter. Die Panik in ihren Augen verriet mir alles, was ich wissen musste. Peter sagte die Wahrheit. Das bedeutete, dass meine Mutter mich mein ganzes Leben lang belogen hatte. Ich zog meine Hand zurück, woraufhin ein gequälter Ausdruck in ihr Gesicht trat. Vielleicht hätte ich mitfühlender sein sollen, doch ich brachte es einfach nicht über mich.

»Oh mein Gott.« Meine Mutter schlug sich die Hand vor den Mund und schloss die Augen.

»Sie hatte ein Recht darauf, es zu erfahren«, sagte Peter. »Du hast uns beide fünfundzwanzig Jahre lang belogen. Deinetwegen hatten wir nie die Chance, Zeit miteinander zu verbringen.«

»Ich habe gelogen? Ich war einen Sommer lang in Europa. Einen Sommer, Peter. Zwei Monate später musste ich in den Gesellschaftsseiten lesen, dass du Anna Crofton heiraten würdest. Bevor ich abgereist war, hatten wir *unsere* Hochzeit geplant. Zwei Monate …«, schluchzte meine Mutter mit erstickter Stimme. Sie brachte kaum noch einen Ton heraus. »Du hast mit meiner ärgsten Feindin geschlafen und sie geheiratet. Du hast mich betrogen und belogen. Ich habe nur mein Kind beschützt.«

»Mr. Newton, Miss Cox, vielleicht wäre es besser, Sie würden das oben besprechen«, schlug Zane vor.

Plötzlich trat die Gefahr, in der ich mich befand, in den Hintergrund und meine Angst wich einer unbändigen Wut. Mir fehlten die Worte. Ich hatte das Gefühl, als stünde ich neben mir und beobachtete mein Leben als Zuschauerin, während sich vor meinen Augen gerade eine Seifenoper abspielte. Wahrscheinlich hatten alle vergessen, dass ich mich überhaupt im Raum befand.

Wieder verspürte ich dieses beklemmende Gefühl in der Brust, und ich versuchte, mich auf einen Punkt vor mir zu konzentrieren, um meine Atmung zu verlangsamen. Während meiner wochenlangen Gefangenschaft hatte diese Methode auch funktioniert. Solange ich etwas fand, das ich fokussieren konnte, kehrte innere Ruhe ein. Ich wandte mich der anderen Seite des

Raumes zu und begegnete Leos Blick. Er sah so stark aus, so groß und imposant. Sein tiefschwarzes Haar war noch feucht und zurückgekämmt. Er hielt meinem Blick stand und der Raum begann zu verblassen. Ich wollte nur noch, dass er mich von hier wegbrachte.

»Wir müssen nichts besprechen. Ich werde Olivia begleiten. Wenn sie in Schutzhaft genommen wird, komme ich mit«, beharrte meine Mutter.

Ich hörte die Worte meiner Mutter zwar, aber ich starrte weiterhin Panther an. Er durchbohrte mich förmlich mit seinem Blick, der mich von innen heraus wärmte. Sein Deckname passte zu ihm wie die Faust aufs Auge. Er sah aus wie eine sexy Dschungelkatze, die stets zum Angriff bereit war. Es war ganz offensichtlich, dass er von dem Gefühlsausbruch meiner Mutter nicht sonderlich beeindruckt war. Ich wollte sie nicht dabeihaben. Meine Wut hatte mittlerweile überhandgenommen und die Angst vollständig verdrängt. Ich war wütend auf meine Mutter, auf Peter und jeden anderen, der mich angelogen hatte, und wollte nur noch, dass sie verschwinden. Also schüttelte ich den Kopf, woraufhin Leo mir zunickte. Er schien genauso wütend zu sein wie ich.

»Bei allem Respekt, Ma'am, das wird nicht möglich sein«, meldete Leo sich zu Wort.

»Wie bitte? Ich bin ihre Mutter. Ich werde sie begleiten.« Mom schien ihre Fassung wiedergewonnen zu haben und schaltete auf stur.

»Nein, Pamela, das wirst du nicht tun. Rissa erwartet dich heute Morgen im Weißen Haus. Sie hat ein Zimmer für dich hergerichtet. Du wirst bei uns wohnen, solange Olivia weg ist. Das Team wird mich auf dem Laufenden halten, und ich werde dafür sorgen, dass du mit ihr sprechen kannst, aber du wirst sie nicht begleiten«, erklärte Tom.

»Aber …«

»Kein Aber. Es ist beschlossene Sache. Ende der Diskussion.« Toms Tonfall duldete keinen Widerspruch. Nicht einmal meine Mutter würde in der Lage sein, die Meinung des Präsidenten zu ändern. »Du solltest dich jetzt von Olivia verabschieden. Wir haben keine Zeit zu verlieren, die Jungs müssen arbeiten und wir haben sie schon lange genug aufgehalten.«

Meine Mutter ließ die Schultern hängen und gab sich geschlagen.

»Es tut mir leid, Schatz. Ich bin so froh, dass du in Sicherheit bist. Ich will dich nicht allein lassen, schließlich habe ich dich gerade erst wiedergefunden.« Meine Mutter strich mir die Haare aus der Stirn. Die Geste hätte tröstlich sein sollen. Während der vergangenen Wochen hatte ich mich so sehr nach der Berührung meiner Mutter gesehnt. Ich hatte ihre Stimme hören und ihr Lächeln sehen wollen. Jetzt wünschte ich mir, sie würde mich in Ruhe lassen. Sie hatte mich verraten, und der Schmerz darüber saß so tief, dass ich nicht einmal darüber sprechen wollte, aus Angst, ich würde den Verstand verlieren. Warum hatte sie mich angelogen? Ich war überzeugt davon gewesen, dass meine Mutter der einzige Mensch war, der mich über alles liebte, und nun fand ich heraus, dass sie mich betrogen hatte. Und wozu? Um ihren Stolz zu retten?

Schweigend starrte ich sie an. Ich brachte es nicht über mich, sie zu trösten und ihr zu sagen, dass alles in Ordnung war, denn das war es nicht. Ich wollte nicht bei ihr bleiben und weigerte mich, sie genauso zu belügen, wie sie mich belogen hatte, und nur aus Pflichtgefühl irgendwelche Plattitüden von mir zu geben, damit sie sich besser fühlte.

Stattdessen wandte ich mich an Tom. »Mr. Anderson, könnten Sie mir bitte einen Gefallen tun und Erin ausrichten, dass es mir leidtut. Ich habe mich ihr gegenüber schrecklich verhalten, und das hat sie nicht verdient. Bitte sagen Sie ihr, dass sie recht hatte. Sie wird wissen, wovon ich rede.«

»Wird gemacht, Kleines. Sie vermisst dich wahnsinnig. Ich musste mir einiges anhören, als ich ihr verboten habe, dich zu besuchen. Meine Erin kann explodieren wie ein Feuerwerk, wenn sie ihren Willen nicht bekommt.« Wie immer, wenn er von seiner Tochter sprach, hellte Toms Miene sich auf. Sie war sein ganzer Stolz. Ich hatte nie einen Vater, der mich so sehr liebte, dass sein Gesicht aufleuchtete, wenn er an mich dachte. Diese Freude hatte meine Mutter mir genommen.

»Ich weiß, was Sie meinen«, lachte ich. Ich konnte mir lebhaft vorstellen, wie Erin die Beherrschung verlor, nachdem ihr Vater ihr ihren Wunsch verweigert hatte.

»Olivia, bitte sprich mit mir«, flehte meine Mutter.

»Ich habe dir nichts zu sagen«, entgegnete ich.

»Es tut mir leid. Ich würde es dir gern erklären«, bot sie an.

Peter und Tom waren bereits auf dem Weg zur Tür und unterhielten sich miteinander. Zane und seine Teammitglieder standen auf der gegenüberliegenden Seite und beschäftigten sich, indem sie auf ihre Tablets starrten und eine große Landkarte studierten, die auf dem Schreibtisch ausgebreitet war. Sie alle schienen den Eindruck erwecken zu wollen, dass sie das Gespräch zwischen meiner Mutter und mir gar nicht beachteten. Alle außer Leo. Er hatte den Blick nicht von mir abgewandt und wartete darauf, bei Bedarf einzugreifen und mir zu Hilfe zu eilen.

Diesmal nicht.

»Mom, ich will deine Ausreden nicht hören.«

»Ich wollte dir keine Ausreden auftischen, sondern dir alles erklären«, erwiderte sie.

»Es ist ein bisschen zu spät für Erklärungen. Du hast mich mein ganzes Leben lang belogen. Ich will, dass du jetzt gehst.«

»Das kannst du nicht ernst meinen, mein Schatz. Ich weiß, dass du gerade Schreckliches erlebt hast und verängstigt bist, aber …«

»Nein, Mom, ich meine es ernst. Geh jetzt bitte. Ich habe genug gehört. Du hast nicht nur Peter und mich belogen, sondern vermutlich auch irgendeinen armen Kerl in Paris, indem du ihm weisgemacht hast, ich sei sein Kind, bevor er starb«, blaffte ich.

Der schockierte Gesichtsausdruck meiner Mutter

hätte mir das Herz gebrochen, wenn ich nicht so wütend gewesen wäre. Noch nie zuvor war ich ihr mit einer derart offenkundigen Respektlosigkeit entgegengetreten.

»Es gab nie einen anderen Mann. In meinem ganzen Leben war ich nur mit einem Mann zusammen, und zwar mit deinem Vater. Ich habe mich auf den ersten Blick in ihn verliebt und habe ihn seitdem immer geliebt.«

»Immerhin. Zumindest enthält deine Lüge einen Funken Wahrheit.«

»Olivia«, rief meine Mutter.

»Das reicht, *tesorino*«, flüsterte Leo.

Ich stieß ein Schnauben aus und verschränkte die Arme vor der Brust, wobei ich mich nicht um die Infusion in meinem Arm scherte. Möglicherweise benahm ich mich wie ein kleines Kind, aber ich ließ mich nicht gern von einem Mann zurechtweisen, den ich kaum kannte. Was bildete er sich eigentlich ein? Es reichte noch lange nicht. Ich hatte meiner Mutter noch so einiges zu sagen.

»Ich hab dich lieb, mein Schatz. Pass auf dich auf«, sagte meine Mutter und verließ mit Tränen in den Augen den Raum.

Plötzlich wurde ich von Enttäuschung gepackt. Allerdings wusste ich nicht, ob ich einfach nur frustriert war, weil ich keine Gelegenheit mehr hatte, ihr die Leviten zu lesen, oder ob ich ernüchtert war, weil sie sich nicht die Mühe gemacht hatte, um mich zu kämpfen. Wie dem auch sei, sie war fort. Und Peter folgte ihr, zweifellos um ihre Diskussion unter vier Augen fortzusetzen. Gut. Ich hoffte, er würde ihr gehörig die Meinung sagen.

Die Tür fiel hinter meinen *Eltern* ins Schloss. Das Wort hatte einen seltsamen Beigeschmack. Noch nie hatte ich Eltern gehabt, es waren immer nur meine Mutter und ich gewesen.

»Alles wird gut«, versicherte Leo mir.

»Die berühmten letzten Worte.«

Nichts würde jemals wieder gut werden. Die darauffolgenden Tage sollten mir recht geben. Mein Leben würde sich auf ungeahnte Weise für immer verändern. Ich bedauerte so vieles, dass ich nicht mehr zu hoffen wagte, Vergebung zu finden.

KAPITEL NEUN

LEO

Die ganze Sache war ein einziges Desaster. Olivia musste einen Schlag nach dem anderen einstecken, doch selbst nachdem Peter ihre Welt auf den Kopf gestellt und ihre Mutter die Nerven verloren hatte, hielt sie eine tapfere Fassade aufrecht. Ich verspürte einen Stich in der Brust, als sie mich mit einem hilfesuchenden Blick ansah. Was hätte ich nicht dafür gegeben, diese Mission einfach hinter mir zu lassen und sie an einen sicheren Ort zu bringen, an dem ihr nichts und niemand etwas anhaben konnte. Ich wusste, dass die gegenwärtige Bedrohung und das Familiendrama sie mehr belasteten, als sie zugeben wollte.

Westinghouse war wieder an Olivias Seite und überprüfte die Infusion und ihr Handgelenk. Dann machte er sich daran, die Wunde zu verbinden.

»Der Verband muss einmal am Tag gewechselt

werden. Ich gebe Ihnen genügend Verbandmaterial für vierzehn Tage mit. Ihre Antibiotika sind ebenfalls hier. Die Anweisungen habe ich aufgeschrieben.« Westinghouse hielt eine Flasche mit Tabletten in die Höhe. »Morgen muss sie mit der Einnahme beginnen. Sie soll kleine Mahlzeiten und viel Flüssigkeit zu sich nehmen. Geben Sie ihr mindestens einhundertsiebzig Milliliter Elektrolytlösung pro Stunde. In den ersten vierundzwanzig Stunden soll sie auf reines Wasser verzichten. Falls sie nicht in der Lage ist, Flüssigkeit bei sich zu behalten, oder nicht stündlich uriniert, oder ihr Urin braun oder verfärbt ist, dann rufen Sie mich an«, wies Westinghouse mich an, bevor er sich Olivia zuwandte. »Zanes Team wird sich gut um Sie kümmern, junge Dame, dessen bin ich mir sicher. Andernfalls würde ich Sie nicht in dessen Obhut lassen. Und vergessen Sie nicht, dass Sie viel Ruhe brauchen.«

»Ja, Sir. Danke«, erwiderte Olivia.

»Gern geschehen.« Westinghouse wandte sich an Tom und reichte ihm die Hand. »Mr. President.«

Tom ergriff die Hand des Arztes und schüttelte sie. »Westy, vielen Dank für Ihre Hilfe. Wir bleiben in Kontakt.«

Nachdem der Arzt gegangen war, machte sich das Team bereit, die bevorstehende Mission zu planen. Uns blieb nicht viel Zeit, denn die Bolivianer waren uns bereits zwei Schritte voraus.

Zane zog sein Handy aus der Tasche, wählte eine Nummer und stellte das Gespräch auf Lautsprecher.

»Sichere Leitung neun. Rufen Sie in fünf Minuten zurück. Halten Sie sich bereit.«

»Verstanden, Sir«, antwortete Rena. Sie war Zanes persönliche Assistentin und ertrug seine schroffe Art mit der Gelassenheit einer Heiligen.

Z trennte die Verbindung, indem er einen Finger über den Bildschirm gleiten ließ. Dann warf er das Gerät auf den Schreibtisch und stand einen Moment schweigend da. Ich wusste, dass er sämtliche Möglichkeiten abwog, denn eine Situation wie diese war neu für uns. Mit uns im Raum befand sich eine Zivilistin, die wir nicht aus den Augen lassen durften. Das erschwerte die Planung der Operation und hinderte uns daran, frei zu sprechen.

»Olivia, wir müssen uns unterhalten«, begann Zane, nachdem er offensichtlich seine Entscheidung getroffen hatte. Tom nickte zustimmend, woraufhin Z fortfuhr: »Sie werden gleich Dinge hören und sehen, die nicht für Ihre Augen und Ohren bestimmt sind. Leider ist das unvermeidbar. Aber Sie dürfen niemandem etwas davon erzählen. Weder Ihrer Mutter noch Peter noch Erin. Niemand außerhalb dieses Raumes darf davon erfahren. Haben wir uns verstanden?«

»Ja.«

»Wirklich? Denn dies ist kein Spiel. Falls Sie mit jemandem darüber reden, werden Menschen deshalb sterben und Sie werden ihren Tod auf dem Gewissen haben.«

Olivia erbleichte und sah Tom hilfesuchend an.

»Was Zane so wortgewandt zu sagen versucht, ist Folgendes«, erklärte Tom mit einem abschätzigen Unterton in der Stimme. Offensichtlich gefiel ihm die Art und Weise, wie Zane mit Olivia sprach, genauso wenig wie mir. »Es ist wichtig, dass du mit niemandem darüber sprichst, was hier geschieht. Du kannst weder über deine Entführung sprechen, noch darf etwas von dem nach außen dringen, was du hier hören wirst. Und während du in Schutzhaft bist, ist es dir nicht erlaubt, mit jemandem Kontakt aufzunehmen. Ich werde die einzige Person außerhalb dieses Raumes sein, die weiß, wo du bist. Es geht nicht anders, Kleines. Ich weiß, es ist beängstigend und verwirrend, und ich wünschte, es gäbe eine andere Lösung. Aber wir müssen dich beschützen.«

»Ich habe verstanden«, flüsterte sie mit zitternder Stimme. Am liebsten hätte ich Z einen Kinnhaken verpasst, weil er sie noch mehr verängstigt hatte, als sie es ohnehin schon war.

Die neusten Informationen von Tex bewiesen, dass die Bolivianer mehr Daten über Peter Newton, Pamela Cox und Olivia gesammelt hatten, als wir ursprünglich angenommen hatten. Sie hatten die ganze Aktion Monate im Voraus geplant. Das Haus, in das sie uns gelockt hatten, war tatsächlich eine Falle gewesen. Doch das hatten wir gewusst und uns darauf vorbereitet. Und die Leiche in der Wand war ein krankes Geschenk des Kartells. Der Tote war Timothy Clark, der vermisste Analyst der CIA, nach dem wir gefahndet hatten. Dies war ein weiterer Beweis dafür, dass die Kerle unser Team die ganze Zeit über beobachtet hatten.

Zanes Handy vibrierte auf dem Schreibtisch. Bevor er das Gespräch annahm, wandte er sich dem Präsidenten zu. »Alles in Ordnung?«, fragte er.

»Ja«, antwortete Tom.

Zane gab seinen Sicherheitscode ein, um das Telefon zu entsperren, und sagte: »Legen Sie los.«

»Crashcode des Tages – Napa Sechser«, meldete Rena sich.

»Wo ist Jake?«, erkundigte sich Z.

Jake war ein weiterer Analyst auf der Gehaltsliste von Z Corps. Er und Garrett waren absolute Spezialisten und waren imstande, sämtliche Informationen aufzustöbern, die wir brauchten.

»Ich bin hier, Z«, meldete Jake sich zu Wort.

»Der Fokus der Mission hat sich geändert. Ich will alles über Gomez und seine Komplizen, was du in Erfahrung bringen kannst. Finde sämtliche seiner Handlanger, angefangen mit den Capos und Lieutenants bis hin zu seinen einfachen Boten und Gebietsleitern. Wühle so tief in seinem Arsch herum, dass es wehtut. Und er soll wissen, dass wir ihm auf den Zahn fühlen. Initiiere die Kill Chain und hinterlasse eine Spur. Ich will ihn in Aufruhr versetzen.« Zane hielt einen Moment inne und wandte sich Tom zu. »Ich werde Sie bitten, den Raum für einen Moment zu verlassen, um Ihnen die Möglichkeit zu geben, die glaubhafte Abstreitbarkeit wahren zu können.«

»Nein«, antwortete der Präsident.

»Tom, Sie sollten wirklich nicht anwesend sein. Sie haben mich gebeten, die Sache zu regeln, und das werde ich tun. Allerdings werden die Methoden nicht immer ethisch vertretbar und legal sein. Sie müssen den Raum verlassen«, drängte Zane.

»Junge, wann habe ich dich je hängen lassen? Noch nie. Und ich werde auch jetzt nicht damit anfangen. Ihr könnt frei sprechen.« Tom hatte nicht vor, einen Rückzieher zu machen. Wenn die Situation heikel wurde, gab Zane ihm jedes Mal die Möglichkeit, sich zu entfernen, doch Tom nahm sie nie wahr.

»Ich brauche einen USB-Stick, der sich im Privattresor des Justizministers befindet. Schicke das Blue Team los, um ihn zu holen«, befahl Zane.

»Ein kleiner Einbruch? Sie werden sich freuen. Sonst noch etwas?« Ich konnte hören, wie Jake etwas auf seiner Tastatur tippte, während er wartete.

»Alle Informationen gehen an Garrett über SAT COM eins. Das Red Team wird untertauchen. Die gesamte Kommunikation läuft über B230. Operation Dirt Diver hat grünes Licht«, beendete Zane.

»Verstanden.« Jake trennte die Verbindung.

»Rena?«

»Ja, Sir, ich weiß. Ich werde Ihre Fische füttern. Das Blue Team wurde alarmiert und alle Anrufe werden an mich weitergeleitet. Ich hoffe, Sie genießen Ihren Urlaub in Hawaii. Sie sind im Aloha Hotel untergebracht und werden Unsummen für Mai Tais ausgeben. Was soll ich wegen Nightstalker und Ghost unternehmen?« Rena war überaus effizient. Sie nahm sich sämtlicher von Zanes Belangen an, einschließlich des Aquariums in seinem Büro.

»Darum habe ich mich bereits gekümmert.« Bevor Rena etwas erwidern konnte, hatte Zane den Anruf beendet. Der Mistkerl musste immer das letzte Wort haben.

»Jasmin wird gleich hier sein. Sie ist zu Olivias Wohnung gefahren und hat ein paar Sachen gepackt. Leo, sie hat auch deine Notfallreisetasche aus dem Büro geholt«, erklärte Zane und wandte sich wieder der Karte zu.

»Ist er immer so herrisch?«, wollte Olivia wissen.

Ich musste unwillkürlich lachen. »Ja, *tesorino*, das ist er.«

Für einen Außenstehenden war Zane ein schwieriger Mensch. Auf die meisten Leute wirkte er wie ein Rüpel, da er nichts beschönigte und es ihm völlig egal war, ob er jemanden beleidigte. Aber er würde sein Leben geben, um einen Fremden zu retten. Er war ein Krieger, der einen Haufen Krieger anführte, und hatte eine Verantwortung inne, die sich die meisten Männer nicht einmal ansatzweise ausmalen konnten. Er war nicht ohne Grund derart bärbeißig. Zane hatte Dinge gesehen und getan, die tiefe Narben hinterlassen hatten, weshalb er eine undurchdringliche Festung um sich errichtet hatte. Es war ein Wunder, dass er überhaupt noch normal funktionieren konnte. Nichtsdestotrotz war er der beste Agent, den ich kannte. Obwohl ich es ihm immer noch verübelte, dass er ein Geheimnis um seine Familie gemacht hatte, würde ich ihm mein Leben anvertrauen. Auf der ganzen Welt gab es keinen Mann, dem ich bereitwilliger in eine Schlacht gefolgt wäre.

Der Außenalarm ertönte und ich warf einen Blick auf den Monitor, als gerade eine mattschwarze Honda CBR1000 am Tor vorbeiraste. Jasmin war hier. Wenn Olivia Zane für herrisch hielt, dann konnte sie sich auf etwas gefasst machen. Eigentlich gab es keine Worte, um Nightstalker zu beschreiben. Die Frau war knallhart und hatte sich ihren Platz im Team verdient. Sie war eine bessere Schützin als die meisten von uns und berüchtigt dafür, mit einem zusätzlichen Gewicht von fünf bis zehn Kilo im Rucksack zu trainieren, um allen zu beweisen, dass sie den Männern in nichts nachstand.

Die Tür wurde vorsichtig aufgedrückt und der dunkle, erdige Lauf von Penelope wurde durch den Spalt geschoben. Letztere war Jasmins P226. Ja, sie hatte ihrer Waffe einen Namen gegeben, und wer es wagte, sich darüber lustig zu machen, hatte nichts zu lachen.

»Hi«, sagte sie zur Begrüßung.

»Sehr schön, Jassy«, lachte ich. »Du weißt wirklich, wie man einen glanzvollen Auftritt hinlegt.«

»Was ist denn? Man kann nie vorsichtig genug sein. Nur weil ihr Arschlöcher sehen könnt, wer draußen vor der Tür steht, heißt das nicht, dass ich einen Einblick ins Gebäude habe. Man kann nie wissen.«

Typisch Jasmin.

Die Frau war berüchtigt für ihr loses Mundwerk

und ihren unflätigen Umgangston. Früher hatte sie für den militärischen Nachrichtendienst gearbeitet. Sie war so gut in ihrem Job, dass sie hin und wieder in verschiedenen Spezialeinheiten Dienst tat. Nach Beendigung einer Mission war es ihre Aufgabe, Informationen zu sammeln. Es dauerte nicht lange, bis die CIA auf sie aufmerksam wurde und sie ebenfalls rekrutierte.

»Hör auf, mich Jassy zu nennen.« Sie hasste diesen Kosenamen. Ein Grund mehr für mich, ihn zu benutzen. »Ich habe deine Reisetasche.« Jasmin wandte sich Olivia zu, die aussah, als würde sie jeden Moment aus dem Bett springen und Reißaus nehmen wollen. »Du musst Hash sein. Ich habe ein paar deiner Sachen gepackt. Nette Bude übrigens.«

»Hash?«, fragte Olivia.

»Tut mir leid, die Jungs haben es dir wohl nicht gesagt. Das ist dein Deckname. Wir können deinen richtigen Namen nicht über den Funk benutzen.«

»Warum Hash?«

»Mädchen, du verwendest mehr Hashtags in deinen Posts in den sozialen Medien, als ich je gesehen habe. Ich hatte keine Ahnung, dass es überhaupt so viele gibt«, erklärte Jasmin. »Du baust sie sogar in deine privaten Nachrichten ein.«

Olivia lief hochrot an. Sie wirkte plötzlich so viel jünger als fünfundzwanzig und hätte ohne Weiteres als Achtzehnjährige durchgehen können. Ich hatte augenblicklich ein schlechtes Gewissen, weil ich sie begehrte. Im Grunde war sie noch ein Kind.

»Danke, dass du mir etwas zum Anziehen geholt hast. Das wäre nicht nötig gewesen«, sagte Olivia und gähnte. »Tut mir leid.«

»Gar kein Problem. Hallo, Onkel. Lange nicht gesehen.« Jasmin wandte sich Tom zu.

Es fiel mir immer noch schwer zu begreifen, dass der Präsident Jasmins Onkel war. Als sie herausgefunden hatte, dass ihr ihre Familiengeschichte vorenthalten worden war, war sie am Boden zerstört gewesen. Nach dem Tod ihrer Eltern war sie bei einem engen Freund der Familie untergekommen, statt bei ihrem Onkel aufzuwachsen. Tom hatte das Versprechen, das er seiner Schwester und seinem Schwager gegeben hatte, gehalten und ihr erst vor wenigen Wochen erzählt, dass er mit ihr verwandt war. Die beiden lernten einander langsam kennen und bemühten sich, die Vergangenheit hinter sich zu lassen. Ich vermutete, dass das hauptsächlich Lincoln, Jasmins Ehemann, zu verdanken war. Sie selbst war nachtragend und vergaß nie, doch Linc hatte sie dazu gedrängt, eine Beziehung zu Tom aufzubauen. Lincs Einfluss war jedoch nicht der einzige Grund dafür, dass Jasmin sich ihrem Onkel gegenüber öffnete. Letzterer hatte hinter ihr gestanden und ihr bei der Suche nach ihrem Ehemann geholfen, als wir alle ihn für tot gehalten hatten. Sie hatte die Hoffnung jedoch nie aufgegeben und ihn schließlich gefunden.

»Hallo, Liebes. Wie geht es Linc?«, fragte Tom.

»Wie immer ist er eine sexy Nervensäge. Er hasst die Schreibtischarbeit und will zurück in den aktiven

Dienst. Ich nehme an, wir leiten die Kommunikation bei diesem Einsatz. Ich will ihn nicht unbeaufsichtigt lassen«, antwortete Jasmin.

Es war schön, sie glücklich zu sehen. Sie hatte zwei Jahre lang Trübsal geblasen, doch Linc hatte ihr geholfen, die zerbrochenen Teile in ihrem Inneren wieder zusammenzusetzen. In diesem Beruf würde keiner von uns je wirklichen inneren Frieden finden. Wir wussten zu viel und führten Aufträge aus, bei denen wir den Abschaum dieser Welt aus dem Weg räumen mussten. Dennoch konnte ich mir vorstellen, dass die Liebe einer guten Frau das Leben ein wenig leichter machen würde. Ich konnte es zwar nicht mit Sicherheit wissen, denn ich hatte es nie erlebt, aber Linc und Jasmin machten mir Hoffnung, dass mir eines Tages vielleicht auch so ein Glück zuteilwerden würde.

»Jas, Jake wurde ins Bild gesetzt. Gegebenenfalls musst du Tex Informationen zukommen lassen, falls Jake überlastet ist. Tex hat uns seine Hilfe angeboten, und obwohl ich die Arbeit nur ungern auslagere, vertraue ich ihm voll und ganz. Er rechnet also mit dir. Bitte halte ihn bis auf Weiteres über den Crashcode auf dem Laufenden. Und sorge um Himmels willen dafür, dass mein Bruder nicht auf dumme Gedanken kommt«, befahl Zane.

»Verstanden. Ich habe die Handschellen schon bereitgelegt«, scherzte Jasmin.

»Kein Wort mehr«, erwiderte Z mit einem Lächeln.

Z hatte schon immer eine Schwäche für Jasmin. Auf gewisse Weise hatten wir sie alle in unser Herz geschlossen. Sie war wie eine kleine Schwester, auf der wir alle herumhacken konnten. Und Jasmin teilte genauso viel aus, wie sie einstecken konnte.

»Also schön. Dann mache ich mich jetzt auf den Weg ins Büro. Passt alle gut auf euch auf. Und ruft an, falls ihr etwas braucht, ich halte mich bereit.« Mit diesen Worten wandte Jasmin sich der Tür zu. Dann hielt sie inne und drehte sich noch einmal zu Olivia um. Als sie wieder das Wort ergriff, war ihre Stimme so sanft, wie ich sie noch nie zuvor gehört hatte. »Ich habe von deiner Mutter und Peter Newton gehört. Die Männer in diesem Raum werden dir sagen, dass ich nichts übrighabe für Gefühlsduseleien, und damit mögen sie recht haben. Tatsache ist jedoch, dass ich weiß, wie es ist, emotional verletzt zu werden. Ein solcher Schnitt sitzt tief und frisst dich innerlich auf. Ich will damit nur sagen, du kannst mich anrufen, falls du jemanden zum Reden brauchst. Lass nicht zu, dass es dich innerlich zerreißt.«

»Danke, Jasmin.« Olivia wandte den Blick ab und zupfte am Saum ihres T-Shirts herum. Sie wirkte immer noch nervös und angespannt. Ich musste sie von hier wegbringen. Zwar hatte keiner der anderen Jungs mit ihr gesprochen, doch es musste nervenauf-reibend sein, von fünf Männern umringt zu sein.

»*Tesorino*, ich werde jetzt deine Infusion entfernen, damit wir uns auf den Weg machen können.« Ich wertete ihre Antwort nicht ab, sondern machte mich sofort an die Arbeit.

»Zane. Ich werde meine Nichte nach draußen

begleiten. Wahrscheinlich stehen Gerald und Aaron schon kurz davor, einen Herzinfarkt zu bekommen. Es treibt mich in den Wahnsinn, dass ich mein Haus nicht verlassen kann, ohne zuvor eine fünfstündige Sicherheitsanweisung über mich ergehen zu lassen. Zum Teufel noch mal!«

»Wo sind Sie denn angeblich im Moment, Sir?«, wollte Colin wissen, der zum ersten Mal das Wort ergriff.

»Im Fitnessraum im Keller. Dort bin ich vorgeblich immer, wenn ich ohne meine Leibwächter unterwegs bin. Schwieriger wird es sein, wieder unbemerkt zurückzugelangen.«

»Ihnen ist doch klar, dass die Leute Verdacht schöpfen werden, wenn Sie nicht bald Muskelmasse aufbauen«, lachte Colin.

»Sehr witzig. Zane, halte mich auf dem Laufenden und pass auf dich auf.« Tom drückte Olivia einen Kuss auf die Stirn, während ich ein Pflaster auf die Einstichwunde klebte, die die Infusionskanüle hinterlassen hatte. »Alles wird gut werden, Kleines. Ich vertraue diesen Männern bedingungslos. Um deine Mutter werde ich mich kümmern, bis du zurückkommst.«

Olivia nickte nur schweigend und schloss die Augen. Ich war mir nicht sicher, ob sie einfach nur erschöpft war oder ob die Erwähnung ihrer Mutter sie traurig stimmte.

Tom bedachte mich mit einem durchdringenden Blick. Damit wollte er mir zu verstehen geben, dass ihm dieses Mädchen sehr am Herzen lag und er sie in Sicherheit wissen wollte.

»Ich werde dafür sorgen, dass ihr kein Haar gekrümmt wird, Mr. President. Sie haben mein Wort.«

»Ich weiß, andernfalls würde ich jetzt nicht durch diese Tür treten. Männer, gute Reise und viel Glück.«

»Wir werden uns auch auf den Weg machen. Bevor wir losfahren, müssen wir noch unsere Ausrüstung holen«, erklärte Eric, als er mit Colin auf uns zukam. »Wir werden euch im Abstand von höchstens einer Stunde folgen. Olivia, wir sehen uns bald wieder.«

»Okaaaay …«, erwiderte sie gedehnt und brachte Eric und Colin damit zum Lachen. Ich konnte mich nicht mehr daran erinnern, ob sie dem Rest des Teams überhaupt vorgestellt worden war. Die beiden hatten den ganzen Morgen in der Ecke gestanden und mit Garrett den Lagebericht und Informationen durchgesprochen.

»Olivia, das sind Eric und Colin. Sie werden uns bei dieser Operation den Rücken stärken«, erklärte ich.

»Schön, euch beide kennenzulernen. Und danke, dass ihr mich gerettet habt«, flüsterte sie.

»Gern geschehen, Hash. Höre auf Leo, er wird sich um dich kümmern. Bis bald. Du solltest wissen, dass wir immer da sind, selbst wenn du uns nicht siehst. Wir passen auf dich auf«, sagte Colin.

»Danke, Bruder. Wir fahren zuerst nach Norden. Ich gebe euch die Route durch, sobald Garrett sie fertig ausgearbeitet hat. Je weniger Überwachungskameras er unterwegs ausschalten muss, desto besser.« Die beiden nickten zustimmend und gingen davon.

»Wie viele von euch gibt es eigentlich?«, fragte Olivia.

»Zane beschäftigt drei Teams, die aus jeweils sechs Mann bestehen. Die Namen lauten Red, Blue und Green«, erklärte ich.

»Welchem Team gehörst du an?«

»Dem Red Team.«

Das Mädchen stellte eine Menge Fragen. Eigentlich würde ich keine einzige davon beantworten, denn für gewöhnlich erzählte ich den Frauen, dass ich im Bereich Müllentsorgung tätig war. Sie zogen daraus ihre eigenen Schlüsse. Da ich Italiener war, vermuteten viele von ihnen, dass ich Verbindungen zur Mafia unterhielt. Ich machte mir nicht die Mühe, sie zu korrigieren, und sprach nie über meinen Militärdienst. Sie wussten auch nicht, wohin ich ging, wenn ich zuweilen monatelang von der Bildfläche verschwand. Es ging niemanden etwas an.

»Ich komme mir vor wie eine Idiotin, weil ich die Namen der Teammitglieder nicht kenne«, gestand sie.

»Nicht doch. Du hast eine Menge durchgemacht. Niemand schert sich darum, ob du weißt, wie wir alle heißen. Außerdem reagieren die meisten Jungs auch, wenn du sie einfach nur Arschloch nennst. Falls dir mal ein Name nicht einfällt, kannst du sie einfach beschimpfen.«

Und da war es.

Ihr erstes Lächeln. Es war wunderschön und veränderte ihre gesamte Erscheinung. Sie war ohnehin eine hübsche junge Frau, aber wenn sie lächelte, erhellte sich ihr ganzes Gesicht und in ihren schokoladenbraunen Augen loderte ein Feuer. Dieses Mädchen würde mich noch in Schwierigkeiten bringen.

»Kommt gar nicht infrage«, erwiderte sie lachend. »Dafür jagen sie mir viel zu viel Angst ein.«

»Wir sind so weit. Garrett ist auf dem Weg zurück ins Büro, und Blue und ich werden euch folgen«, sagte Zane.

»Verstanden. Olivia, ich werde dich die Treppe hochtragen. Wenn wir das Gebäude verlassen, vergräbst du dein Gesicht an meiner Brust. Und im Wagen wirst du den Kopf unten halten.«

»In Ordnung.«

Ich hob sie hoch und trug sie aus dem Raum. Zane ging voraus und Jaxon bildete die Nachhut, wobei er so dicht bei uns blieb, dass er mich fast von hinten umarmte. Es machte mich nervös, dass ich meine eigene Waffe nicht ziehen konnte, doch es war mir nicht möglich, Olivia sicher zu transportieren, solange ich eine Pistole in der Hand hielt. Also musste ich darauf vertrauen, dass mein Team uns Deckung gab.

Draußen angekommen, öffnete Zane die Wagentür. Bevor ich Olivia auf dem Sitz absetzen konnte, hob sie den Kopf und führte ihre Lippen dicht an mein Ohr.

»Danke, Leo«, hauchte sie.

Mein Körper reagierte augenblicklich. Noch nie zuvor hatte eine Frau eine solche Wirkung auf mich ausgeübt. Zwar gerieten meine Hormone zuweilen in

Aufruhr, aber mein geistiger Zustand war noch nie in Mitleidenschaft gezogen worden. Ich musste auf Distanz bleiben, nicht nur um meinetwillen, sondern auch um ihretwillen.

Sie war lediglich eine Person, die es zu beschützen galt – nichts weiter.

Zumindest redete ich mir das ein.

KAPITEL ZEHN

In dem Moment, in dem ich meine Lippen an sein Ohr führte, bereute ich die Entscheidung.

Er roch nach Seife und verströmte ein durch und durch männliches Aroma. Der Duft war einzigartig und brachte meinen Körper sofort in Wallung. Die Jungs aus dem College und dem Country Club übergossen sich mit so viel Eau de Cologne, dass ich sie selbst gar nicht riechen konnte. Leos Duft war wesentlich angenehmer.

Er war sexy.

Am liebsten hätte ich meine Zunge über seinen Hals gleiten lassen, um herauszufinden, ob er genauso gut schmeckte, wie sein Aroma vermuten ließ.

»Du musst mir nicht danken, *tesorino*.« Seine tiefe Stimme vibrierte an meiner Brust.

Hastig setzte er mich auf den Beifahrersitz und zog

den Sicherheitsgurt über meinen Schoß, um mich anzuschnallen. Mir entwich unwillkürlich ein Stöhnen, als er mit seinem muskulösen Unterarm meine empfindsamen Brustwarzen streifte.

Leo versteifte sich und drehte mir langsam den Kopf zu, bis er meinem Blick begegnete. Meine Güte, dieser Mann! Alles an ihm war berauschend. Sein Gesicht war nur Zentimeter von meinem entfernt, und es wäre ein Leichtes, meine Lippen auf seine zu pressen. Vielleicht sollte ich bei Zane mitfahren. Dieser war wohlgemerkt ebenso attraktiv wie Leo. Tatsächlich waren alle Männer im Team umwerfend, aber vor Zane hatte ich ein wenig Angst. Außerdem fühlte ich in seiner Gegenwart nicht dieses … dieses … was auch immer ich verspürte, wenn Leo mich ansah. Jedes Mal wenn Zane mir einen finsteren Blick zuwarf, machte ich mir fast in die Hose.

Leo schloss schweigend die Beifahrertür und eilte zur Fahrerseite. Er gab immer noch keinen Ton von sich, als er den Wagen durch eine Reihe von Nebenstraßen navigierte und schließlich auf die Schnellstraße fuhr. Es dauerte eine gefühlte Ewigkeit, bis er endlich wieder mit mir sprach.

»Du musst etwas trinken. Auf dem Boden vor dir steht eine Flasche mit dreihundertvierzig Milliliter Elektrolytlösung. Versuche, mindestens die Hälfte davon zu trinken.«

Als ich seine Stimme hörte, wurde ich stutzig. Er klang zwar nicht wütend, aber sein Tonfall war auch nicht sonderlich freundlich. Irgendetwas stimmte nicht.

Ich griff nach der Flasche und schraubte den Deckel ab. »Habe ich etwas falsch gemacht?« Vielleicht hatte ich nicht wie befohlen den Kopf eingezogen, aber ich konnte mich nicht recht erinnern.

»Nein.«

Hm. Offenbar beschränkte er sich auf einsilbige Antworten. Nun gut. Schweigen konnte ich ebenfalls. Ich trank etwas von der Flüssigkeit, die schmeckte wie verwässerter Orangensaft, und ließ mich noch tiefer in meinen Sitz sinken.

»Hast du Hunger?«

»Nein«, erwiderte ich genauso einsilbig wie er.

»Du musst etwas essen. Der Arzt hat angeordnet, dass du alle paar Stunden kleine Mahlzeiten zu dir nehmen musst. Du solltest es mit einer Handvoll Cracker und vielleicht mit einem Eiweißriegel probieren.« Wenn es um die Anweisungen des Arztes ging, schien er ziemlich redselig zu sein. »Ich meine es ernst, du brauchst Energie.«

Mir fiel eine ganze Reihe von Gründen ein, wofür ich diese Energie gern verwenden würde. Leider hatte keiner dieser Gründe etwas mit dem zu tun, was Leo meinte. Ich wusste wirklich nicht, was es mit diesem Mann auf sich hatte, doch meine Gedanken schienen in seiner Gegenwart ständig eine unanständige Richtung einzuschlagen.

Sein Handy klingelte und er drückte ein paar Tasten am Lenkrad, um den Anruf anzunehmen.

»Hallo«, sagte er.

»Es ist alles bereit. Die Tickets nach Hawaii sind gekauft. Du hast freie Bahn«, ertönte Zanes tiefe Stimme durch die Lautsprecher des Wagens.

»Verstanden.«

Damit beendete Leo das Gespräch und das Radio schaltete sich wieder ein. Zumindest hatte Leo einen guten Musikgeschmack. Das machte das Schweigen etwas erträglicher.

»Wir fliegen nach Hawaii?«, fragte ich und schob mir einen Salzcracker in den Mund.

»Nein.«

»Was ist los mit dir? Habe ich etwas Falsches gesagt oder getan?«, wollte ich wissen.

»Nein.«

Ach du meine Güte, am liebsten hätte ich laut geschrien.

»Es tut mir leid, dass ich dir solche Umstände mache. Ich bin sicher, du hast Besseres zu tun, als auf mich aufzupassen und nach … wohin auch immer zu fahren. Aber es ist wirklich nicht meine Schuld. Ich habe nicht darum gebeten, entführt zu werden. Vielleicht solltest du dich mit deiner schlechten Laune an Peter Newton wenden. Oder an meine Mutter. Oder am besten gleich an beide. Sie sind dafür verantwortlich. Ich bin diejenige, die in diesem Drecksloch saß und glaubte, sie würde sterben. Jetzt will ich nur noch nach Hause.«

Ich atmete tief durch und bemühte mich, die Tränen zurückzuhalten. Bisher hatte ich noch keine

Zeit, das Geschehene zu verarbeiten. Als ich in diesem Raum eingesperrt war, hatte ich nur an meine Mutter denken können. Und nun hatte ich niemanden mehr. Nichts! Obendrein saß ich in einem Pick-up mit einem Mann fest, der mich offensichtlich nicht mochte.

Ich konnte immer noch nicht glauben, dass meine Mutter mich belogen hatte. All die Jahre hatte ich einen Vater, den ich nie kennenlernen durfte. Ich wusste, dass ich mir die Erklärung meiner Mutter anhören sollte. Ohne Zweifel war sie davon überzeugt gewesen, das Richtige zu tun. Obwohl es ihre Lügen nicht weniger schmerzhaft machte, wusste ich, dass meine Mutter mich nie absichtlich verletzen würde. Dennoch wollte ich im Moment nicht mit ihr sprechen. Ich war immer noch viel zu wütend auf sie und hatte das Gefühl, jeden Moment aus der Haut fahren zu müssen.

Trotz meines kleinen Wutausbruchs schwieg Leo immer noch. Nun gut, dann wollte er eben nicht mit mir reden. Ich lehnte den Kopf zurück und schloss die Augen.

* * *

»Olivia, wach auf.« Ich spürte, wie jemand mich schüttelte. Dann wartete ich auf den Tritt. Für gewöhnlich folgte er, gleich nachdem jemand meinen Namen gerufen hatte.

Olivia … Tritt in den Bauch … Olivia, wach auf … Noch ein Tritt.

»Olivia, wach auf.« Wieder wurde ich durchgeschüttelt.

»Bitte nicht.«

»*Tesorino*, du bist in Sicherheit. Wach auf.«

Ich öffnete die Augen einen Spalt und erblickte Leo, der neben mir saß. Er sah noch wütender aus als zuvor. Es war zum Verrücktwerden.

»Tut mir leid. Ich wollte nicht einschlafen«, entschuldigte ich mich.

»Ist schon in Ordnung. Du brauchst Ruhe.« Seine Stimme klang zwar immer noch schroff, aber seine Miene schien sich etwas erweicht zu haben.

»Wo sind wir?«, fragte ich, als ich bemerkte, dass der Wagen sich nicht mehr bewegte.

»In Ohio.«

»Ohio? Wie lange habe ich geschlafen? Ich habe nichts mehr von der Flüssigkeit getrunken!«

Ich suchte verzweifelt nach dem Orangengetränk. Der Arzt sagte, ich müsse stündlich etwas trinken, andernfalls bräuchte ich eine weitere Infusion.

»Beruhige dich, Olivia. Es ist alles in Ordnung. Ich habe Westinghouse angerufen. Er sagte, dass du dich ausruhen und schlafen sollst. Versuche jetzt, noch etwas zu trinken.«

Ich konnte nicht glauben, dass wir den ganzen Weg nach Ohio zurückgelegt hatten. Die Fahrt hatte sicher sechs Stunden gedauert.

»Wir befinden uns an einer Raststätte. Ich muss mir kurz die Beine vertreten und zur Toilette gehen. Wir haben fünfzehn Minuten Zeit, bis die Kameras wieder online sind, also sollten wir uns beeilen.«

»Wo sind die anderen?«, fragte ich.

»Ganz der Nähe. Glaubst du etwa, ich bin nicht in der Lage, dich im Alleingang zu beschützen?«

»Meine Güte, du Muffel, ich habe doch nur gefragt. Ist es mir erlaubt, selbstständig zu gehen?«

»Ja, aber wenn dir schwindelig wird, sag mir sofort Bescheid.«

Ich wartete nicht darauf, dass er mir noch weitere Befehle an den Kopf warf, sondern öffnete die Tür und sprang aus dem Pick-up. Wow. Das war höher, als ich gedacht hatte. Es war lange her, seit ich eigenständig einen Fuß vor den anderen gesetzt hatte. Mir wurde sofort schwindelig und ich versuchte, mich an der Wagentür festzuhalten. Ich griff jedoch ins Leere und meine Sicht begann zu verschwimmen.

Leo war an meiner Seite, bevor ich auf dem Boden aufschlagen konnte. »Ich habe dich. Halte dich an mir fest, bis du das Gleichgewicht wiedergefunden hast.«

Ach, verdammt. Jetzt musste ich mich erneut bei ihm bedanken, weil er mich schon wieder gerettet hatte.

»Danke«, murmelte ich halbherzig. Natürlich war ich froh, dass er mich nicht zu Boden hatte fallen lassen, aber ich wollte nicht mit ihm reden müssen.

»Warte beim nächsten Mal bitte, bis ich um den Wagen herumgegangen bin, um dir zu helfen.«

»In Ordnung«, schnaubte ich.

Er brachte mich zur Damentoilette und betrat zu

meinem Leidwesen ebenfalls den Raum. Nachdem er sämtliche Kabinen überprüft und die Tür verschlossen hatte, drehte er sich zu mir um.

»Geh schon. Aber schließe die Kabinentür nicht ab. Ich habe keine Lust, über die Trennwand zu klettern, falls du mich brauchst.«

Ihn brauchen? Warum zum Teufel sollte ich ihn brauchen? Glaubte er etwa, ich könnte mir meine Muschi nicht selbst abwischen?

Allerdings würde ich mich nicht beschweren, wenn er …

»Olivia?«, fragte er und riss mich aus meinen Gedanken.

»Tut mir leid. Es ist alles in Ordnung. Du kannst jetzt auf die Herrentoilette gehen.«

»Ich bleibe hier«, erklärte er.

»Du wirst doch wohl nicht hier herumstehen, während ich zur Toilette gehe.«

»Und ob. Auf keinen Fall werde ich dich hier ungeschützt allein lassen. Wir haben noch acht Minuten und vierzig Sekunden, bis die Kameras wieder funktionstüchtig sind. Du solltest dich beeilen.«

»Also schön.« Ich biss die Zähne zusammen und ging in eine der Kabinen.

Immerhin war die Toilette sauber. Ein Silberstreif am Horizont. Nachdem ich den Sitz mit dem dünnen Papier abgedeckt hatte, starrte ich darauf. Warum legten wir Papier auf öffentliche Toilettensitze? Es ergab keinen Sinn. Eigentlich würde ich mit dem Hintern niemals den Sitz berühren wollen, den ein

Fremder zuvor benutzt hatte. Ich zog es vor, ihn in einem Schwebezustand darüber zu halten. Allerdings waren meine Beine dafür zu schwach.

»Beeil dich«, drängte Leo.

»Ich beeile mich ja.« Oh nein, ich konnte nicht auf Befehl pinkeln.

»Nein, das tust du nicht. Andernfalls würde ich es hören.«

Verdammte Scheiße.

»Du hörst mir beim Pinkeln zu?«

»Meine Güte, jetzt mach einfach.«

»Na schön.«

Ich setzte mich auf die nutzlose Papierabdeckung und erledigte mein Geschäft. Dabei wurde ich von einem Hass auf Peter Newton gepackt. Was auch immer er getan hatte, um diese Männer derart in Rage zu versetzen, dass sie mein Leben bedrohten, er sollte es besser in Ordnung bringen. Während ich im Geiste eine Liste aller Gründe erstellte, warum ich auf Peter und meine Mutter wütend war, konnte ich vage hören, wie Leo neben mir pinkelte. Es hatte fast etwas Intimes, neben ihm zu urinieren. Ich schob den verrückten Gedanken beiseite und wandte mich wieder den Lügen meiner Mutter zu. Das Thema war sicherer als die Fantasien über Leo.

Als ich fertig war, wusch ich mir die Hände und wartete an der Tür auf Leo. Dann verbrauchte ich den Rest meiner Energiereserven, um den ganzen Weg zum Wagen zu stapfen.

Leo betätigte die Zentralverriegelung und half mir

beim Einsteigen. Nachdem er auf dem Fahrersitz Platz genommen und den Motor angelassen hatte, fragte er mit einem Grinsen: »Bist du jetzt fertig mit Schmollen?«

Arsch!

»Nein.«

* * *

»OLIVIA. WACH AUF.«

Ich öffnete die Augen und blickte aus dem Fenster. Wir hatten erneut angehalten und draußen war es dunkel.

»Wo sind wir?«, fragte ich.

Leo hatte mich während der Fahrt einige Male geweckt, damit ich etwas trinken konnte, doch nach ein paar Schlucken war ich wieder eingeschlafen.

»Arkansas«, antwortete er.

Er war mindestens zehn weitere Stunden gefahren. Ich hatte ein schlechtes Gewissen, weil er allein hinterm Steuer saß, während ich im Reich der Träume schlummerte. Dann erinnerte ich mich daran, dass er ein Idiot war und es mir egal sein sollte.

Jemand klopfte an das Fenster der Fahrertür und Leo ließ die Scheibe herunter.

»Zimmer 828«, sagte Zane und reichte ihm eine Schlüsselkarte.

Leo nahm sie wortlos entgegen. Zane hätte ohnehin nicht auf eine Antwort gewartet, denn er hatte sich bereits umgedreht und ging auf das Hotel zu.

»Warte, bis ich auf deiner Seite des Wagens bin, bevor du aussteigst. Du bleibst links von mir, hältst den Kopf gesenkt und sprichst mit niemandem, falls wir jemandem im Flur begegnen«, befahl Leo.

»Warum links von dir?«

Eigentlich war es mir völlig egal, aber es gefiel mir nicht, dass er mich herumkommandierte.

»Du hältst dich immer links, weil ich meine Waffe rechts trage.«

Mit diesen Worten stieg Leo aus dem Wagen, schnappte sich zwei Rucksäcke vom Rücksitz und eilte dann zur Beifahrerseite.

»Kopf runter«, erinnerte er mich, als wir uns auf den Weg zum Zimmer machten.

Dieser Idiot! Glaubte er, ich sei so dumm, das zu vergessen?

Er öffnete die Tür. Statt mich zuerst eintreten zu lassen, führte er uns unbeholfen gemeinsam ins Zimmer. Bei seiner Statur war es ein Wunder, dass wir beide nicht im Türrahmen stecken blieben.

Die Tür fiel hinter uns ins Schloss und er hob seine linke Hand. Ich nahm an, er wollte mir damit signalisieren, dass ich warten sollte. Langsam zog er seine Waffe aus dem Halfter, wobei sein Hemd ein kleines Stück hochrutschte und mir einen flüchtigen Blick auf seinen gebräunten Bauch gewährte. Wäre ich nicht so wütend auf ihn gewesen, hätte ich den Anblick genossen. Er ließ mich an der Tür stehen, während er den Raum überprüfte.

»Sauber«, rief er schließlich.

Sollte ich etwa verstehen, was er damit meinte?

»Du kannst jetzt reinkommen, Olivia.«

Idiot.

Warum hatte er das nicht gleich gesagt? Als ich um die Ecke bog, lag der Rucksack, den Jasmin für mich zurückgelassen hatte, auf einem der beiden Betten. Leo stand am anderen Bett und kramte in seiner Tasche herum.

»Wir teilen uns ein Zimmer?«, fragte ich, obwohl das offensichtlich war.

Leo hielt inne und sah mich an. »Ja. Ich darf dich nicht aus den Augen lassen, niemals. Es tut mir leid, wenn dir das unangenehm ist, aber ich gehe kein Risiko ein, wenn es um deine Sicherheit geht.«

Leo musste meinen verblüfften Gesichtsausdruck bemerkt haben und schien zu begreifen, dass ich immer noch nicht recht verstand, was vor sich ging. Er atmete tief durch. »Ich will es dir erklären. Ein paar Bösewichte haben dich entführt, nur um zu beweisen, dass sie dazu in der Lage sind. Nachdem sie ihren Standpunkt klargemacht hatten, haben sie uns verraten, wo wir dich finden können. Da sie jetzt unsere volle Aufmerksamkeit haben, haben sie Forderungen gestellt.«

»Welche Forderungen?«

»Ich bin nicht befugt, dir das zu sagen.«

»Warum wollten die Kerle beweisen, dass sie mich entführen können?«

»Das kann ich dir auch nicht verraten.«

»Was kannst du denn preisgeben?«, fragte ich.

»Nicht mehr, als ich dir bereits erzählt habe.«

»Werden sie mich töten?«, flüsterte ich.

»Nein.«

»Aber haben sie nicht damit gedroht, mich umzubringen? Ist das nicht der Grund, warum ihr mich in Schutzhaft genommen habt?«

»Ja, das ist richtig«, bestätigte Leo.

Derartige Fälle kannte ich nur aus den Nachrichten oder hatte vielleicht in der Zeitung davon gelesen. Dort standen Geschichten über Menschen, die anderen nach dem Leben trachteten, über Stalker und über Frauen, die vor ihren gewalttätigen Ehemännern fliehen mussten. Ich hatte jedoch nie darüber nachgedacht, wie es sich anfühlen würde, in den Schuhen dieser Leute zu stecken. Und wie beängstigend es war, von jemandem gejagt zu werden.

»Dann bin ich so gut wie tot.«

»Nein. Das werde ich nicht zulassen.«

Obwohl ich fast den ganzen Tag über geschlafen hatte, wurde ich plötzlich von Müdigkeit übermannt. Ich hatte keine Kraft mehr und sehnte mich nach meiner Mutter. Bis ich mich daran erinnerte, wie wütend ich auf sie war. Ohne mich umzuziehen, kroch ich ins Bett und vergrub mein Gesicht im Kissen.

* * *

DER GERUCH VON GETROCKNETEM BLUT UND Erbrochenem erfüllte den Raum. Ich würde hier sterben. Die Männer brüllten wieder irgendetwas auf dem

Gang. Ich lauschte und hoffte, etwas zu hören, was mir verraten würde, wer mich entführt hatte und warum ich mich in dieser Situation befand. Aber ich verstand kein Wort.

Die Tür wurde geöffnet und ein Mann betrat den Raum. Er wirkte ungepflegt und stank nach Alkohol und Zigaretten. Als er sich mir näherte, löste er mit seinen hässlichen gelben Zähne und seinem schlechten Atem einen Würgereiz in mir aus.

»Gut, die Prinzessin ist wach. Vielleicht werde ich dich heute ficken, bevor ich dir dein Frühstück gebe. Würde dir das gefallen, Prinzessin? Willst du, dass ich dich ficke?« Aufgrund seines ausgeprägten Akzents und seines gebrochenen Englischs hatte ich Schwierig-keiten, ihn zu verstehen.

»Fassen Sie mich nicht an«, schrie ich.

Der Mann packte mich an den Schultern und schüttelte mich so heftig, dass mein Nacken ein knackendes Geräusch von sich gab.

»Wach auf!« Die Stimme des Mannes hatte sich verändert. Er sprach jetzt fließend Englisch und sein Tonfall war weicher geworden.

»Bitte, fassen Sie mich nicht an.« Der Mann legte mir eine Hand an den Mund. Er verströmte einen frischen, sauberen Duft, der die dicke Luft im Raum durchbrach. »Du musst aufwachen. Komm zurück zu mir, *tesorino*.«

Mit Mühe schob ich den Mann von mir.

»Olivia!«

Ich öffnete die Augen und setzte mich ruckartig auf.

Leo kniete neben meinem Bett und starrte mich an, während ich langsam zu mir kam.

Es war nur ein Traum. Leo war bei mir. Meine Atmung beschleunigte sich und ich wartete darauf, dass die Panikattacke einsetzte. Bevor es noch schlimmer werden konnte, ergriff Leo meine Hand und drückte sie an seine Brust. Er begann, tief und gleichmäßig ein- und auszuatmen. Diesmal brauchte ich keine Anweisungen und holte tief Luft. Langsam entspannte ich mich und meine Sicht klärte sich, während ich mich auf meine Hand an seiner Brust konzentrierte. Seine Haut war mit mindestens einem Dutzend kleiner Narben übersäht, die wie die Überreste einer Windpockeninfektion aussahen. Je länger ich sie musterte, desto mehr begriff ich, woher sie stammten.

Ich begegnete seinem Blick und bemerkte den besorgten Ausdruck in seinem Gesicht. Allerdings war ich mir nicht sicher, ob er beunruhigt war, weil ich die Narben gesehen hatte oder weil ich einen Albtraum hatte.

»Leg dich wieder hin«, flüsterte er.

»Ich will nicht wieder einschlafen«, gestand ich.

Ehe ich michs versah, hatte Leo mich auf den Rücken gedrückt und uns beide auf die Seite gerollt.

»Ich aber schon. Und ich werde kein Auge zutun, solange du das Hotel zusammenschreist«, schnaubte er. Seine Frustration schien jedoch zu verfliegen, als er erneut meine Hand ergriff und sie an seine Brust drückte. Mir stockte der Atem, als er sie festhielt und sie an seine nackte Haut schmiegte. »Entspann dich«, murmelte er. »Wir haben nur noch ein paar Stunden, bis wir uns wieder auf den Weg machen müssen.«

Im Gegensatz zu seinem schroffen Tonfall war seine Berührung sanft und beruhigend. Während er meine Hand weiterhin an seine Brust presste und darauf achtete, keinen Druck auf die Wunde an meinem Handgelenk auszuüben, legte er die andere Hand an meine Hüfte und strich mit dem Daumen über meine Taille.

Ich war in Sicherheit.

KAPITEL ELF

LEO

Ich wartete, bis Olivias Atmung sich beruhigt hatte, bevor ich die Augen schloss. Dies war nun schon das zweite Mal, dass sie schreiend aus einem Albtraum erwacht war. Wenn ich sie derart verängstigt sah, verspürte ich ein Brennen in der Magengrube und wurde von dem unbändigen Wunsch übermannt, die Arschlöcher, die sie entführt hatten, noch einmal zu töten.

Während der vergangenen sechzehn Stunden hatte ich versucht, mich so weit wie möglich von ihr zu distanzieren. Um für ihre Sicherheit zu sorgen, musste ich mich voll und ganz auf die Mission konzentrieren. Wenn ich nicht vorsichtig war, würde ich meine Entscheidungen von Gefühlen abhängig machen, und das könnte verheerende Folgen haben. Olivia hatte etwas Besseres verdient. Sie war verängstigt und verwirrt, aber ich würde ihre Verletzlichkeit nicht ausnutzen. Es brachte mich zwar fast um, ihr die kalte Schulter zu zeigen, doch ich sah keine andere Möglichkeit, um sie auf Armeslänge zu halten. Sie war verdammt niedlich, wenn sie wütend wurde, was mir die Sache nicht gerade leicht machte. Dennoch tat ich mein Bestes, einer Unterhaltung aus dem Weg zu gehen.

Wahrscheinlich war ich insgeheim ein Masochist, weil ich Olivia in meine Arme schloss. Es war weder nötig, sie so dicht an mich zu ziehen, noch war ich gezwungen, ihren Duft einzuatmen. Sie hatte nach der Dusche zwar kein Parfüm benutzt, aber ihre Haare rochen immer noch nach süßen Beeren. Ich redete mir ein, dass ich sie nur festhielt, um einen weiteren Albtraum zu verhindern, damit ich selbst noch etwas schlafen konnte. Doch das war absoluter Unsinn. Ich hatte herausfinden wollen, wie ihr Körper sich in meinen Armen anfühlte. Und nun, da ich es wusste, war ich verloren.

Ich zwang mich zu schlafen. Je eher wir diese Sache hinter uns brachten, desto schneller würde Olivia ihr Leben wieder aufnehmen können. Und ich würde vergessen, wie Schönheit sich anfühlte.

* * *

»Ja«, sagte ich, als ich ein paar Knöpfe an meinem Lenkrad drückte, um den Anruf über das Radio im Wagen zu verbinden.

Wir waren seit fast sieben Stunden unterwegs, hatten Oklahoma durchquert und näherten uns der texanischen Grenze. Heute Morgen war ich schon früh aufgestanden und hatte mich angezogen, bevor Olivia aufgewacht war. Keiner von uns hatte ein Wort über den Albtraum verloren. Wir hatten auch nicht darüber gesprochen, dass ich sie die ganze Nacht über im Arm gehalten hatte. Nachdem ich die Wunde an ihrem Handgelenk gereinigt und verbunden hatte, hatte sie mir gedankt, doch ansonsten herrschte zwischen uns Funkstille.

Es war besser so.

»Arabella hat ein paarmal versucht, Sie auf Ihrem Handy zu erreichen. Nun hat sie im Büro angerufen und ist in der Warteschleife«, informierte Rena mich. »Sie sagte, es sei ein Notfall.«

Wenn es um meine Schwester ging, konnte ein Notfall so ziemlich alles bedeuten, angefangen bei einem verlorenen Schlüsselbund bis hin zu einem Todesfall.

»Stellen Sie sie durch.«

Einen Moment später wurde Olivia von der Stimme meiner Schwester geweckt, die durch die Lautsprecher dröhnte. »Wo bist du?«

»Um was für einen Notfall geht es, Arabella?«, fragte ich und kam direkt zur Sache.

»Ich habe dich nicht erreicht«, antwortete sie mit gedämpftem Tonfall.

»Das ist der Notfall? Meine Güte.«

»Ich habe dir mehrere Nachrichten geschrieben

und versucht, dich anzurufen. Aber du bist vierundzwanzig Stunden lang nicht ans Telefon gegangen. Ich habe es mit der Angst zu tun bekommen. Beim letzten Mal … beim letzten Mal, als du dich nicht gemeldet hast …« Zum Glück beendete sie den Satz nicht. Olivia war mittlerweile hellwach und hörte jedes Wort mit, und ich wollte nicht, dass sie erfuhr, worauf Bella sich bezog.

»Es geht mir gut, Bella«, antwortete ich.

»Wo bist du?«, wollte sie wissen.

»Bella! Ich bin beschäftigt. Ich rufe dich im Laufe der Woche an.«

»Pass auf dich auf. Ich liebe dich«, flüsterte sie.

Obwohl ich meine Schwester die meiste Zeit über am liebsten erwürgt hätte, gab es Momente wie diesen, in denen ich die Besorgnis in ihrem Tonfall hören konnte und daran erinnert wurde, wie sehr ich sie liebte.

»Dito.«

Bevor sie weitere Fragen stellen konnte, beendete ich das Gespräch.

Ich sah Olivia an. »Willst du, dass ich irgendwo anhalte?«

»Nein, danke«, antwortete sie und starrte weiter aus dem Beifahrerfenster.

Der traurige Unterton in ihrer Stimme versetzte mir einen Stich im Herzen, aber es war das Beste, sie auf Distanz zu halten.

Sie schlief wieder ein, und ich rief Zane an. Ich nahm mein abhörsicheres Handy aus der Mittelkonsole und wählte seine Nummer.

»Gibt es etwas Neues?«, wollte ich wissen.

»Wir haben den Köder ausgelegt. Jetzt muss Gomez ihn nur noch schlucken.«

»Verstanden. Aber ich möchte zu Protokoll geben, dass dieser Mist mir kein bisschen gefällt.«

»Zur Kenntnis genommen. Es ist jedoch der schnellste Weg, um Gomez auszuschalten. Tex hat bereits einen seiner Peilsender an Wolf geschickt. Er erwartet, Hash und dich morgen zu sehen.«

Tex hatte für seine ehemaligen Teamkameraden ein Gerät entwickelt, mit dem sie ihre Frauen aufspüren konnten. In unserer eingeschworenen Gemeinschaft waren die Geschichten darüber, wie sie ihren besseren Hälften begegnet waren, legendär. Sie alle hatten mit einer lebensbedrohlichen Situation begonnen, die sich schnell in eine Liebesgeschichte verwandelt hatte, und nun hatten die Männer die Frauen fürs Leben gefunden. Dieses Glückspilze.

»Gut zu wissen.«

Zane trennte die Verbindung, und ich ging den Plan noch einmal im Geiste durch. Es behagte mir gar nicht, dass wir Gomez aus seinem Versteck locken und im Grunde direkt zu uns führen wollten, aber Garrett hielt es für das Beste. Der Kerl verfügte in Bolivien über ein weitreichendes Netzwerk. Wenn wir versuchen würden, ihn dort aufzuspüren, wäre das, als müssten wir eine Nadel in einem Heuhaufen finden.

Um Gomez zu ködern, hatte Tex eine Spur hinterlassen. Da Ersterer ein selbstgefälliges Arschloch war, würde er sie persönlich verfolgen wollen. Der Mann war labil und äußerst gefährlich. Es gefiel mir ganz und gar nicht, dass wir ihn auf unsere Fährte lockten, während Olivia bei uns war.

Ich hatte noch eine lange Fahrt vor mir und hatte alle Zeit der Welt, um nachzudenken. Für einen Moment erwog ich, Olivia zu wecken, um mich mit ihr zu unterhalten. Aber genauso gut hätte ich Eva den sprichwörtlichen Apfel vor die Nase halten können. Also widerstand ich der Versuchung und fuhr schweigend weiter.

* * *

ZEHN STUNDEN SPÄTER ERREICHTEN WIR DAS HOTEL. Nach der insgesamt siebzehnstündigen Fahrt war ich hundemüde. Ich duschte schnell, wobei ich meinen harten Schwanz ignorierte, und zog mir eine Jogginghose und ein T-Shirt an. Letzte Nacht hatte Olivia in den Kleidern geschlafen, die sie den ganzen Tag über getragen hatte. Heute quälte sie mich mit knappen Boxershorts, deren Saum sie hochgerollt hatte, und einem Trägerhemd. Am liebsten hätte ich Jasmin den Hals umgedreht, weil sie die Sachen eingepackt hatte. Ganz ohne Zweifel hatte das Mädchen irgendwo in ihrer Garderobe einen hochgeschlossenen Flanellschlafanzug. Ich würde Garrett damit beauftragen müssen, Olivia ein angemesseneres Outfit zu besorgen.

Als ich aus dem Badezimmer kam, fand ich Olivia schlafend in einem der großen Betten vor. Sie sah so verdammt schön und verlockend aus. Auf den Bildern, die ich von ihr gesehen hatte, hatte sie sich aufgedonnert und eine Unmenge an Make-up getragen. Doch das hatte sie gar nicht nötig, denn ohne den ganzen Mist war sie viel hübscher. Mir war es ohnehin ein Rätsel, warum Frauen Schminke auftrugen. Sie verbargen darunter nur ihre natürliche Schönheit.

Ich legte mich neben Olivia ins Bett, zog sie an mich und vergrub mein Gesicht in ihrem seidigen Haar. Wieder einmal fielen mir eine Menge Ausreden ein, warum ich sie im Arm halten musste. Schließlich wollte ich nicht, dass sie schreiend aufwachte, denn ich war müde und brauchte Schlaf. Irgendwann gestand ich mir jedoch ein, dass ich mich nur selbst belog. Kurz darauf schlief ich ein.

OLIVIA WÄLZTE SICH UNRUHIG HIN UND HER UND GAB ein Wimmern von sich. Ich warf einen Blick auf die Uhr auf dem Nachttisch. Es war vier Uhr dreißig.

»Du bist in Sicherheit, *tesorino*«, flüsterte ich und drückte ihr einen Kuss auf den Kopf.

Sie beruhigte sich sofort und schmiegte ihren Kopf unter mein Kinn.

»WACH AUF, OLIVIA.«

Zane hatte angerufen und mich darüber informiert,

dass Garrett und er bereit seien, sich wieder auf den Weg zu machen. Um zu Wolfs und Carolines Haus in San Diego zu gelangen, hatten wir noch eine eintägige Fahrt vor uns. Dort würden wir uns mit Abe treffen, der uns dann zu seiner Hütte außerhalb von Riverton bringen würde. Wir würden dort ausharren, bis wir Gomez zur Strecke gebracht hatten.

»Noch fünf Minuten«, jammerte sie.

»Nein. Ich habe dir bereits sieben Minuten gegeben«, erinnerte ich sie.

Ich glaube, ich hatte noch nie jemanden so viel schlafen sehen wie dieses Mädchen. Sie kam morgens einfach nicht aus dem Bett.

»Also schön«, schnaubte sie und deckte sich auf, wobei sie mir einen ungehinderten Blick auf ihre langen Beine gewährte. Ich wusste genau, wie sich diese Schenkel an meinen anfühlten, da sie sie im Schlaf mit meinen verschränkt hatte. Es juckte mich in den Fingern, meine Hände über ihre Knöchel und ihre Waden gleiten zu lassen, während ich mit den Lippen die Innenseite ihrer Schenkel liebkoste und schließlich mein Gesicht an ihrem Unterleib vergrub, bis sie meinen Namen schrie.

Mist.

»Ich habe dir einen frischen Verband für dein Handgelenk bereitgelegt. Zieh dich an, und ich helfe dir, die Wunde zu reinigen.«

Ich sah ihr hinterher, als sie ins Bad ging, wobei ich den Blick nicht von ihrem straffen Hintern abwenden konnte. Die dünnen Boxershorts überließen nur wenig der Fantasie, und unter dem hochgerollten Saum lugten ihre geschmeidigen Pobacken hervor. Bei dem Gedanken, meinen Schwanz von hinten in ihr zu vergraben, während ihr praller Arsch bei jedem kraftvollen Stoß wackelte, lief mir das Wasser im Mund zusammen.

»Ich bin so weit«, rief Olivia aus dem Badezimmer.

Wie lange träumte ich nun schon davon, es mit diesem Mädchen zu treiben?

Ich säuberte die Wunde an ihrem Handgelenk und machte noch einen Kontrollgang durchs Zimmer, um mich zu vergewissern, dass wir nichts vergessen hatten. Auf dem Weg zum Pick-up sah ich, wie Zane und Garrett vor uns in Zanes Geländewagen stiegen. Jaxon und Colin waren bereits vorausgefahren.

»Ich fühle mich schon besser. Willst du, dass ich heute fahre?«, fragte Olivia.

In den wenigen Tagen seit ihrer Rettung hatte Olivias Zustand sich beträchtlich gebessert. Sie hatte wieder Appetit und ich musste sie nicht ständig daran erinnern, etwas zu trinken. Sogar die Wunde an ihrem Handgelenk heilte gut und schien nicht mehr infiziert zu sein. Dennoch würde ich ihr nicht das Steuer überlassen.

»Nein. Ich mache das schon.«

Sobald wir auf die Schnellstraße fuhren, legte sie den Kopf zurück und starrte aus dem Fenster. Offenbar würden wir uns einen weiteren Tag in Schweigen ergehen.

Als wir Kalifornien erreichten und an der mexikanischen Grenze entlangfuhren, ergriff Olivia schließlich das Wort. »Woher hast du die Narben an deiner Brust?«

Ich wusste nicht recht, wie ich antworten sollte, und fragte ausweichend: »Wie bitte?«

»Vergiss es. Es war unhöflich, dich danach zu fragen.«

Ich hatte ganz vergessen, dass sie die Narben gesehen hatte. Glücklicherweise war ihr der Anblick meines Rückens bisher erspart geblieben, denn dieser war viel schlimmer.

Olivia starrte wieder aus dem Fenster.

»Afghanistan«, antwortete ich.

»Was ist passiert?«, wollte sie wissen.

Ich atmete tief durch und wappnete mich innerlich für die Bilder, die mir gleich wieder durch den Kopf schießen würden.

»Wir befanden uns auf einer Routinepatrouille mit afghanischen Spezialkräften und waren in den Bergen unterwegs, als wir in einen Hinterhalt gerieten. Ich hatte meine Schutzweste nicht getragen und wurde von Granatsplittern getroffen.«

»Warum hattest du deine Weste nicht an?«, fragte sie.

»Ich war gerade aufgewacht und hatte sie in der Nacht zuvor ausgezogen, um mich abzukühlen. Leider musste ich die Lektion auf die harte Tour lernen.«

»Von welcher Lektion redest du?«

»Bequemlichkeit hat keinen Platz auf dem Schlachtfeld. Wir hatten dieselbe Route schon häufiger ohne Zwischenfälle patrouilliert. Als wir über Nacht Rast machten, habe ich die Weste ausgezogen, weil ich mich sicher fühlte. Das war dumm«, gestand ich.

Die Narben auf meiner Brust erinnerten mich daran, dass ich stets wachsam bleiben musste.

»Das tut mir leid.«

»Es ist schon lange her.«

Ich ließ den Blick über die Einöde schweifen, die uns umgab. Kilometerweit erstreckte sich karges, braunes Land in alle Richtungen. Es erinnerte mich an das Terrain in Afghanistan. Ich schob die Erinnerungen an den Mittleren Osten zurück in die dunkle Ecke, aus der ich sie hervorgekramt hatte. Es war besser, sie dort zu lassen. Wir hatten alle Glück gehabt, weil wir lebend aus diesem Drecksloch zurückgekehrt waren. Andere hatten dort jedoch ihr Leben gelassen, und diese Erinnerungen wollte ich nicht wiederaufleben lassen.

»Wusstest du, dass Peter mein Vater ist, bevor er es mir im Keller der Scheune gestanden hat?«

Verdammte Scheiße. Zwei Tage lang hatte sie fast die ganze Zeit über geschwiegen, und jetzt wurde sie plötzlich redselig.

»Ja. Ich habe es in der Einsatzbesprechung erfahren, die deiner Rettung vorausgegangen war.« Ich hatte mich nie dazu verpflichtet, Peters und Pamelas Familiengeheimnisse zu wahren.

»Wusste er es? Ich meine, hat er all die Jahre gewusst, dass er mein Vater ist?«

»Nein. Soweit mir bekannt ist hat deine Mutter ihm die Wahrheit ebenfalls vorenthalten.«

Plötzlich lachte Olivia. Dabei stieß sie nicht einfach nur ein verlegenes, mädchenhaftes Kichern aus, sondern lachte aus vollem Halse, wobei sie am Ende wenig damenhaft grunzte. Es war wunderschön.

»Willst du mir etwa durch die Blume sagen, dass sie gelogen hat?«, fragte sie, nachdem sie sich wieder gefangen hatte.

»Ganz genau.«

»Also hat sie sowohl meinen Vater als auch mich belogen. Wie haben die Entführer dann herausgefunden, dass ich seine Tochter bin, wenn niemand davon wusste?«

»Ich habe nicht gesagt, dass es niemand wusste, sondern nur, dass ich keine Ahnung davon hatte. Und nun stoßen wir bei dem Thema an eine Grenze, die ich nicht überschreiten kann. Dir zu sagen, was ich über deine Eltern weiß, ist eine Sache, aber ich kann unmöglich die nationale Sicherheit gefährden, nur um deine Neugier zu befriedigen.«

»Du glaubst, dass es mir nur darum geht, meine Neugier zu befriedigen? Meine Güte, du bist ein Arschloch. Meine Mutter hat mich ein Leben lang belogen. Meinst du nicht auch, dass ich ein Recht darauf habe, die Hintergründe zu erfahren?«

Dieses Mädchen konnte schneller explodieren als jede andere Frau, der ich je begegnet war.

»Aha, jetzt begegnest du mir also wieder mit

Schweigen. Weißt du was? Die Stille ist mir ohnehin lieber.«

»Verrate mir eines. Warum ist es so wichtig, wer noch davon wusste?«, fragte ich.

»Weil ich ein Recht habe, es zu erfahren«, entgegnete sie.

»Ach wirklich? Oder willst du es nur wissen, um deine Wut noch mehr zu schüren? Das wäre nämlich ziemlich dumm.«

»Ich würde es wirklich vorziehen, wenn du jetzt die Klappe hältst.«

»Darauf wette ich. Du hast jedes Recht, wütend auf deine Mutter zu sein, immerhin hat sie Peter und dich belogen. Aber du hast kein Recht, sie fertigzumachen, nur weil du sauer auf sie bist. Das wäre albern.«

»Du denkst also, das alles ist albern?«

»Meine Güte, du solltest dich selbst reden hören. Du drehst mir die Worte im Mund herum. Ich habe nicht gesagt, dass deine Situation albern ist. Deine Mutter hat es vermasselt, indem sie dich hintergangen hat. Es wird schwer genug sein, eure Beziehung zu kitten, ohne dass du noch mehr Dreck aufwirbelst. Vielmehr solltest du herausfinden, warum sie es getan hat. Und noch ein Ratschlag. Wenn du mit ihr darüber redest, vergiss nicht, dass sie nur ein Mensch ist. Du warst in der Vergangenheit auch kein Engel. Vergiss nicht, wie oft du sie verletzt und ihr Vertrauen missbraucht hast. Und dann erinnere dich daran, wie sie dir jedes Mal vergeben hat. Das Leben ist zu kurz«, sagte ich mit sanfter Stimme.

Mir war bewusst, dass Olivia mich nicht um meinen Rat gebeten hatte, und wahrscheinlich vergeudete ich nur meine Zeit. Aber ich verfügte über ein wichtiges Teil des Puzzles, von dem sie keine Ahnung hatte – ihre Mutter war krank. Dadurch war die ganze Sache überhaupt erst ans Licht gekommen. Zwar wusste ich nicht, woran sie litt oder wie schlecht es um ihre Gesundheit bestellt war, aber wenn eine Frau, die fünfundzwanzig Jahre lang ein Geheimnis bewahrt hatte, endlich reinen Tisch machte, dann handelte es sich sicher nicht um eine Lappalie. Ich wollte vermeiden, dass Olivia ihre Mutter von sich stieß und am Ende keine Gelegenheit mehr hatte, ihre Beziehung zu reparieren.

Olivia schloss die Augen und wandte das Gesicht ab.

Ich hoffte inständig, dass sie darüber nachdachte, was ich gesagt hatte, denn das Leben war wirklich zu kurz.

KAPITEL ZWÖLF

OLIVIA

Es waren Stunden vergangen, seit Leo und ich ein Wort miteinander gewechselt hatten.

Als wir eine beschauliche Wohngegend erreichten, wagte ich zu fragen: »Wo sind wir?«

»Hier wohnen Wolf und Caroline«, antwortete er, als er an den Bordstein fuhr und den Motor abstellte.

Ich warf einen Blick auf das Haus, vor dem wir angehalten hatten. Ein riesiger schwarzer Geländewagen parkte in der Einfahrt. Entweder hatten diese Leute einen Stall voll Kinder oder die Autofahrer in Kalifornien waren verrückter, als ich dachte, und man musste aus Sicherheitsgründen mit einem Panzer durch die Stadt navigieren.

»Werden wir hier übernachten?«

»Nein. Wir holen nur etwas ab und treffen uns hier mit Abe. Er wird uns zu seiner Hütte fahren, in der wir eine Weile wohnen werden«, erklärte Leo. Bevor er aus dem Wagen stieg, sagte er: »Warte, bis ich dir die Tür öffne.«

Leo ging um den Wagen herum zur Beifahrerseite und half mir beim Aussteigen. Kaum berührten meine Füße den Boden, packte er mich auch schon an der Taille und zog mich an seine linke Seite. Verdammt, das hatte ich ganz vergessen.

Bevor wir die Veranda erreichten, trat ein Mann aus dem Haus. Heilige Scheiße, er war umwerfend. Langsam fragte ich mich, ob Leo irgendjemanden kannte, der nicht aussah wie ein Adonis.

»Panther, schön, dass ihr hier seid«, sagte der Mann zur Begrüßung. »Du musst Hash sein. Ich bin Wolf. Schön, dich kennenzulernen.«

Der Kerl war nicht nur sexy, er war auch verdammt groß. Leo war wahrscheinlich der größte Mann, dem ich je begegnet war, aber er überragte Wolf nur um wenige Zentimeter.

»Hallo Wolf. Die Freude ist ganz meinerseits«, erwiderte ich.

»Vielen Dank, dass wir hier einen Zwischenstopp einlegen dürfen, Bruder. Ich weiß deine Hilfe zu schätzen«, sagte Leo. Die beiden Männer sahen einander an und schienen sich stillschweigend zu unterhalten. Ich machte mir gar nicht die Mühe, zu verstehen, was vor sich ging. Schließlich senkte Wolf den Blick auf Leos Arm um meine Taille und verzog die Lippen zu einem breiten Lächeln. »Gut zu wissen«, sagte er.

Gerade wollte ich um eine Erläuterung bitten, als

die Stimme einer Frau aus dem Haus ertönte. »Sind sie da?« Wolf kam nicht dazu zu antworten, denn eine Sekunde später wurde die Tür geöffnet. Er war so groß, dass ich die Frau hinter ihm kaum sehen konnte, obwohl sie beileibe nicht klein war. Sie musste ein paar Zentimeter größer sein als ich.

»Wir können im Haus weiterreden«, schlug Wolf vor und trat zur Seite, wobei er uns einen Blick auf die schöne Frau hinter ihm gewährte. Sie war atemberaubend und hatte glänzendes braunes Haar, das ihr bis auf die Schultern fiel.

Wolf führte uns ins Haus und schloss die Tür, bevor er uns miteinander bekannt machte. »Das ist meine Frau Caroline.«

»Entschuldige bitte die Störung. Ich hoffe, wir machen euch nicht zu viele Umstände. Ich bin Leo.«

»Endlich jemand, der sich mit seinem Vornamen statt mit seinem Decknahmen vorstellt«, sagte Caroline lachend. Offenbar war ich nicht die Einzige, die Schwierigkeiten hatte, sich die vielen Namen zu merken.

»Ich bin Olivia. Es freut mich, dich kennenzulernen.«

»Ich habe ein Paket für dich in meinem Büro«, wandte sich Wolf an Leo.

»Sehr gut. Olivia und ich werden in die Küche gehen, während ihr arbeitet«, sagte Caroline und verdrehte dabei mit einem Schmunzeln die Augen.

Bevor ich ihr folgen konnte, festigte Leo seinen Griff um meine Taille, beugte sich vor und flüsterte mir ins Ohr: »Ich bin hier, falls du mich brauchst. Du bist in diesem Haus sicher, aber du darfst auf keinen Fall nach draußen gehen.«

Als er sich wieder zu seiner vollen Größe aufrichtete, blickte ich zu ihm auf und stellte überrascht fest, dass ein besorgter Ausdruck in seinen Augen lag. Ich hätte geglaubt, er würde sich freuen, mich für eine Weile los zu sein.

»In Ordnung«, hauchte ich.

Leo ließ mich los. Als ich mich zu Caroline und Wolf umdrehte, hatten sie beide ein geheimnisvolles Lächeln im Gesicht und warfen sich wissende Blicke zu. Was hatte das zu bedeuten?

Wolf drückte seiner Frau einen Kuss auf den Kopf und gab Leo ein Zeichen, ihm zu folgen.

»Du bist sicher froh, dir die Beine vertreten zu können. Matthew hat erzählt, ihr seid den ganzen Weg aus Maryland hierher gefahren.«

»Wer ist Matthew?«, fragte ich.

Außer Leos Team, Wolf und Abe sollte eigentlich niemand unseren Standort kennen. Ich fragte mich, ob Leo darüber informiert war, dass noch mehr Leute wussten, wohin wir fuhren.

»Wolf ist Matthew. Tut mir leid, ich weiß nie, mit welchem Namen sie sich vorstellen. Immerhin hat Leo nicht seinen Decknamen benutzt. Abe ist gerade auf dem Weg hierher. Sein richtiger Name ist Christopher. Seine Frau Alabama wollte ihn eigentlich begleiten, um dich kennenzulernen, aber sie musste ihren Sohn zum Training bringen.«

»Ehrlich gesagt weiß ich nicht, wie du dir all die Namen merken kannst. Als Leo mich gerettet hat, sagte er, sein Name sei Panther. Dann erklärte der Arzt mir, dass ein gewisser Leo mir helfen würde. Ich hatte fast eine Panikattacke, weil ich befürchtete, dass ein Fremder mir zu nahe kommen könnte.« Kaum hatte ich die Worte ausgesprochen, schlug ich mir eine Hand vor den Mund. Scheiße, ich hatte Mist gebaut. Ich hätte das alles nicht erzählen dürfen. Zane hatte mich gewarnt, dass ich die nationale Sicherheit gefährden würde und Menschen sterben könnten, falls ein Wort davon nach außen drang.

Offenbar hatte Caroline meinen panischen Ausdruck gesehen, denn sie sagte: »Schätzchen, mach dir keine Sorgen. Ich weiß, wie der Hase läuft, immerhin bin ich mit einem SEAL verheiratet. Mit den Richtlinien der Operationssicherheit bin ich bestens vertraut.«

»Ich habe keine Ahnung von alledem«, jammerte ich. Es war alles so verwirrend. Ich befürchtete, dass ich jeden Moment vor den Augen dieser Frau einen Nervenzusammenbruch erleiden könnte.

»Komm mit. Du hättest doch sicher gern etwas zu trinken.« Als wir die Küche betraten, sagte sie: »Setz dich. Möchtest du eine Cola, Wasser oder Orangensaft?«

»Ich hätte gern eine Cola. Mein mürrischer Beschützer hat mir in den letzten drei Tagen nichts anderes als Wasser mit Elektrolyten gegönnt.«

Bei dem Gedanken an Koffein vergaß ich fast, dass

ich mir gerade einen Fehltritt erlaubt hatte. Caroline setzte sich mir gegenüber auf einen Stuhl und schob mir das Glas mit der sprudelnden dunklen Flüssigkeit zu.

»Was die operative Sicherheit angeht, bedeutet es im Grunde nur, dass ich den Mund halten muss. Matthew ist es nicht erlaubt, mir von seinen Missionen zu erzählen, und ich frage ihn nicht danach. Du hast erzählt, Leo hat dich gerettet und es war ein Arzt im Spiel. Ich will meine Nase nicht in Dinge stecken, die mich nichts angehen, schließlich haben wir uns gerade erst kennengelernt, aber geht es dir gut?«, fragte Caroline und warf dabei einen Blick auf mein Handgelenk.

Ich dachte über ihre Frage nach. Ging es mir gut?

»Ich weiß es nicht«, antwortete ich aufrichtig. »Ich glaube, ich stehe immer noch unter Schock. Es war alles ein bisschen viel auf einmal. Im Grunde will ich nur zurück nach Hause und meinen Tränen im Stillen freien Lauf lassen.«

»Es wäre ein großer Fehler, jetzt allein zu sein. Ich erspare dir die Einzelheiten, aber ich lernte Matthew auf einem Flug nach Virginia kennen. Ich war gerade dabei, dorthin überzusiedeln, und Matthew war auf dem Weg, um seinen Freund Tex zu besuchen.«

Ich hatte gehört, wie Zane und Leo über einen Tex gesprochen hatten. Ich fragte mich, ob es sich um dieselbe Person handelte.

»Um es kurz zu machen, das Flugzeug wurde entführt«, fuhr Caroline fort.

»Hast du gerade gesagt, es wurde entführt? Du

meinst, dass irgendwelche Verbrecher das Flugzeug gekapert haben?«, fragte ich verblüfft.

»Ja, genau das ist passiert. Eine Gruppe von Terroristen hatte das Eis mit Drogen versetzt. Zum Glück habe ich die Substanz gerochen, und Matthew konnte Sam und Christopher warnen. Gemeinsam haben sie das Flugzeug gelandet.« Caroline hielt einen Moment inne. Offensichtlich erinnerte sie sich an etwas, was ihr Unbehagen bereitete. »Ich will damit sagen, dass Matthew, Sam und Christopher mir geholfen und mich beschützt haben. Sie haben nicht zugelassen, dass ich mich in mich zurückzog. Falls du es noch nicht bemerkt hast, ich bin der Typ Frau, bei dem die meisten Männer keinen zweiten Blick riskieren. Besonders nicht drei sexy Navy SEALs. Aber sie wollten davon nichts hören.«

»Wie bitte? Was soll das heißen? Als ich dich sah, war mein erster Gedanke, dass du umwerfend bist. Du strahlst eine natürliche Schönheit aus. Ich bin froh, dass die Jungs das Flugzeug retten konnten. Vor allem bin ich beeindruckt, dass du die Drogen gerochen und alle gerettet hast. Wie hast du es geschafft, die Fassung zu wahren? Ich fühle mich, als würde ich jeden Moment den Verstand verlieren. Wahrscheinlich bin ich nur noch nicht zusammengebrochen, weil Leo ein Idiot ist und mich ständig verärgert. Ich weiß, dass er keine Lust hat, auf mich aufzupassen. Ich glaube nicht einmal, dass er mich leiden kann.«

»Kluger Mann«, murmelte Caroline.

»Wie bitte?«

»Damit will ich sagen, dass Leo vermutlich erkannt hat, wie es um deinen mentalen Zustand bestellt ist. Also sorgt er dafür, dass du stark bleibst, selbst wenn er dadurch riskiert, dass du ihn für ein Arschloch hältst. Verstehst du, was ich meine?«

»Nicht wirklich«, gab ich zu.

»Hör zu. Wenn Leo dich verhätscheln würde, hättest du wahrscheinlich längst einen Nervenzusammenbruch erlitten. Offensichtlich hast du eine Menge durchgemacht. Ich kenne das Gefühl und weiß, wie überwältigend es ist. Ich könnte mich irren, aber ich denke, dass er dich absichtlich wütend macht, damit dein Verstand beschäftigt ist. Eines weiß ich allerdings mit Sicherheit. Du bedeutest diesem Mann etwas. Ich habe ihn zwar erst vor zehn Minuten kennengelernt, aber die Art und Weise, wie er dich angesehen und schützend an sich gezogen hat, ist unverkennbar. Im Moment kann ich dir nur raten, seinen Anweisungen zu folgen. Versuche nicht, aus der Reihe zu tanzen oder dich selbst zu retten, denn er weiß am besten, wie er für deine Sicherheit sorgen kann. Er und diese Männer wurden dafür ausgebildet, andere zu beschützen. Du musst unter allen Umständen auf sie hören.«

»In Ordnung.« Ich nickte zustimmend, obwohl ich glaubte, dass sie in Bezug auf Leos Zuneigung zu mir unrecht hatte. Ohne Zweifel erledigte er nur seinen Job, vor allem weil der Präsident ihn persönlich darum gebeten hatte, mich zu beschützen. Aber ich konnte mir nicht vorstellen, dass ich ihm etwas bedeutete. Nichtsdestotrotz schien Caroline genau zu wissen, wovon sie sprach, wenn es darum ging, dass ich auf Leo hören sollte. Offenbar hatten Matthew, Sam und Christopher sie aus einer ähnlich heiklen Situation gerettet. Und ich wollte am Leben bleiben.

»Ich werde dir meine Nummer geben. Du wirst mich nicht anrufen können, solange du untergetaucht bist. Aber wenn du wieder zu Hause bist und jemanden zum Reden brauchst, kannst du dich gern bei mir melden. Ich werde dir helfen, so gut ich kann.«

Caroline stand auf und begann, in einer Schublade zu kramen, als Leo und Matthew die Küche betraten.

Leo ließ den Blick durch den Raum schweifen und sah mich an. In seinem Gesicht lag derselbe Ausdruck, den ich an ihm gesehen hatte, als er mich aus diesem Zimmer befreit hatte. Einmal mehr erinnerte er mich an einen Panther, der bereit war, sich auf seine Beute zu stürzen.

»Hast du irgendwelche Piercings?«, wollte er wissen.

Wie bitte? Die Frage traf mich unvorbereitet und ich brauchte einen Moment, um mich zu fangen. »Ja. In meinen Ohrläppchen und in meinem linken Ohrknorpel«, antwortete ich.

»Perfekt. Stecke diesen Ohrring in das obere Loch.« Mit diesen Worten reichte Leo mir eine kleine Schmuckschatulle. Ich klappte den Deckel auf und enthüllte ein Paar winziger Diamantohrringe.

»Okay. Und ich soll nur einen einstecken?«, wollte ich wissen.

Ein Lächeln umspielte Matthews Lippen und er

tauschte einen Blick mit Caroline aus, den ich jedoch nicht deuten konnte. Ich hatte das Gefühl, Zeuge eines innigen Moments zwischen den beiden zu werden. In diesem Augenblick wünschte ich mir, auch eines Tages eine Liebe zu finden, die so stark war, dass man keine Worte brauchte, um sich zu verständigen.

»In dem Ohrring befindet sich ein Peilsender. Falls wir getrennt werden, kann ich dich darüber aufspüren. Tex wird immer wissen, wo du bist.«

»Der Tex aus Carolines Geschichte?«, fragte ich.

Matthew lachte leise und sagte: »Wie ich sehe, hast du ihr davon erzählt.«

»Gerade genug, um sie wissen zu lassen, dass sie nicht allein ist. Und ja, Olivia, es handelt sich um denselben Tex. Er hat uns allen im Laufe der Jahre schon oft geholfen. Aber davon werde ich dir ein andermal berichten«, antwortete Caroline.

Ein Klopfen ertönte an der Eingangstür. Leo legte automatisch eine Hand an sein Holster, doch er zog seine Waffe nicht. Matthew sah ihn an und schüttelte den Kopf. »Das ist Abe. Ich werde ihm öffnen.«

Bei der Erwähnung von Abes Namen schien Leo sich zu entspannen, ließ seine Hand aber an seiner Seite ruhen. Caroline stellte sich neben mich, während Leo sich zwischen mir und der Tür aufbaute.

»Ich habe es dir ja gesagt«, flüsterte sie. »Dieser Mann wird nicht zulassen, dass jemand dir etwas antut. Er weiß, dass du hier sicher bist und dass Sam, Hunter und Kason irgendwo draußen auf der Lauer liegen und das Haus beobachten. Ganz zu schweigen davon, dass sein eigenes Team ebenfalls vor Ort ist. Und trotzdem stellt er sich vor dich, als würde irgendein Bösewicht an meine Tür klopfen und an Matthew vorbeikommen. Er wird dich um jeden Preis beschützen.«

Wahrscheinlich hatte Caroline zu viele romantische Thriller gesehen. Leo erledigte nur seinen Job, das war alles. Außerdem wartete eine Frau in Maryland auf ihn, die ihn liebte und die er offenbar auch liebte. Ich konnte mich jedoch nicht dazu durchringen, Caroline davon zu erzählen. Das war ein weiterer Punkt, den ich lieber verdrängte.

»Abe, das sind Panther und Hash«, stellte Matthew uns vor.

»Abe.« Leo trat vor, um dem Mann die Hand zu schütteln.

»Hallo«, begrüßte ich ihn mit quietschender Stimme. Wenn diese ganze Sache vorbei war, würde ich den nächsten Militärstützpunkt aufsuchen. Die schwächlichen Idioten aus dem College gehörten der Vergangenheit an. Von nun an würde ich mich auf Soldaten konzentrieren.

»Hash«, sagte Abe und nickte mir zu, machte jedoch keine Anstalten, mir die Hand zu reichen. »Ice, wie geht es dir?«

»Es geht mir gut, Christopher«, erwiderte Caroline mit einem Lächeln.

Als ich sie fragend ansah, begann sie zu lachen und erklärte: »Den Namen habe ich dem Eis im Flugzeug zu verdanken. Die Jungs haben ihn mir gegeben.«

»Danke für eure Gastfreundschaft. Wir werden uns jetzt besser auf den Weg machen«, verkündete Leo.

»Gern geschehen, Panther«, erwiderte Matthew und stellte sich dann dicht vor mich. Er beugte sich vor, um mir direkt in die Augen zu sehen. »Hash, ich habe es zwar gerade zu Panther gesagt, aber ich will, dass du es ebenfalls hörst. Mein Team und ich werden dich beschützen. Der Kommandant wurde benachrichtigt und hat uns in Bereitschaft versetzt. Du musst unter allen Umständen auf Panther hören. Er wird auf dich aufpassen und Tex wird jeden deiner Schritte verfolgen.«

Matthew richtete sich auf und trat einen Schritt zurück. Plötzlich traten mir Tränen in die Augen. Möglicherweise empfand ich Erleichterung, weil ich wusste, dass so viele große, starke Männer auf mich aufpassten. Vielleicht war es auch der finstere Ausdruck in Matthews Gesicht, der mir den Ernst der Lage vor Augen führte. Ich konnte nicht länger leugnen, dass ich in großer Gefahr schwebte.

»Danke.« Ich atmete tief durch und bemühte mich nach Kräften, nicht zu weinen.

Caroline und Matthew brachten uns zur Tür. Wir umarmten einander und sie gab mir ihre Nummer. Ich versprach, sie anzurufen, bevor ich mit Leo in den Wagen stieg und wir Abe folgten.

»Wusstest du, was Caroline zugestoßen ist?«, fragte ich Leo nach einer Weile.

»Ja. Der Spitzname Ice passt in vielerlei Hinsicht zu ihr.«

»Wieso das?«

»Unter Druck bleibt diese Frau ruhig, kühl und gelassen. In diesem Punkt ist sie dir sehr ähnlich. Als das Flugzeug entführt wurde, ist sie nicht in Panik geraten, sondern hat getan, was sie tun musste, um Matthew das Leben zu retten. Hat sie dir erzählt, dass sie dabei niedergestochen wurde?«, fragte er, ohne den Blick von der Straße abzuwenden.

»Nein.« Ich war schockiert, dass jemand dieser wundervollen Frau etwas antun würde.

»Das wundert mich nicht. Sie sprang auf den Rücken eines Terroristen, um Matthew Zeit zu verschaffen, damit er ins Cockpit gelangen konnte. Dabei kämpfte sie sogar gegen den Kerl, und er rammte ihr ein Messer in die Taille. Ich sagte doch, die Frau ist eiskalt. Sie hat den Jungs nicht einmal gesagt, dass sie verletzt war, sondern hat die Zähne zusammengebissen und weitergemacht.« Als ich die Bewunderung in Leos Stimme hörte, wurde ich von Eifersucht gepackt. Ich wusste, dass er schlichtweg seine Anerkennung für ihre Stärke zum Ausdruck brachte, aber ich verspürte dennoch einen unangenehmen Stich im Herzen.

Den Rest der Fahrt verbrachten wir schweigend. In Gedanken war ich bei Caroline und der Tortur, die sie durchgemacht hatte. Ich wäre nicht so ruhig geblieben, sondern hätte mich die ganze Zeit über auf der Toilette versteckt. Im Gegensatz zu ihr war ich weder stark noch mutig. Unwillkürlich fragte ich mich, ob die Frau, die in Maryland auf Leo wartete, Ähnlichkeit mit

Caroline hatte. Hatte sie auch so einen coolen Decknamen wie Ice? Mein Alias war kindisch und langweilig. Er wurde mir aufs Auge gedrückt, weil ich entschieden zu viel Zeit damit verbrachte, in den sozialen Medien herumzusurfen.

Irgendwann fuhren wir von der Autobahn ab und folgten den Nebenstraßen, bis wir auf einen schmalen Feldweg einbogen und vor einer kleinen Blockhütte hielten. Ich warf einen Blick aus dem Fenster, konnte aber durch die dichten Tannen, die das Grundstück umgaben, keine weiteren Häuser erkennen.

»Warte …«, begann Leo.

Ich unterbrach ihn und beendete den Satz für ihn. »Bis du kommst und mir beim Aussteigen hilfst. Ich weiß.«

Offenbar dachte er, ich sei schwer von Begriff und er müsse alles wiederholen.

Wortlos folgten wir Abe ins Haus.

Zane, Garrett und zwei weitere Männer, an deren Namen ich mich nicht erinnern konnte, standen im Wohnzimmer und ließen den ohnehin kleinen Raum winzig erscheinen.

Leo und sein Team machten sich sofort an die Arbeit, während ich neben der Tür stehen blieb und mich fühlte wie ein kaputtes altes Spielzeug, das in Vergessenheit geraten war. Der ganze Tisch war mit Karten, aufgeklappten Laptops und Tablets bedeckt. Wie um alles in der Welt sollten wir alle in dieser engen Behausung unterkommen?

Abe stellte sich neben mich und betrachtete all die

Männer, die seine Hütte in Beschlag genommen hatten. »Hash?« Als ich nicht sofort antwortete, versuchte er es erneut. »Olivia?«

»Tut mir leid. Ja?« Ich wandte den Blick von dem Team ab und schenkte ihm meine volle Aufmerksamkeit.

»Ich kann mir denken, dass das alles ziemlich überwältigend für dich sein muss. Aber du sollst wissen, dass du hier in Sicherheit bist.«

»Das sagen alle. Wahrscheinlich fällt es mir einfach schwer, es zu glauben. Je mehr Vorsichtsmaßnahmen ihr trefft und je mehr Leute an meinem Schutz beteiligt sind, desto bewusster wird mir, in welcher Gefahr ich tatsächlich schwebe«, gestand ich.

»Wir sagen immer, dass ein Plan erst solide ist, wenn du einen Ausweichplan hast. Die gute Nachricht ist, dass unser Plan nicht nur wasserdicht ist, sondern dass wir auch einen Plan B und C haben. Wir haben wirklich alle Eventualitäten berücksichtigt. Du bist hier von Männern umgeben, die schon viel schwierigere Situationen gemeistert haben. Und sie stehen dir alle zur Seite.«

Mit seiner Erklärung hatte Abe meine Nerven zwar nicht vollständig beruhigen können, aber ich fühlte mich schon ein wenig besser. Abe strahlte eine gewisse Zuversicht und Vertrauenswürdigkeit aus, die mich glauben ließ, dass er mir geradeheraus sagen würde, falls ich sterben müsste, nur weil er es nicht ertragen könnte, mich anzulügen. Wahrscheinlich würde er es mir so schonend wie möglich beibringen, aber er würde mir die Wahrheit nicht vorenthalten.

»Ich danke dir. Und danke, dass du uns die Hütte zur Verfügung stellst. Ich hoffe, wie bereiten dir keine Unannehmlichkeiten«, erwiderte ich.

»Nicht der Rede wert. Eine Sache solltest du noch wissen, denn ich will ganz offen zu dir sein. Bei der Planung einer Mission gibt es keine Geheimnisse, was bedeutet, dass alle Teams über sämtliche Informationen verfügen. Wir alle haben deine Akte gelesen und wissen, was dir in Maryland widerfahren ist. Außerdem haben wir Einblick in deine medizinischen Unterlagen und in deine persönliche Akte, einschließlich deiner Familiengeschichte. Ich gebe zu, dass Namen geschwärzt wurden, daher kenne ich nicht alle Details.« Mir stieg die Hitze in die Wangen und ich verspürte eine Enge in meiner Burst. Es war mir peinlich, dass all diese Leute so viel über mich wussten. »Hash, atme tief durch und beruhige dich, bevor Panther denkt, ich hätte dir etwas angetan.« Abe wartete, bis ich mich einigermaßen beruhigt hatte. »Ich erzähle dir das aus zweierlei Gründen. Zum einen hasse ich Lügen und wollte auf jeden Fall ehrlich dir gegenüber sein. Und zum anderen kann ich verstehen, was du mit deiner Mutter durchmachst, denn ich wurde hinsichtlich meines Vaters ebenfalls belogen. Ich wollte dich nur wissen lassen, dass Alabama und ich immer ein offenes Ohr für dich haben werden, wenn das alles hier vorbei ist.«

Ich erwiderte nichts, da ich meiner eigenen Stimme

nicht traute. In diesem Moment wünschte ich mir, ich könnte mich an einen stillen Ort zurückziehen, bevor ich in einem Raum voller großer starker Männer in Tränen ausbrach. Noch nie hatte mir jemand so viel Freundlichkeit entgegengebracht. Abe war ein völlig Fremder, und doch erklärte er sich bereit, sich mein Familiendrama anzuhören. Dasselbe galt für Caroline und Wolf. Sie kannten mich nicht einmal, aber Caroline hatte scheinbar kein Problem damit, dass ihr Mann sein Leben riskierte, um mich zu beschützen. All diese Menschen waren bereit, füreinander in die Bresche zu springen, und führten mir vor Augen, dass ich im Grunde völlig allein war. Ich hatte keine Freunde, die nach meinem Verschwinden nach mir gesucht hatten. Niemandem war aufgefallen, dass ich immer noch nicht nach Hause zurückgekehrt war. Ich fragte mich, ob Mr. Anderson Erin ausgerichtet hatte, wie leid mir alles tat, und ob sie bereit war, mir zu verzeihen. Ich vermisste sie und meine Mutter.

KAPITEL DREIZEHN

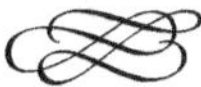

LEO

Während der letzten fünf Minuten hatte ich kein einziges Wort von dem gehört, was Z gesagt hatte, denn meine ganze Aufmerksamkeit galt Abe und Olivia, die auf der anderen Seite des Raumes standen. Ich spürte ein Gefühl von Eifersucht in mir aufsteigen, das völlig neu für mich war, dennoch zwang ich mich, an Ort und Stelle stehen zu bleiben. Olivia war wegen irgendetwas, was Abe gesagt hatte, aufgebracht, denn sie wurde plötzlich blass und rang nach Atem. Ich war drauf und dran, zu ihr zu gehen, als Abe sie beruhigte. Die ganze Sache gefiel mir überhaupt nicht, denn ich wollte derjenige sein, der sie tröstete. Dabei war es mir scheißegal, ob der Gedanke irrational war. Die letzten drei Tage hatte ich mein Bestes getan, um sie auf Distanz zu halten, doch je härter ich gegen die Anzie-hungskraft ankämpfte, desto stärker wurde sie.

»Wird das zu einem Problem werden?«, fragte Z und riss mich aus meinen Gedanken.

»Wie bitte?«

»Ich schwöre bei Gott, ich werde dir gehörig in den Arsch treten, falls du die Sache vermasselst und das Mädchen oder dich selbst dabei umbringst«, murmelte Z.

»Das ergibt doch gar keinen Sinn«, schnaubte ich lachend.

»Willst du jetzt Haare spalten oder willst du dich wieder auf die Operation konzentrieren und aufhören, Olivia mit Kulleraugen anzustarren?«

»Wovon zum Teufel redest du bloß? Ich starre sie nicht mit Kulleraugen an.«

Z hatte endgültig den Verstand verloren. Offenbar litt er unter dem Druck und dem Schlafmangel und hatte Halluzinationen.

»Wirklich? Willst du, dass ich dir einen Spiegel vorhalte? Du starrst Abe an, als wolltest du ihm den Hals umdrehen, weil er es gewagt hat, mit dem Mädchen zu reden. Und wenn du sie ansiehst, dann hast du diesen verträumten Ausdruck in den Augen, als seist du auf einer verdammten Hochzeitsreise statt im Einsatz. Es wäre vielleicht besser, wenn ich Jaxon mit ihrem Schutz betraue und du im Hintergrund operierst.«

Ich schreckte auf. »Kommt gar nicht infrage. Olivia gehört mir«, knurrte ich.

»Ach tatsächlich? Weiß sie das denn?« Z verzog die Lippen zu einem vielsagenden Lächeln. Der Mistkerl hatte mich gerade dazu gebracht, mehr zu verraten, als ich beabsichtigt hatte.

»Nein.« Mehr hatte ich dazu nicht zu sagen.

»Wird es für dich zum Problem werden? Du musst voll und ganz bei der Sache bleiben. Gomez ist in den Vereinigten Staaten. Laut der Gesichtserkennung am Flughafen von L. A. ist er vor drei Stunden unter dem Namen Louis Smith eingereist.«

»Ich habe alles unter Kontrolle.«

Für einen Moment bedachte Zane mich mit einem durchdringenden Blick, bevor er sein Tablet ergriff und sich wieder dem Rest des Teams zuwandte. »Er hat drei Männer bei sich. Tex führt sie direkt zu euch. Alle Vorkehrungen sind getroffen, ihr müsst sie nur noch ausschalten. Gomez glaubt, dass wir zu einem Handel bereit sind.«

»Wie hast du das geschafft? Ich dachte, Peter hätte niemandem ein Wort über den Mann verraten, den er in Gewahrsam hat.«

»Das Blue Team hat uns den USB-Stick aus Peters Tresor besorgt. Ich hätte Tom nach dem Namen des Gefangenen fragen können, aber ich wollte ihn nicht in eine Lage versetzen, in der er Staatsgeheimnisse verraten muss. Auf diese Weise kann Tom nichts zur Last gelegt werden und wir haben dennoch die Informationen, die wir brauchen. Tex und Garrett haben den Kerl ausfindig gemacht. Sein Name ist Jose Siles. Er war ein Geldwäscher für das Gomez-Kartell. Offenbar wollte Siles aussteigen und hat die US-Behörden kontaktiert. Diese haben eine Razzia durchgeführt und Siles in Schutzhaft genommen. Im Gegenzug hat er ihnen alles verraten, was er wusste. Das Kartell ahnte sicher nicht, über wie viele Informationen der Mann tatsächlich verfügte. Er hatte nicht nur Sprachaufzeichnungen von Besprechungen, sondern er hatte in seinem Büro zudem Kameras angebracht und uns Bilder und Videos geliefert. Gomez weiß nicht, dass Siles die Seiten gewechselt hat, aber er will seinen besten Geldwäscher zurückhaben. Scheinbar ist gutes Personal in Bolivien schwer zu finden.«

Verdammt. Statt das Leben seiner Tochter zu retten, würde Peter Newton also lieber seinen Zeugen behalten, als Siles an das Kartell auszuliefern. Gut zu wissen.

»Wo ist Siles jetzt?«, fragte ich.

»Er befindet sich in einem Geheimgefängnis auf einer kleinen Insel vor der Küste Islands«, antwortete Z und deutete auf die Karte auf dem Tisch.

»Wie hast du Gomez dazu gebracht zu glauben, dass die USA zu einem Handel bereit sind?«

»Garrett hat Reisedokumente für einen gewissen Jose Siles angefertigt, der in einen sicheren Unterschlupf in Kalifornien gebracht werden sollte. Die Information über die Dokumente hat Peter Newton an Gomez *durchsickern* lassen.«

»Dann ist es gar nicht nötig, dass Olivia hierbleibt. Falls Gomez zu uns kommt, wird es ein Kinderspiel sein, ihn auszuschalten.«

Ein Gefühl der Erleichterung überkam mich. Es

war vorbei. Zane konnte Olivia zurück nach Washington bringen und ich würde bleiben und Gomez den Garaus machen.

»Leider nicht, sie muss hierbleiben. Falls die Sache schiefgeht, brauchen wir Olivia als Köder. Da gibt es noch ein kleines Problem mit dem Spion, der mit Clark zusammengearbeitet hat. Die CIA will seinen Namen. Peter ist bereit, Olivia gegen den Namen einzutauschen.«

»Das kommt gar nicht infrage«, brüllte ich. »Ich schwöre bei Gott, ich werde Peter die Kehle durchschneiden, bevor es dazu kommt.« Alle im Raum verstummten und starrten mich an. Es war mir scheißegal, ob sie mich alle für verrückt hielten. »Und du hast dieses Scheißspiel mitgespielt? Eher werde ich mich mit ihr aus dem Staub machen, bevor ich das Risiko eingehe. Ich werde dir meine Kündigung zukommen lassen. Und wehe einer von euch Arschlöchern versucht, mich aufzuhalten.«

Olivia stand am anderen Ende des Raumes und duckte sich hinter Abe, was mich nur noch mehr in Rage brachte. Sie hatte keinen Grund, vor mir Angst zu haben. Außerdem brauchte sie sich gar nicht erst hinter Abe zu verstecken, denn er würde mich sicher nicht aufhalten können, wenn ich mit ihr das Weite suchen wollte. Sie gehörte mir, und niemand würde sie für irgendetwas benutzen. Von jetzt an traf ich alle Entscheidungen. Ich hatte Zane vertraut und Olivia versprochen, dass sie ihm ebenfalls vertrauen konnte. Offenbar hatte ich mich geirrt.

»Beruhige dich verdammt noch mal, Panther. Nein, verflucht, ich spiele das Spiel nicht mit. Aber dir ist doch sicher klar, dass die Kerle von der CIA uns auf den Fersen sind. Ich weiß, wie sie arbeiten, schließlich war ich einmal einer von ihnen und würde es genauso machen. Wenn wir das Mädchen jetzt wegbringen, werden sie wissen, dass wir nicht die Absicht haben, Befehle zu befolgen und den Handel vorzubereiten. Sie bleibt hier.«

»Wie und wann hat die CIA sich eingeschaltet? Die Sache sollte doch inoffiziell über die Bühne gehen.« Wann hatte sich das Ganze zu einem riesigen Desaster entwickelt?

»Gleich zu Anfang, als Peter mich über eine ungesicherte Leitung angerufen hat. Bevor ich ihn zum Schweigen bringen konnte, hatten sie den Anruf bereits zurückverfolgt. Ich hatte keine andere Wahl, als mitzuspielen«, erklärte Z.

»Ich werde ihn verdammt noch mal umbringen. So viel zur nationalen Sicherheit. Und warum hast du mir davon nichts erzählt?«, wollte ich wissen.

Das war der Teil, der mich wirklich beunruhigte. Ich hasste Geheimnisse.

»Weil ich wusste, dass du so reagieren würdest. Ich musste dafür sorgen, dass du sie hierherbringst, wo du mit ihr untertauchen kannst. Hätte ich es dir während unseres Zwischenstopps in Ohio erzählt, hättest du mit ihr Reißaus genommen. Ich bin kein Anfänger, mein Freund. Mir war klar, dass ich dich niemals würde finden können, falls du dich mit ihr aus dem Staub machst.«

Er hatte in jeder Hinsicht recht. Hätte ich gewusst, dass die CIA involviert war, wäre ich mit Olivia verschwunden. Diese verdammten Agenten vermasselten einfach alles.

»Falls Olivia irgendetwas zustößt, mache ich dich dafür verantwortlich. Und merke dir eines, Zane. Falls diese Kerle sie in die Finger bekommen, dann wird es keinen Ort geben, an dem Gomez, Peter Newton und die CIA sich vor mir verstecken können. Sie werden alle mit ihrem Leben bezahlen.« Ich kochte vor Wut. Allein der Gedanke, dass Gomez sich Olivia schnappen könnte, brachte mich zur Weißglut. »Scheiße!«

»Alles wird gut.« Jemand legte mir behutsam eine Hand an den Arm und riss mich aus meinen Gedanken. Wie hatte ich übersehen können, dass Olivia sich neben mich gestellt hatte? »Du wirst mich beschützen. Ich vertraue dir.«

»Du verstehst das nicht, *tesorino*. Wir locken die Bösewichte hierher zu dieser Hütte.«

»Das habe ich verstanden. Aber du wirst nicht zulassen, dass sie mich noch einmal entführen. Das weiß ich.«

»Wir werden jetzt gehen, damit ihr euch hier einrichten könnt. Die Grundstücksgrenze ist verdrahtet, und Jaxon und Colin postieren sich am Ende der Straße. Garrett und ich werden etwa hundert Meter westlich in einem Nebengebäude warten. Ich seid also abgesichert«, erklärte Z knapp.

Ich wusste, dass Zane über meinen Wutausbruch nicht erfreut war. Eigentlich war ich bekannt für meine unerschütterliche Selbstbeherrschung, denn für gewöhnlich brach ich weder unter Druck zusammen, noch verlor ich je die Fassung. Aber es war mir scheißegal, was er von mir dachte.

»Verstanden.«

Als die anderen ihre Sachen zusammenpackten und sich bereit machten zu gehen, beachtete ich sie gar nicht und machte mir nicht die Mühe, mich von ihnen zu verabschieden.

Abe stand mit einem nachdenklichen Ausdruck im Gesicht vor der Tür. »Ist alles in Ordnung?«, fragte er.

Für einen Moment dachte ich daran, ihm irgendeine Floskel an den Kopf zu werfen, doch Abe würde ich damit nicht täuschen können. Der Mann konnte eine Lüge schon aus einem Kilometer Entfernung riechen und würde mir die Hölle heißmachen.

»Nein, verdammt, nichts ist in Ordnung.«

»Du kennst mich, Bruder. Ich lege großen Wert auf Ehrlichkeit. Aber ich verstehe, warum Viper dir die Informationen vorenthalten hat. Für dich ist das längst keine einfache Mission mehr, sondern eine persönliche Angelegenheit. Glaub mir, ich verstehe das gut, aber du musst dich zusammenreißen und einen klaren Kopf bewahren.«

Er hatte recht. Wenn ich Olivia beschützen wollte, musste ich meine Emotionen außen vor lassen.

»Verstanden.«

»Ich werde mich jetzt auf den Weg zurück ins Tal

machen. Wolf hat dich sicher bereits wissen lassen, dass wir uns bereithalten, falls ihr uns braucht. Ehrlich gesagt glaube ich nicht, dass ihr unsere Hilfe benötigen werdet. Dies ist ein einfacher Einsatz. Gomez und seine Männer werden zu euch auf den Berg kommen und ihr schaltet sie aus. Ich habe den Bericht gelesen. Gomez will Siles zurückhaben und ist sogar bereit, ihn persönlich abzuholen. Das wirft bei mir die Frage auf, wer Siles wirklich ist, wenn Gomez bereit ist, ein solches Risiko einzugehen. Wie dem auch sei, sieh zu, dass die Hartholzböden nicht allzu viel Blut abbekommen. Es ist fast unmöglich, die Flecke rauszukriegen.«

Abe hatte nicht unrecht. Ich war so mit Olivia beschäftigt gewesen, dass ich gar nicht darüber nachgedacht hatte, warum Gomez extra hierherkam, um den Mann mitzunehmen.

»Ich weiß deine Hilfe zu schätzen, Abe. Ich werde mich bald bei dir melden. Hoffentlich können wir die Sache außerhalb des Hauses erledigen.«

Abe winkte Olivia zum Abschied zu und verließ die Hütte. Da Olivia Zeugin meines Wutausbruchs geworden war, wusste ich nicht recht, was ich sagen sollte. »Es tut mir leid, ich wollte dir keine Angst einjagen. Ich wünschte wirklich, du hättest das alles nicht gehört«, gestand ich.

»Mach dir keine Sorgen. Ich hatte keine Angst.«

Sie setzte sich auf das Ledersofa, stützte die Fersen auf die Polsterkante und legte das Kinn auf die Knie. In diesem Moment wirkte sie so zierlich und jung. Und wunderschön. Ich wusste nicht, was es mit diesem

Mädchen auf sich hatte, aber sie brachte mich völlig durcheinander.

»Hast du Hunger? Wir haben genügend Vorräte im Haus.« Es war schon spät, und seit der Mahlzeit von dem Drive-in-Restaurant heute Mittag hatten wir nichts gegessen.

»Ja, durchaus.« Sie streckte die Beine aus und stand auf. »Mach es dir bequem und entspann dich. Ich werde uns etwas kochen. Gibt es etwas, was du nicht isst?«

Ich war dankbar für ihr Angebot, denn ich war am Verhungern. »Nein, ich esse eigentlich alles.«

Ich nahm ihren Platz auf dem Sofa ein und öffnete meinen Laptop. Abe lag mit seinem Verdacht, dass Siles irgendetwas zu verbergen hatte, sicher richtig. Also schickte ich Garrett eine Nachricht, um ihn darüber zu informieren, und begann dann selbst, ein bisschen zu graben. Ohne Zweifel würde Garrett schneller fündig werden als ich, aber ich musste mich irgendwie beschäftigen.

Das Abendessen war köstlich. Überraschenderweise war Olivia eine hervorragende Köchin. Sie hatte mit Spargel gefülltes Hühnchen zubereitet, es mit Speck umwickelt und mit selbst gemachtem Pesto eingerieben. Meine Mutter wäre beeindruckt gewesen. Während des Essens hingen wir beide unseren eigenen Gedanken nach und wechselten kaum ein Wort miteinander. Doch für uns war das nichts Neues. Seit ich ihr begegnet war, hatten wir die meiste Zeit über geschwiegen, was diese heftige Anziehungskraft, die ich ihr gegenüber verspürte, nur noch verwirrender machte. Ich wusste so gut wie nichts über dieses Mädchen, aber ich hätte sofort mit ihr Reißaus genommen, um sie zu beschützen.

»Soll ich den Ohrring herausnehmen, wenn ich dusche?«, fragte Olivia und riss mich aus meinen Gedanken.

»Nein, lass ihn drin.«

»Macht es dir etwas aus, wenn ich jetzt ins Bad gehe?«, fragte sie.

»Nein. Ich werde den Abwasch erledigen«, bot ich an.

»Danke.«

Olivia wandte sich zum Gehen. Wie jedes Mal, wenn sie mir den Rücken zuwandte, beobachtete ich den sinnlichen Schwung ihrer Hüfte. Ich beeilte mich mit dem Abwasch, da ich befürchtete, dass die Wassertemperatur im Bad steigen könnte, wenn ich das heiße Wasser in der Küche aufdrehte. Und ich wollte nicht, dass Olivia sich verbrühte.

Ich überlegte, ob ich ins große Schlafzimmer gehen und mich selbst bettfertig machen sollte. Solange Olivia nackt unter der Dusche stand, hielt ich es für das Beste, mich so weit wie möglich von ihr fernzuhalten, denn ich traute mir selbst nicht über den Weg, wenn es um diese Frau ging. Ich rückte meinen inzwischen halbharten Schwanz in meiner Jeans zurecht und hoffte, dass ich keine bleibenden Schäden davontragen würde. Soweit ich mich erinnern konnte, war ich noch nie so lange mit einem Steifen herumgelaufen, ohne etwas dagegen zu unternehmen. Vielleicht sollte ich Abhilfe schaffen, indem ich mich unter die Dusche stellte und mich selbst befriedigte. Vielleicht würde ich dadurch wieder einen klaren Kopf bekommen.

Ich räumte das Geschirr in die Schränke und kontrollierte die Türen und Fenster. Gerade war ich dabei, die Alarmanlage zu aktivieren, als Olivia zurück ins Wohnzimmer kam.

»Die Dusche gehört ganz dir.«

»Das kann nicht dein Ernst sein«, murmelte ich.

Ihr heutiger Schlafanzug bestand aus einer hautengen Yogahose und einem Trägerhemd mit einem eingearbeiteten BH. Unter dem Stoff konnte ich ihre Brustwarzen sehen, die sich mir verführerisch entgegenreckten.

»Was ist los?«, wollte sie wissen und ließ fragend den Blick durch den Raum schweifen.

»Nichts. Ich bin gleich wieder da. Öffne keine der Türen und ziehe die Vorhänge nicht zurück«, befahl ich und verließ den Raum. Mein Tonfall war vermutlich schroffer als beabsichtigt, aber diese Frau würde mich noch umbringen. Vielleicht würde ich aus dem Leben scheiden, indem ich beim Anblick ihrer Brustwarzen einen Herzinfarkt erlitt.

Ich knallte die Badezimmertür hinter mir zu und zog mich schnell aus. Noch bevor das Wasser sich vollständig erwärmt hatte, stieg ich unter die Dusche und umfasste meinen Schwanz. Ich würde nicht lange brauchen, um zum Höhepunkt zu kommen. Die Erinnerung an ihre perfekten, prallen Brüste war noch frisch in meiner Erinnerung, und allein die Vorstellung reichte aus, damit meine Hoden sich anspannten. Ich massierte meine Männlichkeit und stellte mir ihre steifen Nippel vor …

Die Tür zum Badezimmer flog auf. »Leo«, ertönte Olivias erschrockene Stimme. Ohne nachzudenken, zog ich den Duschvorhang zurück.

»Heilige Scheiße«, flüsterte sie.

Mir wurde bewusst, dass mein harter Schwanz in die Höhe ragte und wie eine wärmesuchende Rakete direkt auf Olivia gerichtet war. Doch es war zu spät, um ihn zu verbergen, denn sie hatte bereits alles gesehen.

»Was ist los?« Ich versuchte, den peinlichen Moment zu überspielen und sie daran zu erinnern, warum sie überhaupt ins Bad gestürmt war.

»Hm«, stammelte sie.

»Konzentriere dich, Olivia«, befahl ich, drehte das Wasser ab und stieg aus der Dusche. Dabei tropfte ich nicht nur Wasser auf den Boden, sondern ich trat auch auf Olivia zu, während mein Schaft immer noch strammstand.

»Oh, ich bin konzentriert.« Sie fixierte weiterhin meine Männlichkeit.

Man sollte meinen, dass die Erregung verebbte, wenn man beim Onanieren unter der Dusche erwischt wurde. Unter normalen Umständen wäre mein Schwanz sicher erschlafft, aber als Olivia ihn anstarrte und sich unbewusst über ihre vollen Lippen leckte, wurde er sogar noch härter, falls das überhaupt möglich war. Ich stellte mir vor, wie es sich anfühlen würde, langsam in ihren Mund einzudringen und ... Ich musste damit aufhören. Olivia hatte Angst.

»Warum bist du ins Badezimmer gekommen?«, wollte ich wissen.

»Ich habe etwas an der Hintertür gehört«, flüsterte sie.

Schnell wickelte ich mir ein Handtuch um die Taille und nahm meine Pistole vom Waschtisch.

»Scheiße. Bleib hier drin und schließ die Tür ab. Ganz gleich, was du hörst, komm nicht raus.«

Ich wartete nicht auf ihre Antwort. Ich hatte schon genügend Zeit damit verschwendet, mich auf meinen Schwanz statt auf die Mission zu konzentrieren.

Zuerst überprüfte ich die Vorderseite des Hauses. Nichts. Als ich mich an die Wand im Wohnzimmer drückte, stellte ich fest, dass die meisten Lampen bereits ausgeschaltet waren. Aber es war immer noch genügend Licht im Raum, sodass mich jemand hätte sehen können.

Ich zog den Vorhang am hinteren Fenster ein Stück zurück. Zwei Waschbären saßen auf der Terrasse und aßen Nüsse, die einer der Bäume im Garten abgeworfen hatte. Ich ließ den Vorhang fallen, ging zurück ins Schlafzimmer und klopfte zweimal an die Badezimmertür. »Alles klar, du kannst rauskommen«, verkündete ich.

Olivia öffnete die Tür und trat aus dem Badezimmer. »Hast du jemanden gesehen?«

»Nur zwei Waschbären«, antwortete ich.

»Oh. Wie kannst du dir sicher sein, dass da draußen niemand ist?«, wollte sie wissen.

»Wenn jemand hinter dem Haus herumschleichen würde, würden die Waschbären nicht auf der Terrasse sitzen und in aller Ruhe fressen.«

»Das leuchtet ein. Tut mir leid, ich habe umsonst Alarm geschlagen.« Ihre Wangen liefen hochrot an, als ihr Blick auf das Handtuch um meine Hüfte fiel.

»Du hast das Richtige getan. Für den Fall, dass du wieder etwas hörst, musst du es mir sagen. Egal wie unbedeutend es erscheinen mag.«

Ich sollte mir etwas anziehen. Es war gefährlich, so dicht vor ihr zu stehen, solange sich nur ein Handtuch zwischen ihr und meinem Schwanz befand.

»Ich … lasse dich jetzt … weiterduschen«, stammelte sie, wobei sie die Lippen zu einem Lächeln verzog. Ich war mir nicht sicher, ob sie wusste, was ich im Badezimmer getrieben hatte, oder ob sie sich gerade meinen nackten Körper vorstellte. Was auch immer es war, es brachte mein Blut in Wallung. Es war mir scheißegal, ob sie wusste, dass ich gerade meinen Schaft gestreichelt und dabei an sie gedacht hatte.

Unbewusst trat ich einen Schritt auf sie zu. »Warum lächelst du, *tesorino*?«

»Wovon … wovon redest du?« Ihr Lächeln verblasste und sie schnappte hörbar nach Luft.

Sie war so schön. Bevor ich Olivia begegnet war, hatte ich Bilder von ihr in den sozialen Medien gesehen und die Akten über ihr Verschwinden gelesen, während ich wochenlang versucht hatte, eine Spur von ihr zu finden. Aufgrund dieser Fotos und Berichte hatte ich voreilige Schlüsse gezogen und sie für eine verwöhnte Göre gehalten. Ich hatte mich geirrt. Olivia war eine liebenswürdige und starke Frau. Und all die Bilder, die ich durchforstet hatte, hatten nicht das Funkeln wiedergeben können, das nun in ihren Augen tanzte. Diese dunklen schokoladenbraunen Augen spiegelten all ihre Emotionen wider und zogen mich in ihren Bann. Ich hatte wirklich versucht, diese unerklärliche Anziehungskraft bis zum Abschluss dieses Auftrags zu unterdrücken. Dabei fühlte ich mich nicht nur körperlich zu ihr hingezogen, obwohl das im Moment alles war, woran ich denken konnte. Sie beeindruckte mich auch mit ihrer inneren Stärke, die sie seit dem Tag ihrer Rettung immer wieder aufs Neue unter Beweis stellte. Ich war es leid, gegen diesen Reiz, den sie auf mich ausübte, anzukämpfen, und musste herausfinden, ob meine Gefühle für sie nur einseitig waren.

Ihren glasigen Augen und geblähten Nasenflügeln nach zu urteilen beruhte das Gefühl auf Gegenseitigkeit. Und dann war da noch die Tatsache, dass sie meinen Schwanz eindringlich gemustert hatte, nachdem ich aus der Dusche gestiegen war, als wollte sie sich das Bild ins Gedächtnis einprägen. Es gab nur einen Weg, es mit Sicherheit herauszufinden, also warf ich all meine Zweifel über Bord.

»Wovon ich spreche? Für mich sieht es so aus, als gäbe es einen bestimmten Grund für dein Lächeln«, erwiderte ich.

Sie verzog den Mund und zuckte mit den Schultern, doch ihre Augen verrieten mir alles, was ich wissen musste. Das Spiel konnte beginnen.

»Gefällt dir der Gedanke, dass du mich so sehr erregt hast, dass ich mich selbst massiert habe wie ein Teenager, der gerade sein erstes Pornoheft in die Finger bekommen hat? Ich hätte nicht lange gebraucht, um zu explodieren. Oder hast du gelächelt, weil du dich an den Anblick meines Schaftes erinnert hast, nachdem ich aus der Dusche gestiegen war?«

Sie lief hochrot an und ihr anfängliches Lächeln verwandelte sich in ein breites Grinsen. Sie wusste genau, was sie mit mir anstellte.

Ich würde diesem Mädchen eine ganz neue Welt offenbaren.

KAPITEL VIERZEHN

OLIVIA

Ich war sprachlos. Hatte er gerade gesagt, ich hätte ihn so sehr erregt, dass er sich selbst befriedigt hatte?

Mir fehlten die Worte. Verdammt, ich wusste einfach nicht, was ich sagen sollte. Machte er sich etwa über mich lustig? Wollte er mich in Verlegenheit bringen? Ich hatte mich redlich bemüht, ihn nicht anzustarren, als er aus der Dusche gekommen war, aber der Mann hatte einen Körper, der wie geschaffen war, um in einem Fitnessmagazin abgelichtet zu werden. Und sein … Heilige Mutter Gottes.

»Ich habe noch nie …« Ich verstummte, denn ich wusste nicht, wie ich ihm den Grund für mein Lächeln erklären sollte. Dabei hoffte ich inständig, dass ich tatsächlich lächelte und nicht einfach das Gesicht zu einer seltsamen Grimasse verzogen hatte.

»Komm schon, ich bin mir sicher, du hast schon einmal einen Schwanz gesehen, *tesorino*.«

Ich straffte augenblicklich die Schultern. »Warum? Denkst du, ich bin eine Nutte?«

»Ganz ruhig. Ich wollte damit nur sagen, dass heutzutage unzählige schmutzige Bilder im Internet kursieren, da begegnet man zwangsläufig auch einem Foto von einem Schwanz«, erklärte er. Nun kam ich mir dumm vor und mein defensives Gehabe war mir peinlich. »Also, was wolltest du sagen? Was hast du noch nie?«

Für einen Moment überlegte ich, wie ich mich ausdrücken sollte. Wäre das Wort Penis angebracht? Oder Schaft? Oder sollte ich einfach, wie er, Schwanz sagen? Verdammt, mittlerweile war ich so beschämt, dass ich befürchtete, der Ausdruck »Pimmel« könnte mir versehentlich über die Lippen kommen.

Augen zu und durch.

»Ich habe noch nie einen so großen Schwanz gesehen«, platzte ich heraus.

Leo errötete. Wer hätte gedacht, dass ein großer, starker Mann vor Verlegenheit hochrot anlaufen konnte.

»Ach tatsächlich? Noch nie? Bist du dir sicher? Denn wenn du dich vergewissern möchtest, bin ich gern bereit, dir einen weiteren Blick zu gewähren.« Nun machte er sich auf meine Kosten lustig.

»Nein danke. Das wird nicht nötig sein. Du kannst deine Anakonda in ihrem Käfig lassen.«

Leo brach in schallendes Gelächter aus. Vielleicht war es töricht, einen Mann als wunderschön zu bezeichnen, aber auf Leo traf die Beschreibung zweifellos zu. Sein dunkles Haar und seine olivfarbene Haut brachten seine grünen Augen zur Geltung. Und mit einem muskulösen Körper, markanten Gesichtszügen und einem riesigen Schwanz hatte er einfach alles, was eine Frau sich wünschen konnte. Das Mädchen, das zu Hause auf ihn wartete, konnte sich glücklich schätzen. Plötzlich packten mich Schuldgefühle, weil ich mit dem Mann einer anderen Frau flirtete. So etwas sah mir gar nicht ähnlich. Ich hatte in der Vergangenheit zwar zu viel getrunken und gefeiert, aber noch nie hatte ich einem Mädchen den Freund ausgespannt. Leo hatte in Bezug auf das, was er unter der Dusche getrieben hatte, wahrscheinlich nur gescherzt, um die Stimmung aufzulockern. Auf mich wirkte er nicht wie der Typ Mann, der seine Freundin betrügen würde. Vielleicht hatte er mich auch nur testen wollen, um herauszufinden, ob er mir vertrauen konnte.

»Du solltest jetzt ins Bett gehen. Es war ein langer Tag. Ich bin gleich zurück.«

Er verschwand wieder im Bad, und ich schlüpfte unter die Bettdecke. Ich war mir fast sicher, dass er hier bei mir bleiben würde, solange Gomez noch eine Bedrohung darstellte. Dafür war ich dankbar, denn ohne Leo würde ich kein Auge zutun.

Während ich darauf wartete, dass er aus dem Bad kam, wanderten meine Gedanken zu meiner Mutter.

Ich vermisste sie. Je mehr ich darüber nachdachte, was Leo im Wagen zu mir gesagt hatte, desto mehr glaubte ich, dass er recht hatte. Ich brauchte nicht noch mehr Gründe, um wütend auf sie zu sein, sondern sollte einen Weg finden, um ihr zu verzeihen. Ich fragte mich, ob sie mit Peter gesprochen hatte. Sie hatte mir stets erzählt, dass sie meinen Vater immer noch liebte. War das auch eine Lüge gewesen? Oder hatte sie die letzten fünfundzwanzig Jahre damit verbracht, einen Mann zu lieben, der zwar am Leben, aber für sie unerreichbar war? Plötzlich empfand ich tiefes Mitgefühl für meine Mutter. Soweit ich mich erinnerte, war Peter mit einer furchtbaren Frau verheiratet gewesen. Meine Mutter hatte zweifellos darunter gelitten. Sie musste einen guten Grund gehabt haben, mich all die Jahre von Peter fernzuhalten. Ich verstand nur nicht, wie ihr Geheimnis ans Licht gekommen war. Und warum ausgerechnet jetzt?

Leo legte sich neben mich ins Bett und zog sich die Decke bis zur Taille hoch. Ich drehte mich ihm zu und stützte den Kopf auf den Ellbogen. Am liebsten hätte ich die Hand nach ihm ausgestreckt, um meine Finger über die Muskeln an seinem Bauch gleiten zu lassen. Das Einzige, was mich davon abhielt, war die Tatsache, dass er vergeben war.

»Was hält deine Freundin von deinem Job?«, platzte ich heraus. *Sehr subtil, Olivia. Du stellst dich an wie eine Idiotin.* »Es ist doch sicher nicht leicht für euch, wenn du die ganze Zeit unterwegs bist.«

»Wie bitte?«

»Deine Freundin in Maryland. Ist es schwer für sie, wenn du im Einsatz bist?«

»Wie kommst du darauf, dass ich eine Freundin habe?«, fragte er.

Verdammt, ich wusste nicht recht, wie ich darauf antworten sollte.

»Das Mädchen, mit dem du telefoniert hast. Bella. Ihr habt euch mit so liebevollen Worten voneinander verabschiedet«, erläuterte ich.

»Arabella ist meine kleine Schwester«, schnaubte er und seine Miene verhärtete sich. »Für was für einen Mann hältst du mich eigentlich? Glaubst du, ich hätte mich mit dir unter die Dusche gestellt und dich gewaschen, oder dich die letzten beiden Nächte im Arm gehalten, wenn ich eine Freundin hätte? Und damit noch nicht genug. Denkst du wirklich, ich würde mir bei dem Gedanken an dich einen runterholen, wenn zu Hause eine Frau auf mich warten würde, die ich liebe? Nicht zu vergessen, dass ich bereit war, meinen Job zu kündigen und mit dir das Weite zu suchen, um dich zu beschützen.«

Heilige Scheiße, er kochte vor Wut.

»Ich habe nicht nachgedacht.«

»Nein, *tesorino*, das hast du nicht.«

Er rollte sich auf den Rücken, stützte den Kopf auf einen Arm und starrte an die Decke. Ich musste das wieder in Ordnung bringen.

»Es tut mir leid«, begann ich. »Was die Dusche

angeht, dachte ich, dass du nur einem verängstigten Opfer geholfen hast.«

»Da hast du falsch gedacht. Für gewöhnlich dusche ich nicht mit Frauen zusammen. Außerdem habe ich dir bereits erklärt, dass ich dich nicht für ein Opfer halte, und ich habe mich für meine Wortwahl entschuldigt. Willst du das jetzt auch wieder aufwärmen?«

Meine Güte. Offenbar war ich nicht nur in ein Fettnäpfchen getreten, sondern hatte ihn wirklich in Rage gebracht.

»Ich habe mich gerade entschuldigt, in Ordnung? Die letzten Wochen war ich in einem Zimmer eingesperrt und gezwungen, einen Meter von meinem Schlafplatz entfernt zu pinkeln. Jeden Morgen wurde ich durch einen Tritt in die Magengrube geweckt und mir wurde wiederholt versichert, dass ich sterben würde. Und dann wurde ich schließlich gerettet, nur um herauszufinden, dass mein Vater gar nicht tot, sondern der Justizminister der Vereinigten Staaten ist und jemanden in Gewahrsam hat, dessen Freilassung die Bösewichte erpressen wollen, indem sie mich entführen. Oh, und falls mein Daddy nicht auf den Tauschhandel eingeht, werden sie mich umbringen.« Mittlerweile war ich so richtig in Fahrt gekommen, da könnte ich genauso gut auch den Rest ausspucken. Ich schloss die Augen und fuhr fort: »Und nun bin ich auf der Flucht mit einem Mann, der bei Weitem der attraktivste Mann ist, den ich je gesehen habe. Allerdings wechselt er kaum ein Wort mit mir. Bisher war mir das sogar recht, denn seit dem ersten Moment unserer Begegnung fühle ich mich auf unerklärliche und wahrscheinlich ungesunde Weise zu ihm hingezogen. Es tut mir also leid, wenn ich nicht klar denken kann. Ich halte dich nicht für den Typ Mann, der seine Frau betrügt. Ehrlich gesagt habe ich dir nicht geglaubt, als du behauptet hast, dass du … unter der Dusche … Ich dachte, du wolltest mich nur auf die Probe stellen, um herauszufinden, ob ich mich dir an den Hals werfen würde, obwohl ich davon überzeugt war, dass du eine Freundin hast.«

Als ich schließlich die Augen wieder öffnete, stellte ich schockiert fest, dass Leo mich mit einem selbstgefälligen Grinsen anstarrte.

»Dann dachtest du also was genau, als ich mit einem Ständer aus der Dusche kam? Dass das der Normalzustand ist?«, lachte Leo.

Idiot.

»Nach allem, was ich dir erzählt habe, willst du über dein … Ding reden?«, schnaubte ich.

»Nun, da sich die Gelegenheit gerade bietet, würde ich sehr gern über meinen Schwanz sprechen. Allerdings kann ich mich nicht erinnern, dass ihn jemals jemand als *Ding* bezeichnet hat.«

»Ich habe mir nicht überlegt, warum dein Schwanz hart war, du Arsch. Um ehrlich zu sein, war ich viel zu geschockt von seiner Größe. Mein erster Gedanke war, dass du noch Jungfrau sein musst, weil er unmöglich in eine Frau passen würde.«

»Oh Baby, ich kann dir versichern, dass er passen wird. Ich werde dich damit ganz ausfüllen und dich zum Schreien bringen. Aber jetzt erwähne bitte nicht mehr das Wort Schwanz«, stöhnte er.

»Warum nicht, du sagst es doch auch ständig?«

»Wenn ich das Wort aus deinem Mund höre, dann werde ich von dem unbändigen Drang gepackt, dich zu ficken. Aber vorher müssen wir noch einiges bereden.«

Er wollte mich ficken? Bis vor Kurzem war ich mir sicher, dass er mich nicht einmal leiden konnte. Manche Kerle mussten eine Frau zwar nicht unbedingt mögen, um mit ihr zu schlafen, aber ich nahm an, dass Leo nicht zu dieser Sorte Mann gehörte.

»Zum einen bin ich ein Mann und kein Junge, der dich auf die Probe stellen muss. Ich habe mit dir geduscht, weil ich in dem Moment, in dem ich dir zum ersten Mal begegnet bin, von einem Beschützerinstinkt übermannt wurde, wie ich ihn noch nie zuvor gespürt habe. Ich bin Italoamerikaner. Wir sind berüchtigt dafür, Muttersöhnchen zu sein. Aber nicht einmal in Bezug auf meine Mutter habe ich je so empfunden. Es hat mich zu Tode erschreckt. Aus diesem Grund war ich derart schweigsam. Ich habe mich nach Kräften bemüht, dich auf Distanz zu halten, weil ich mich nicht nur körperlich zu dir hingezogen fühle. Wobei die körperliche Anziehungskraft natürlich nicht zu leugnen ist. Als ich dich in Maryland angeschnallt und deine Brust gestreift habe, woraufhin deine Nippel steif wurden, hätte ich dich am liebsten an Ort und Stelle auf der Motorhaube meines Wagens vernascht. Aber vor allem die emotionale Verbindung, die ich zu dir fühle, jagt mir eine Heidenangst ein. Ich hatte schon monatelange Beziehungen, aber für keine Frau habe ich je so empfunden wie für dich. Und das, obwohl ich dich kaum kenne. Für einen Mann wie mich ist das genug, um den Verstand zu verlieren.«

Meine Güte, er fühlte dasselbe wie ich. Doch sein Lächeln war mittlerweile verebbt und ich wappnete mich dafür, was er mir noch zu sagen hatte. »Es gibt jedoch noch einen weiteren Grund, warum ich Abstand gehalten habe. Du bist erst fünfundzwanzig und immer noch nicht ganz trocken hinter den Ohren. Ich bin in der Welt schon viel herumgekommen und habe einige furchtbare Dinge getan – und tue sie immer noch. Ich bin ziemlich verkorkst. Mit dem emotionalen Ballast, den ich in meinem Leben bereits angehäuft habe, könnte ich ein ganzes Frachtschiff füllen. Außerdem lege ich bei allem, was ich tue, ein rasantes Tempo vor. Wenn ich etwas will, kann mich nichts aufhalten. So bin ich nun einmal, und daran kann ich nichts ändern.«

Zwar war ich nicht gerade begeistert davon, dass er glaubte, ich sei noch nicht trocken hinter den Ohren, aber mit dem Rest konnte ich leben.

»Wie alt bist du?«, fragte ich.

»Zweiunddreißig.«

»Wie viele Geschwister?«

Leo lächelte, als ihm klar wurde, worauf ich hinauswollte.

»Drei. Marco ist Polizist, Luca arbeitet in der IT-Branche, und dann ist da noch Arabella.«

»Ich bin Einzelkind. Äh ... zumindest soweit ich

weiß. Wie viele Auslandseinsätze hast du in deinem Leben schon bestritten?«

Sein Lächeln erstarb. Mit der Frage begab ich mich auf sehr persönliches Terrain. Ich wartete geduldig auf seine Antwort. Als er nach einer Weile immer noch nichts gesagt hatte, beschloss ich, ihm etwas über mich zu erzählen.

»Ich habe meinen Collegeabschluss an der Universität von Maryland mit einundzwanzig gemacht. Da ich eine gute, geradlinige Studentin war, begann ich, an der juristischen Fakultät der Universität von Georgetown Verfassungsrecht zu studieren. Aber ich habe es gehasst. Ich versuchte, das zu tun, was von mir erwartet wurde, indem ich in die Fußstapfen meiner Mutter trat, damit sie stolz auf mich sein konnte.« Ich hielt einen Moment inne und atmete tief durch. Bevor ich fortfuhr, machte ich mich darauf gefasst, dass er mich verurteilen würde. »Ich verlor meine Jungfräulichkeit mit einundzwanzig an einen Burschenschaftler im College. Er hat mich nicht gezwungen und es war nicht unangenehm, aber es war auch nicht befriedigend. Danach hatte ich kein großes Verlangen nach Sex, also ließ ich es bleiben. Bis vor neun Monaten. Eines Tages wurde mir bewusst, wie sehr ich mein Leben hasste. Kaum hatte ich den Gedanken gehegt, hatte ich ein schlechtes Gewissen. Ich hatte meinen Abschluss an einem hervorragenden College gemacht und nie einen Cent selbst bezahlen müssen. Auch mein Jurastudium und meine Wohnung wurden mir finanziert. Und doch war mir alles zuwider.

Ich begann, häufiger auszugehen und weniger zu lernen. Meine Noten verschlechterten sich, aber das war mir egal. Ich wollte nur noch Spaß haben und hatte Sex mit mehr Jungs, als ich mich erinnern kann. Die meisten davon waren One-Night-Stands in betrunkenem Zustand. Etwa drei Monate bevor ich entführt wurde, wachte ich im Bett eines Fremden auf und ekelte mich vor mir selbst, weil ich nicht einmal seinen Namen kannte. Also hörte ich auf, mich durch sämtliche Betten zu vögeln, aber ich feierte dennoch weiter. An dem Abend meiner Entführung war ich in einem Klub. Ein Mann flirtete mit mir an der Bar und gab mir einen Drink aus. Nachdem ich ihn getrunken hatte, wurde mir schlecht. Ich weiß noch, dass ich zur Toilette ging und er mich auffing, bevor ich ohnmächtig wurde. Ich habe es mir selbst zuzuschreiben, dass ich entführt wurde, denn ich war allein unterwegs und alles andere als nüchtern. Meine Dummheit hat mich fast umgebracht.«

»Ich habe das SEAL-Training absolviert, als ich achtzehn war. Nach dem Abschluss wurde ich der Einsatzgruppe Eins, Team Drei in Coronado zugeteilt. Nachdem ich meinen sechsjährigen Dienst beendet hatte, verpflichtete ich mich erneut und wurde in die Einsatzgruppe Zwei, Team Acht versetzt. Ich beendete meine Karriere beim Hubschraubergeschwader. In meiner Laufbahn habe ich mehr Einsätze durchlaufen, als mir lieb ist. Als mein zweiter Vertrag auslief, beschloss ich, mich nicht noch ein drittes Mal zu verpflichten. Während meiner vorletzten Mission bei der Navy musste ich drei zehnjährige Kinder töten, danach war ich fertig. Es verändert einen Menschen grundlegend, wenn er einem Kind eine Kugel in den Kopf jagen muss. Das Problem bestand nicht darin, dass ich Gewissensbisse hatte, weil ich ein Kind töten musste, sondern weil ich keine hatte. Als ich den Abzug drückte, fühlte ich mich genauso wie jedes Mal. In diesem Moment wusste ich, dass ich etwas ändern musste.«

»Wie war die Ausbildung zum SEAL?«

Ich hatte die Dokumentarfilme im Fernsehen gesehen und sogar hin und wieder einige SEALs getroffen, wenn ich meine Mutter oder Mr. Anderson im Weißen Haus besucht hatte. Aber ich hatte mich noch nie mit einem von ihnen wirklich unterhalten.

»Unbeschreiblich. Die Ausbilder verlangen dir körperlich und mental alles ab, um herauszufinden, wie viel du ertragen kannst, bevor du ausscheidest. Und jedes Mal, wenn die Glocke läutet, die signalisiert, dass einer der Rekruten das Handtuch geworfen hat, denkst du, du bist der Nächste. Jeder, der dir etwas anderes erzählen will, ist entweder ein Dummkopf oder war nicht wirklich dabei. Kein Mann hat je das Training zum SEAL durchlaufen, ohne sich irgendwann zu fragen, was er dort zu suchen hat, oder sich nach dem Bier zu sehnen, das der Ausbilder versprochen hat, falls er aufgibt. Sie treiben dich mental an eine Grenze, um zu sehen, ob du zusammenbrichst. Wenn dir alles wehtut und du glaubst, dass du nicht mehr weitermachen kannst, was dann? In Filmen und im Fernsehen wird immer wieder behauptet, dass SEALs die körperlich stärksten Soldaten sind. Das macht sich sicher gut auf der Leinwand, aber es ist nicht wahr. Meine Größe und mein Gewicht haben mich eher behindert. Die kleineren, schlankeren Männer hatten hingegen viel weniger Probleme beim Lauf- und Schwimmtraining. SEALs sind *mental* stark. Wir sind darauf trainiert, Probleme mit logischem Denken zu lösen. Statt mit brachialer Gewalt einen eckigen Pflock in ein rundes Loch zu hämmern, finden wir spontan eine Möglichkeit, den Pflock abzurunden.«

Ich hatte mir nie Gedanken über die mentalen Anforderungen eines SEALs gemacht. Auf der Leinwand werden diese Männer als Helden mit übermenschlichen Fähigkeiten dargestellt. Doch es wird nie erwähnt, dass sie im Grunde einem MacGyver auf Steroiden gleichen.

»Vermisst du es, ein SEAL zu sein?«

»Ich bin nach wie vor ein SEAL. So etwas wie einen ehemaligen SEAL gibt es nicht. Wenn du wissen willst, ob ich den Militärdienst vermisse, dann lautet die Antwort nein. Ich denke, heute bewirke ich mehr Gutes, als ich es als Soldat je getan habe.«

»Nachdem du gelernt hast, mir zu vertrauen, wirst du dann mit mir über deinen emotionalen Ballast sprechen?« Ich musste die Antwort auf diese Frage unbedingt wissen. Wir hatten einander gestanden, dass wir uns zueinander hingezogen fühlten. Ich war nicht so naiv zu glauben, dass wir eines Tages heiraten würden, aber ich wollte herausfinden, was sich aus dieser Anziehungskraft entwickeln könnte, ganz gleich wie viel Zeit er sich dabei lassen wollte. Ich kannte mich jedoch gut genug, um zu wissen, dass ich niemals mit jemandem zusammen sein könnte, der mir wichtige Teile seines Lebens vorenthielt.

»Ich vertraue dir zwar, aber wahrscheinlich werde ich nicht mit dir darüber reden. Manche Dinge sollte man besser für sich behalten. Du weißt mehr über mich als jede Frau, mit der ich je zusammen war. Nicht einmal meine Brüder kennen die Geschichte, warum ich die Navy verlassen habe.«

»Ich habe dich nur gebeten, mit mir über den Ballast zu reden, und nicht von dir verlangt, dass du ihn vor mir ausbreitest. Diese Erinnerungen gehören dir. Wenn du sie in einer Ecke stapeln willst, werde ich in meinem Schrank Platz schaffen. Aber ich will nicht darum herumnavigieren müssen und versehentlich darüber stolpern, weil ich nicht weiß, wo sie stehen. Ich kann verstehen, dass du die Vergangenheit unter Verschluss halten willst, und werde dich zu nichts drängen.«

Für einen Moment starrte er mich nur an und mir rutschte das Herz in die Hose. Schon glaubte ich, ich sei zu weit gegangen und hätte ihn verloren. Obwohl ich Leo besser kennenlernen wollte, war dies ein Aspekt, der für mich nicht verhandelbar war – um es mit seinen Worten auszudrücken.

»In Ordnung, *tesorino*. Aber erst, wenn ich bereit dazu bin«, lenkte er ein.

Er hatte zugestimmt. Ich konnte nicht glauben, dass er sich tatsächlich dazu bereit erklärt hatte. Mein Herz hämmerte wild in meiner Brust und ich hatte Schmetterlinge im Bauch.

Was nun?

KAPITEL FÜNFZEHN

LEO

Aus irgendeinem Grund war ich aufgewacht. Außer Olivias Atem an meiner Brust hörte ich nichts. Vielleicht war es meinem sechsten Sinn oder meiner jahrelangen Erfahrung auf dem Schlachtfeld zuzuschreiben, aber irgendetwas stimmte nicht. Ich hatte die Lampe im Kleiderschrank brennen lassen, als wir ins Bett gegangen waren. Da ich immer noch Licht unter der Tür sehen konnte, wusste ich, dass der Strom nicht abgeschaltet worden war. Ich rollte Olivia behutsam auf die Seite und schickte Z eine kurze Nachricht.

Ich hob meine Hose vom Boden auf, zog sie an und schlüpfte in meine Stiefel. Dann schob ich die Jalousien im Schlafzimmer gerade so weit zurück, dass ich die Vorderseite des Hauses überprüfen konnte, doch da war nichts. Als ich die Jalousien vorsichtig zurückfallen ließ, vibrierte das Handy in meiner Tasche.

Zane hatte das Team alarmiert und hielt sich bereit.

»Olivia«, flüsterte ich. »Wach auf.« Sobald sie die Augen öffnete, sagte ich: »Du musst aufstehen und dich im Schrank verstecken. Drücke dich an die hintere Wand.«

Ich wünschte wirklich, sie könnte eine Waffe bedienen. Da sie jedoch nicht wusste, wie man damit umging, konnte ich ihr keine Pistole in die Hand drücken.

Olivia stellte keine Fragen und ging leise in Richtung des Kleiderschranks. Bevor sie hineinkletterte, gab ich meinem Drang nach, zog sie an mich und presste sanft meine Lippen auf die ihren. Es war kein leidenschaftlicher Kuss, sondern nur eine zärtliche Berührung. Die Art von Kuss, die ein Mann der Frau gab, die er liebte, bevor er morgens aus dem Bett stieg.

Ich war so verdammt stolz auf sie, als sie in den Schrank kroch und die Tür hinter sich schloss. Solange sie sich versteckt hielt, konnte ich das Haus durchsuchen.

Das Wohnzimmer lag im Dunkeln, sodass ich mich frei bewegen und ohne Weiteres die Fenster überprüfen konnte. Ich war gerade an der Hintertür, als das Handy in meiner Tasche erneut vibrierte. Ich zog das Gerät heraus und las Zanes Nachricht. Was zum Teufel? Bevor ich antworten konnte, traten Zane, Jaxon und Colin durch die Vordertür und schalteten das Licht ein. Sie alle hatten ihre Waffen auf Gomez und einen seiner Männer gerichtet.

»Denkst du wirklich, es ist eine gute Idee, ihn ins

Haus zu bringen?«, fragte ich Zane. »Du weißt doch, dass ich Abe versprochen habe, kein Blut auf seinem Fußboden zu vergießen.«

Gomez stieß ein Knurren aus und Zane verdrehte die Augen. Wahrscheinlich glaubte er, ich würde scherzen, doch es war mein voller Ernst. Ich war bereit, die Sache zu beenden und Olivia nach Hause zu bringen.

»Wo sind die anderen beiden Männer, die ihn begleitet haben?«, fragte ich, als Garrett zum Team stieß.

»Abe und Wolf unterhalten sich gerade mit ihnen am Fuß des Hügels«, erklärte Z.

Zane schob die Männer weiter in den Raum hinein. Ihre Hände waren mit Kabelbindern gefesselt, doch das musste nichts bedeuten. Woher wussten wir, dass nicht irgendwo eine ganze Armee von Gomez' Männern bereitstand?

»Bevor wir Gomez den Garaus machen, werden wir uns mit ihm unterhalten. Er scheint zu glauben, dass er über Informationen verfügt, die für uns von Bedeutung sind«, erklärte Zane und führte Gomez zum Küchentisch. »Setz dich.«

Jaxon folgte ihm mit dem anderen Mann.

»Welche Informationen könnten das sein?«, fragte ich.

Wir hatten keine Zeit, um Small Talk zu halten. Olivia befand sich im Schrank im oberen Stock und wartete.

»Ihr habt einen Verräter in euren Reihen«, sagte Gomez.

Das war nichts Neues. Wir wussten darüber Bescheid, und uns war klar, dass er das wusste.

»Was du nicht sagst«, scherzte ich.

»Und du hast den weiten Weg auf dich genommen, nur um uns das mitzuteilen?«, fragte Z.

»In Bolivien macht man Geschäfte von Angesicht zu Angesicht. Wir verstecken uns nicht hinter einem Bildschirm. Ich ziehe es vor, einem Mann, der mein Leben bedroht, in die Augen zu blicken.« Gomez lehnte sich mit einem selbstgefälligen Gesichtsausdruck in seinem Stuhl zurück. Der Mann hatte wirklich Mumm.

Ich ging um den Tisch herum und drückte ihm den Lauf meiner Sig an die Stirn. »Wie wäre es dann, wenn ich dir in die Augen blicke? Ich werde dir eine Kugel in den Schädel jagen, denn ich wüsste nicht, was du uns zu sagen hättest.«

»Ich habe das hübsche junge Mädchen nicht entführt. Meine Männer waren schon seit geraumer Zeit nicht mehr in den USA. Ihr Amerikaner seid so dumm. Wenn ich das Mädchen gehabt hätte, hätte ich sie umgebracht. Ich spiele keine Spielchen, indem ich eine Geisel nehme und sie dann freilasse. Wenn ich mir jemanden schnappen will, dann mache ich kurzen Prozess und töte ihn. Ihr seid einem Verräter auf den Leim gegangen. Und damit meine ich nicht diesen Idioten namens Clark. Er war ohnehin nur ein Junge, der versucht hat, mit den Großen mitzuhalten. Ihr habt ihn tot aufgefunden, nicht wahr?«

Ich hatte Mühe, einen kühlen Kopf zu bewahren.

Dennoch vermutete ich einen Funken Wahrheit in Gomez' Geschichte. Laut der Berichte, die wir über den Kerl hatten, war er ein rücksichtsloser Killer. Er tötete seine Feinde immer und machte sich nicht einmal die Mühe, sie zu foltern.

Ich warf einen Blick auf Zane, der dasselbe zu denken schien wie ich. Zane zog sein Handy aus der Tasche. Während er auf das Display starrte, sagte er: »Ja, und wir haben eine Nachricht erhalten, dass er ein Geschenk von dir war.«

Gomez warf den Kopf in den Nacken und lachte schallend. »Wirke ich auf euch wie ein Altruist? Ich mache keine Geschenke.« Gomez' Haltung änderte sich schlagartig. In seinen Augen loderte ein Feuer, als er sich mir zuwandte. »Ihr denkt wohl, ihr seid die Einzigen, die Informationen beschaffen können. Ich bin aus reiner Gefälligkeit hier. Momentan dulde ich die Waffe an meinem Kopf noch, doch es dauert nicht mehr lange, dann werde ich sie als Beleidigung auffassen. Siles ist nicht der Mann, für den ihr ihn haltet. Er hat vor, mich von meinem Thron zu stoßen. Glaubt ihr, ich wusste nicht, dass die Razzia eine Finte war? Die Amerikaner haben sich nur meine kleinsten Territorien vorgenommen. Hätten sie Informationen über meine Operation gehabt, wären sie in meine größten Lagerhäuser eingedrungen. Siles ist ein Verräter. Ich habe die Amerikaner nicht kontaktiert, weil ich ihn zurückhaben will. Das waren seine Männer.«

»Und das sollen wir dir einfach glauben?«, fragte ich.

Wenn Gomez die Wahrheit sagte, hatte Siles den Justizminister überlistet. Sein Plan wäre gelungen, wenn die Amerikaner den Anführer eines Kartells ausschalteten, damit er dessen Platz einnehmen konnte. Nach Gomez' Tod könnte Siles aus der Schutzhaft entlassen werden und nach Bolivien zurückkehren.

»Natürlich nicht. Mir ist klar, dass ihr Beweise braucht. Wenn du endlich die Waffe aus meinem Gesicht nimmst und die Uhr von meinem Handgelenk löst, dann findest du auf der Rückseite einen Chip mit sämtlichen Informationen, die ihr braucht. Bis auf euren Verräter.«

»Was soll das bedeuten, bis auf unseren Verräter?« Wenn dieser Wichser glaubte, er könnte den Namen des Kerls gegen Olivia eintauschen, dann würde ich ihm den Kopf wegblasen. Der Holzboden war mir scheißegal.

»Es bedeutet lediglich, dass ich meine Zeit nicht mit eurem Problem verschwendet habe. Bei logischer Betrachtung komme ich zu dem Schluss, dass jemand aus euren Reihen Siles Informationen zukommen lässt und sie nach Bolivien weiterleitet. Es ist mir im Grunde egal, wer der Kerl ist. Er ist euer Problem. Meine Zeit ist Geld wert. Wenn ich mit jemandem nichts verdienen kann, halte ich mich nicht mit ihm auf.«

Ich ließ die Waffe sinken und steckte sie in den Bund meiner Jeans. Als ich Gomez seine goldene, diamantenbesetzte Rolex abnahm, musste ich mich zwingen, nicht die Augen zu verdrehen. Was für ein Klischee. Wir entfernten die Rückseite des Gehäuses und zogen den Chip heraus, den ich an Garrett weiterreichte. Er steckte ihn sofort in ein Lesegerät, das er an seinen Laptop anschloss.

Wir beobachteten schweigend, wie Garrett die Finger über die Tastatur fliegen ließ.

»Soll ich die Audiodatei abspielen?«, fragte Garrett.

Zane nickte und einen Moment später hallten Olivias Schreie durch den Raum. Was zum Teufel sollte das? Ich wollte nicht hören, wie Olivia verprügelt wurde.

»Bitte.« Olivias flehende Stimme war im Hintergrund zu hören.

»Es ist fast so weit. Die Nachricht wurde versendet. Lass das Mädchen morgen zurück und verschwinde. Wenn sie kommen, solltest du schon über alle Berge sein«, ertönte eine Männerstimme.

»Ja, Sir«, bestätigte ein anderer Mann.

»Bitte, hören Sie auf«, schrie Olivia wieder.

»Ach, das ist Musik in meinen Ohren. Capo wird untergehen, sobald sie das Mädchen gefunden haben. Unser Plan wird aufgehen«, sagte der Mann, der zuerst gesprochen hatte.

Dann war die Aufnahme zu Ende und Garrett tippte weiter wild auf seiner Tastatur herum.

»Ich habe die Stimme bestätigt«, verkündete Garrett. »Es ist Jose Siles. Den zweiten Mann kann ich nicht zuordnen.«

»Scheiße«, schrie Zane. »Ich hasse es, wenn die

Bösewichte versuchen, sich gegenseitig hinters Licht zu führen. Wisst ihr eigentlich, wie viel zusätzlicher Papierkram damit verbunden ist?«

Die Vene in Zanes Nacken begann zu pulsieren. Es war ein sicheres Zeichen dafür, dass er kurz davor war, die Beherrschung zu verlieren.

»Woher hast du diese Aufnahme?«, wollte ich von Gomez wissen.

»Ihr glaubt doch nicht, dass ihr die Einzigen mit verlässlichen Informationsquellen seid, oder?« Gomez verzog die Lippen zu einem Lächeln und warf einen Blick auf den Mann neben sich.

»Die Zeitstempel stimmen mit den Anrufprotokollen überein. Tango Eins hat die Adresse in Scotland angerufen. Am anderen Ende wurden die Aufzeichnungen jedoch gelöscht«, erklärte Garrett.

Gomez hatte also die Wahrheit gesagt. Siles hatte den Anruf tatsächlich getätigt. Sämtliche Telefonate von Häftlingen wurden aufgezeichnet, aber wie durch ein Wunder waren die Aufnahmen aus dem Gefängnis gelöscht worden. Kaum zu glauben. Nun mussten wir herausfinden, wer die Aufzeichnungen zunichtegemacht und einem Zeugen in Schutzhaft erlaubt hatte zu telefonieren. Das Ganze war ein einziges Durcheinander.

»Was willst du?«, wollte Zane von Gomez wissen.

»Ich will, dass ihr euch aus meinen Geschäften raushaltet«, antwortete er.

»Ist das alles?«, erkundigte sich Zane.

Irgendetwas stimmte nicht. Das war zu einfach.

»Ich hätte da noch eine Bitte. Wenn ihr diesem Wichser die Kehle durchschneidet, richtet ihm einen schönen Gruß von mir aus.«

»Diesen Wunsch kann ich dir erfüllen«, stimmte Zane zu. »Dann macht es dir sicher nichts aus, wenn meine Männer euch zum Flughafen begleiten.«

»Ich hatte eigentlich vor, noch ein oder zwei Tage die Gegend zu besichtigen«, erwiderte Gomez mit einem Lächeln.

»Kommt gar nicht infrage. In einer Stunde wird mein Flugzeug auf der Rollbahn bereitstehen und euch nach Hause bringen.« Mit diesen Worten tippte Zane eine Nachricht in sein Handy.

»Dann haben wir eine Vereinbarung?«, fragte Gomez.

»Ja.«

Ich wartete nicht, bis die anderen Gomez aus dem Haus begleiteten, sondern sprintete die Treppe hinauf, wobei ich zwei Stufen auf einmal nahm.

Als ich die Schranktür öffnete, saß Olivia zusammengekauert in einer Ecke und fuchtelte mit einem Metallbügel in der Luft herum. Ich war mir nicht sicher, was sie damit zu tun gedachte, aber sie sah verdammt niedlich aus.

»Komm raus, *tesorino*. Es ist sicher.« Ich reichte ihr die Hand, um ihr beim Aufstehen zu helfen.

»Geht es dir gut? Ich hatte solche Angst. Du hast so lange gebraucht«, schluchzte sie und warf sich in meine Arme.

»Ich bin so stolz auf dich, weil du hier gewartet

hast. Und es tut mir leid, dass es so lange gedauert hat. Aber jetzt ist alles gut. Wir können bald nach Hause gehen.« Ich spürte, wie sie sich versteifte. »Was ist los?«, wollte ich wissen.

»Nichts. Ich bin nur froh, dass es dir gut geht«, flüsterte sie.

»Und weil du froh bist, verspannst du dich? Sag mir, was dich bedrückt«, forderte ich. Ich zog den Kopf zurück, um ihrem Blick zu begegnen. Irgendetwas stimmte nicht.

»Ich habe Angst«, gestand sie.

»Glaub mir, es ist alles in Ordnung. Wir können nach Hause fahren.«

»Ich bin nicht wegen der Bedrohung verängstigt.«

Ich war verwirrt. Sie hätte sich darüber freuen sollen, endlich nach Hause zurückkehren zu dürfen. Vielleicht wollte sie sich ihrer Mutter nicht stellen müssen.

»Warum dann?«, fragte ich.

»Was geschieht, wenn wir nach Hause kommen? Werde ich dich wiedersehen, jetzt, da du nicht mehr auf mich aufpassen musst?«

»Ich habe nicht auf dich aufgepasst. Ich habe dich beschützt, und zwar mit Freuden.«

»Ich habe Angst, dich zu verlieren, nachdem ich dich doch gerade erst gefunden habe«, schluchzte sie, woraufhin ich sie fest an mich drückte. »Ich will dich nicht verlieren.«

»Ich werde nirgendwohin gehen, *tesorino*. Es wird alles gut.« Sie schniefte und wischte sich die Nase an meinem T-Shirt ab. »Du gehörst mir, Olivia. Ich habe nicht vor, dich gehen zu lassen. Und ich hoffe, du bist bereit, mit mir zusammen zu sein. Falls du es nicht bist oder noch etwas Zeit brauchst, musst du es mir sagen.«

»Ich bin bereit.«

»Das hoffe ich um unser beider willen.«

Ich konnte nicht länger leugnen, dass ich auf dem besten Weg war, mich in dieses Mädchen zu verlieben. Diese Frau hatte etwas vollbracht, was niemand zuvor je geschafft hatte. Sie brachte mich dazu, über die Zukunft nachzudenken.

KAPITEL SECHZEHN

Ich war völlig erschöpft. Leo und ich schliefen nicht wieder ein, nachdem er mich aus dem Schrank geholt hatte. Obwohl wir die Jungs unten reden hören konnten, blieben wir im Bett und unterhielten uns. Ich erzählte ihm mehr über meine Zeit auf dem College und einiges über meine Kindheit. Er berichtete von seiner Familie und vertraute mir an, was für eine Nervensäge seine Schwester Arabella war. Dabei hatte er jedoch ein Lächeln im Gesicht. Er liebte seine kleine Schwester. Seine ganze Familie schien wunderbar zu sein. Offenbar waren seine Brüder ihm sehr ähnlich, wobei die beiden jedoch keine knallharten Soldaten waren. Als er mir erzählt hatte, dass er ein Muttersöhnchen war, hatte er nicht gescherzt. Sein Vater starb, als er sechzehn war, also hatten er und seine Brüder mit dem Sport aufgehört, um sich um ihre Mutter und

Schwester zu kümmern. In diesem Moment wusste ich, dass ich mich in ihn verliebt hatte. Es war geradezu lächerlich, wie schnell ich Gefühle für diesen Mann entwickelt hatte, doch ich konnte nichts dagegen tun.

Kurz nach Sonnenaufgang klopfte Zane an die Schlafzimmertür und teilte uns mit, dass das Flugzeug bereitstand, um uns zurück nach Maryland zu bringen. Ich war nervös. Obwohl Leo mir versichert hatte, dass er bei mir bleiben würde, hatte ich dennoch Angst. Auch ohne von einem Verrückten bedroht zu werden, war mein Leben ein einziges Chaos. Und das war hauptsächlich meine Schuld. Da ich mein Jurastudium in den Sand gesetzt hatte, würde ich mich damit auseinandersetzen müssen, wie es nun weitergehen sollte.

Und dann war da noch meine Mutter. Ich hatte keine Ahnung, wie ich auf sie und Peter zugehen sollte. War er ebenfalls wütend auf sie? Würde er mich überhaupt kennenlernen wollen oder war er so aufgebracht, dass er weder mit ihr noch mit mir etwas zu tun haben wollte? Ich könnte es ihm nicht verübeln.

Am meisten fürchtete ich mich davor, Leo mit dem ganzen Durcheinander in die Flucht zu schlagen. Kein Mann hatte Lust, sich mit einer Frau abzugeben, die so viel Ballast mit sich herumschleppte wie ich.

Während der Fahrt zum Flughafen hatte Leo seinen Arm um mich geschlungen und schaffte es mit seiner Berührung, meine Nerven zu beruhigen. Als wir Zanes Privatjet bestiegen, führte er mich in den hinteren Teil der Maschine und schnallte uns beide an. Ich nahm an, dass er noch arbeiten müsse, doch er wich nicht von meiner Seite.

Kurz nach dem Start lehnte ich meinen Kopf an Leos Schulter und schlief ein.

»Wach auf, Olivia.« Ich spürte Leos Lippen an meiner Stirn und weigerte mich, die Augen zu öffnen. Ich hatte zu viel Angst, dass alles nur ein Traum sein könnte und er in Wirklichkeit gar nicht da war.

»Wie lange noch?«, fragte ich.

»Wir sind bereits gelandet«, lachte er. »Du hast geschlafen wie ein Stein.«

»Das tue ich immer, wenn du bei mir bist, denn dann weiß ich, dass ich in Sicherheit bin.«

Er presste noch einmal die Lippen an meine Stirn und drückte meine Hand. »Du weißt gar nicht, wie gern ich diese Worte aus deinem Mund höre.«

»Es ist die Wahrheit. Ich glaube, ich habe noch nie im Leben so fest geschlafen. Selbst als diese Kerle hinter mir her waren, war ich ganz entspannt, sobald du neben mir im Bett lagst und mich im Arm hieltst.«

»Komm schon. Wir sollten aussteigen, bevor du noch etwas sagst, was mich dazu veranlasst, dich an Ort und Stelle zu vernaschen.« Ja, bitte! Hastig versuchte ich, das Thema zu wechseln, und überlegte mir krampfhaft, was ich sagen könnte. »Hoch mit dir, du Unruhestifterin. Ich kann hören, wie sich die Rädchen in deinem Kopf drehen.«

»Woher weißt du das?«, fragte ich lachend.

»Ich kann den Rauch sehen, der dir aus den Ohren steigt.«

Er drückte mir einen flüchtigen Kuss auf die Lippen und stand auf. Ich stimmte ihm von ganzem Herzen zu. Es wäre tatsächlich besser, das Flugzeug zu verlassen. Gerade hatte er mich zum zweiten Mal geküsst, doch ich hatte immer noch keine Gelegenheit gehabt, ihn zu schmecken.

Auf dem Rollfeld warteten bereits zwei Geländewagen auf uns. »Was ist mit deinem Pick-up?«, fragte ich, als mir plötzlich einfiel, dass wir und die anderen Jungs alle mit dem Wagen nach Kalifornien gefahren waren.

»Er ist bereits auf dem Weg hierher«, antwortete Leo.

»Einfach so?« Wir hätten doch auch nach Maryland zurückfahren können.

»Ja, einfach so.«

Er öffnete mir die Beifahrertür einer der Geländewagen, half mir beim Einsteigen und schnallte mich an. Heiliger Strohsack, dieser Mann nahm die Sicherheit im Straßenverkehr nicht auf die leichte Schulter, denn er fixierte mich ständig in meinem Sitz. Unwillkürlich stellte ich mir vor, wie er mich fixierte, während ich nackt war.

»Was hast du gerade gedacht?«, wollte er wissen.

»Hm. Was meinst du?«

»Du bist plötzlich rot angelaufen. Woran hast du gerade gedacht?«

»Daran, dass du mich zur Sicherheit offenbar gern festgurtest.«

»Du hast ja keine Ahnung, *tesorino*. Ich hoffe inständig, dass du bereit dafür bist. Gib mir noch fünf Minuten. Ich muss mich noch mit Zane unterhalten, dann machen wir uns auf den Weg.«

Leo schloss die Tür und ging zu Zane, Garrett und Jaxon hinüber, die einige Meter von dem Wagen entfernt standen. Ich hatte keine Ahnung, wohin wir fahren würden, und im Grunde wollte ich es gar nicht wissen. Viel lieber würde ich weiter in meiner glücklichen Blase leben, in der er jede Nacht bei mir war und mich im Arm hielt. Ich wollte gar nicht daran denken, was geschehen würde, wenn er mich vor meinem Apartment absetzte. Er wohnte nur vierzig Minuten von mir entfernt, doch im Moment kam mir das wie eine Ewigkeit vor. Ich wünschte, ich hätte mein Handy bei mir, dann könnte ich Caroline eine Nachricht senden, um ihr mitzuteilen, dass sie recht behalten hatte. Ich fragte mich, ob knallharte Navy SEALs Kekse mochten, denn ich wollte ihnen ein Paket schicken, um mich für ihre Hilfe zu bedanken. Wenn ich das nächste Mal mit Caroline telefonierte, würde ich sie einfach um ihren Rat bitten. Wahrscheinlich würde sie mir empfehlen, etwas Gesundes wie einen Obstkorb zu schicken. Keiner der Jungs schien auch nur ein Gramm Fett an sich zu haben. Ich bezweifelte, dass sie je Süßigkeiten naschten.

Leo stieg in den Wagen und ließ den Motor an. Ich warf einen Blick aus dem Fenster und sah Zane, der uns mit dem Anflug eines Lächelns beobachtete. Eigentlich wirkte der Mann stets mürrisch, doch im Moment hatte er die Mundwinkel leicht nach oben gezogen. Als ich ihm zum Abschied zuwinkte, wich sein Lächeln einem breiten Grinsen. Wow, wenn er nicht gerade so aussah, als wollte er jemanden umbringen, war er verdammt sexy.

»Ich habe deine Mutter angerufen und ihr mitgeteilt, dass wir wieder in der Stadt sind und du in Sicherheit bist. Ich habe ihr auch gesagt, dass ich dich morgen zu ihr bringen werde, damit ihr euch miteinander unterhalten könnt. Sie wurde wütend und beharrte darauf, dich noch heute Abend zu sehen, doch ich habe ihr erklärt, dass du noch eine Nacht darüber schlafen solltest, um wieder einen klaren Kopf zu bekommen. Als sie davon nichts hören wollte, habe ich ihr gesagt, dass sie keinen Anspruch auf dich hat und ich von nun an die Entscheidungen treffe. Baby, ich glaube, deine Mutter kann mich nicht leiden.«

Eigentlich war nichts von alledem auch nur annähernd zum Lachen, aber ich musste unwillkürlich kichern. Ich konnte mir lebhaft vorstellen, wie meine Mutter an die Decke ging, während sie mit Leo telefonierte. »Es tut mir leid. Ich hätte sie selbst anrufen können.«

»Ja, das hättest du, aber ich will dir Folgendes sagen. Zum einen habe ich sie aus reinem Eigennutz angerufen, denn ich will dich heute Abend ganz für mich haben, ohne dass dir ein Haufen Probleme im Kopf herumschwirrt. Und zum anderen will ich dich nie wieder so gestresst sehen. Wenn ich dir die Last von den Schultern nehmen kann, dann werde ich es tun. Deine Mutter ist zwar stinksauer auf mich, aber sie wird noch früh genug herausfinden, was du mir bedeutest und wohin unsere Beziehung führen wird. Ich nehme an, sie wird darüber hinwegkommen.«

Seine Worte trieben mir die Tränen in die Augen. Noch nie hatte jemand mir die Last von den Schultern nehmen wollen. In meinem Leben hatte es immer nur meine Mutter und mich gegeben, doch sie hatte viel und hart gearbeitet und mit ihrem eigenen Stress zu kämpfen. Sie war bei Weitem keine schlechte Mutter, sie hatte sich gut um mich gekümmert und mich geliebt. Aber sie hatte nie viel Zeit für mich gehabt. Bevor sie Mrs. Andersons Assistentin im Weißen Haus wurde, hatte sie für einen Senator gearbeitet, der ihr sogar noch mehr abverlangt hatte.

»Danke«, brachte ich hervor.

»Hast du Hunger?«, fragte Leo.

»Ich könnte ein Pferd verschlingen.«

Mittlerweile hatte ich wieder Appetit und holte die verlorene Zeit auf, indem ich ständig etwas aß. Ich nahm noch immer Antibiotika gegen die Infektion ein, aber mein Handgelenk heilte gut. Es war nicht mehr nötig, es zu verbinden, denn über der Wunde hatte sich bereits Schorf gebildet. Zu Anfang hatte ich befürchtet, dass eine Narbe zurückbleiben könnte, doch mittlerweile war mir das völlig egal. Sie würde mich daran erinnern, was ich durchgemacht und überlebt hatte.

Wir ließen den Flughafen hinter uns, doch statt auf

die Umgehungsstraße in Richtung Washington zu fahren, folgte Leo den Schildern nach Annapolis. Es brannte mir auf der Zunge, ihn zu fragen, was in der Hütte passiert war, während ich im Schrank gewartet hatte. Mir war jedoch klar, dass er es mir nicht verraten würde. Und insgeheim wusste ich, dass er von mir enttäuscht sein würde, falls ich versuchen würde, ihn auszuquetschen. Ich vertraute ihm. Wenn er mir sagte, dass wir sicher nach Hause zurückkehren konnten, dann war es so. Die Details musste ich nicht wissen.

Leo schien in Gedanken versunken zu sein, während er den Wagen durch den Verkehr manövrierte. Im Gegensatz zu der nervenaufreibenden Stille vor ein paar Tagen war es nun angenehm, schweigend neben ihm zu sitzen. Ich hatte die Möglichkeit, seine entspannten Gesichtszüge zu studieren. Er blickte häufig in den Rückspiegel und behielt den Verkehr im Auge, wobei er die Hände fest um das Lenkrad geschlungen hatte. Was hätte ich nicht dafür gegeben, diesen wachsamen Blick auf mir zu spüren, während er seine rauen Hände über jeden Zentimeter meines Körpers gleiten ließ. Ich presste die Schenkel zusammen, um den lustvollen Schmerz in meinem Unterleib zu lindern, den meine Gedanken heraufbeschworen hatten.

Leo war durch und durch sexy, daran gab es nichts zu rütteln.

»*Tesorino*, du solltest den Gedanken für den Moment beiseiteschieben«, brach Leo das Schweigen.

Ich beobachtete, wie er gekonnt drei Fahrspuren überquerte, um die Ausfahrt nach Annapolis zu nehmen. »Wovon redest du?«

»Ich spreche von der Röte in deinem Gesicht und davon, wie du deine Schenkel zusammenpresst. Dein Körper kann deine Gedanken nicht verbergen. Meine Selbstbeherrschung hängt auch so schon an einem seidenen Faden. An einem sehr dünnen, wohlgemerkt.«

Erwischt!

Dieser scharfsinnige Mistkerl.

Ich machte mir nicht die Mühe, ihm zu widersprechen, denn er wusste offenbar genau, was ich dachte. Eigentlich hätte es mich in Verlegenheit bringen müssen, dass er nun wusste, wie sehr ich ihn begehrte, aber es gefiel mir sogar.

Wir fuhren in eine gehobene Wohngegend in einem Vorort von Annapolis. Die Häuser waren schon etwas älter, aber sehr gut erhalten. Leo lenkte den Wagen in eine Einfahrt und stellte den Motor ab.

»Falls es dir irgendwann zu viel wird, drückst du dreimal meine Hand und ich werde mir eine Ausrede einfallen lassen, damit wir uns verabschieden können«, sagte Leo und zog den Schlüssel aus dem Zündschloss. Er schnappte sich sein Handy aus dem Becherhalter und stieg aus. Während er um den Wagen herumging, fragte ich mich, wo wir waren und was mich so sehr überwältigen könnte, dass ich Reißaus nehmen wollte. Er öffnete die Beifahrertür und half mir beim Aussteigen. Kaum stand ich neben ihm, schlang er einen Arm um meine Taille und zog mich an sich.

Ich liebte es.

Es war ein so wunderbares Gefühl, wenn er mich berührte.

Als wir die Eingangstür erreichten, machte Leo sich nicht die Mühe anzuklopfen, sondern trat einfach ein. Mir schlug der himmlische Duft von Knoblauch und Basilikum entgegen. Dann hörte ich lautes Gelächter. Als wir das Wohnzimmer betraten, ließ ich den Blick durch den Raum schweifen. Er war weder zu groß noch zu klein, sondern hatte die perfekte Größe, um eine Familie zu beherbergen, die sich um den großen Couchtisch versammelte, um gemeinsam fernzusehen oder ein Brettspiel zu spielen. Die Wände waren übersät mit gerahmten Bildern. Da waren Klassenfotos, Bilder von der Grundausbildung beim Militär, Abschlussfotos von der Polizeischule. Im Gegensatz dazu war unsere Wohnung in D. C. absolut steril. Dort hingen keine Erinnerungsfotos unserer Familie an den Wänden, da es immer nur meine Mutter und mich gegeben hatte.

Endlich dämmerte es mir. Ich stand in Leos Elternhaus.

Ich schaute mit einem flehenden Blick zu Leo auf. »Mach dir keine Sorgen, *tesorino*. Es ist alles bestens, ehrlich.«

Er beugte sich vor und presste seine Lippen auf meine. Diesmal gab ich ihm nicht die Gelegenheit zurückzuweichen, bevor ich ihn geschmeckt hatte.

Ich leckte über seine Unterlippe und er öffnete den Mund. Endlich! Sobald unsere Zungen sich berührten, durchzuckte mich ein elektrisierender Schauer. Als er schließlich den Kopf zurückzog, drückte er mir noch einen zärtlichen Kuss auf die Lippen und sah mich an. »Hast du das auch gespürt, *tesorino?*«, fragte er.

»Ja.«

»*Figlio!* Du bist zu Hause«, ertönte eine Stimme.

Ich machte einen Satz zurück, als seien wir gerade bei etwas Unerlaubtem ertappt worden. Nun, wir waren tatsächlich erwischt worden, und zwar von Leos Mutter.

Leo lachte leise und gab mir gar nicht erst die Gelegenheit, mich zu verstecken, indem er mich fest an sich zog. »Hallo, Ma.«

Leos Mutter stand auf der anderen Seite des Raumes und starrte uns an. Für einen Moment glaubte ich, sie würde mich aus dem Haus scheuchen. Dann verzog sie die Lippen zu einem Lächeln und ihre Miene erhellte sich.

»Bella! Hol noch zwei weitere Gedecke zum Abendessen.« Ich hätte schwören können, dass ich hörte, wie ihre Stimme brach.

Ich sah wieder zu Leo auf. »Hast du uns nicht angekündigt? Ich will mich nicht aufdrängen.«

»Wir drängen uns nicht auf, *tesorino*. Ma kocht sonntags immer mehr als genug«, erklärte er.

»Endlich ist sie da«, hauchte Leos Mutter.

»Ma«, warf Leo mit einem warnenden Unterton in

der Stimme ein, während er seine Mutter jedoch mit einem zärtlichen Ausdruck im Gesicht betrachtete.

»Keine Einwände. Stell mir das Mädchen lieber vor, damit ich sie kennenlernen kann«, befahl seine Mutter. Nun verstand ich, woher Leo seinen Starrsinn hatte.

»Olivia, das ist meine Mutter, Alessandra Gillonardo. Ihre Freunde nennen sie Essa. Ma, das ist Olivia Cox.«

»Es ist mir eine Freude, Sie kennenzulernen, Mrs. Gillonardo. Danke, dass ich zum Essen bleiben darf. Ich hoffe, ich mache Ihnen keine Umstände.«

Essa zog eine Augenbraue in die Höhe und musterte mich. »Du nennst mich Ma. Du gehörst zur Familie, *ragazza dolce*, und meine Familie macht mir niemals Umstände. Komm, lass uns in die Küche gehen. Bella ist schon viel zu lange allein da drin. Man weiß nie, was das Mädchen anstellt.«

Ich wurde von Panik gepackt und blieb wie angewurzelt stehen. Das Wissen, dass jemand hinter mir her war und versuchte, mich umzubringen, war nichts im Vergleich zu der Angst, die ich in diesem Moment empfand. Leos Mutter wollte, dass ich sie in die Küche begleitete. Sie hatte mich nicht darum gebeten, sondern von mir verlangt, dass ich ihr folge. Noch nie zuvor hatte ich die Eltern eines Freundes getroffen. Leo liebte seine Mutter. Was, wenn sie mich nicht leiden konnte und ich alles vermasselte?

»Du schaffst das schon. Sie wird dich lieben«, flüsterte Leo mir zu.

Essa stand auf der anderen Seite des Raumes und

wartete darauf, dass ich mich in Bewegung setzte. Ein Nein würde sie scheinbar nicht akzeptieren.

Reiß dich zusammen und lerne die Familie kennen.

Zaghaft folgte ich Essa in die Küche. An der Anrichte stand ein schlankes Mädchen mit langem, gewelltem dunklen Haar und hackte Knoblauch.

»Das ist genug Knoblauch, *figlia*. Du bringst uns sonst noch alle ins Schwitzen«, ermahnte Essa das Mädchen.

Ich würde mir ein Wörterbuch zulegen müssen, denn mein Französisch war besser als mein Italienisch. Aber bisher hatte ich Essa verstanden. Sie hatte das Mädchen *figlia* genannt, was übersetzt Tochter bedeutete. Das musste also Arabella sein.

»Ma, da gehört aber noch mehr Knoblauch hinein.« Arabella hielt inne und sah zu ihrer Mutter auf. Dann fiel ihr Blick auf mich. »Wer ist das?«, wollte sie wissen.

»Die Ehefrau deines Bruders«, antwortete Essa.

Ich hätte mich beinahe an meiner Zunge verschluckt.

Ehefrau!

»Mrs. Gillonardo, wir sind nicht verheiratet«, stammelte ich. Wie um alles in der Welt kam sie nur auf diese Idee?

»Ma. Du nennst mich Ma, wie alle meine Kinder«, korrigierte Essa. »Du solltest eines verstehen. Ich habe meinen Sohn nicht dazu erzogen, nur der Freund eines Mädchens zu werden. Ich habe ihn dazu erzogen, ein guter Ehemann zu werden. Verstehst du das?«

»Nein«, gestand ich.

Ich hatte keine Ahnung, wovon Essa sprach, und ehrlich gesagt machte sie mir Angst.

»Bisher hat mein Sohn noch nie eine Frau mit nach Hause gebracht. Ganz sicher würde er nie auf die Idee kommen, mir eine Frau an den Tisch zu setzen, die er nicht zu behalten gedenkt. Mein Sohn ist ein Ehemann. Ich habe darauf gewartet, dass mein Sohn mir seine Ehefrau vorstellt, *figlia*. Du wirst unsere Familie bereichern. Die Gillonardo-Männer sind stark und starrköpfig. Du wirst lernen müssen, wann du ihm die Stirn bieten und wann du nachgeben solltest. Meine Jungs kommen ganz nach ihrem Vater. Wenn sie die Frau gefunden haben, die für sie geschaffen wurde, dann werden sie sie nicht mehr gehen lassen.«

»Ich weiß nicht, ob ich diese Frau für ihn bin«, gab ich zu. Aber ich wünschte mir sehnlichst, genau diese Frau zu sein, die für Leo geschaffen wurde. »Wir haben uns erst vor ein paar Tagen kennengelernt. Ich denke, er hat mich heute mit hierhergebracht, weil er dich vermisst hat.«

»Liebst du meinen Sohn?«

Ach herrje. Ich kannte Leos Mutter gerade erst seit zehn Minuten und schon wollte sie mit mir ein derart tiefschürfendes Gespräch führen.

»Ja«, flüsterte ich. Mit einem Mal wurde mir klar, dass ich nicht nur auf dem besten Weg war, mich in Leo zu verlieben. Ich liebte ihn bereits. Und der Gedanke, nicht mit ihm zusammen zu sein, versetzte mir einen schmerzhaften Stich im Herzen.

»Gut. Ich habe meinen Marco zwei Wochen nach unserer ersten Begegnung geheiratet. Ich hatte mich geziert und die Unnahbare gespielt, aber er wollte ein Nein als Antwort einfach nicht akzeptieren. Wenn ein Gillonardo-Mann etwas will, dann …«

»Legt er ein rasantes Tempo vor und nimmt sich, was er will«, wiederholte ich Leos Worte.

»Aha, dann weißt du also Bescheid«, lachte Essa. »Gut, wie ich sehe, hat mein Junge dich vorbereitet. Willkommen in der Familie, mein Mädchen. Ich bin froh, dass mein Sohn eine so gute Wahl getroffen hat. Aber natürlich haben die Gillonardo-Männer alle einen tadellosen Geschmack, was das weibliche Geschlecht betrifft. Ich wusste immer, dass du perfekt sein würdest.«

Ich hatte keine Ahnung, was ich darauf erwidern sollte. Alles geschah so schnell. Ich war mir noch nicht einmal sicher, was genau diese Sache zwischen Leo und mir war. Natürlich liebte Essa ihren Sohn und wollte, dass er glücklich war, doch aus ihrem Mund klang unsere Beziehung wie ein Märchen.

Ich bemerkte, dass Arabella nicht mehr mich ansah, sondern über meine Schulter blickte. Als ich mich umdrehte, wusste ich, was ihre Aufmerksamkeit erregt hatte. Hinter mir standen drei Männer, die Drillinge hätten sein können. Sie waren fast gleich groß, wobei Leo die beiden anderen um höchstens drei Zentimeter überragte. Alle hatten sie denselben olivfarbenen Teint und dieselben grünen Augen. Ich konnte den Blick nicht von Leo abwenden, wobei ich mir nicht sicher war, wie viel von unserer Unterhaltung er gehört hatte. Nach seinem Gesichtsausdruck zu urteilen war es eine ganze Menge, doch ich war mir nicht sicher, ob er wütend auf mich, seine Mutter oder auf uns beide war.

Verdammt, was hatte ich nun wieder angestellt?

»Da Ma dich wahrscheinlich zu Tode erschreckt hat, kann ich dich gern für einen Moment nach nebenan bringen, bevor du Reißaus nimmst. Oder möchtest du meine Brüder kennenlernen?«, fragte Leo.

»Ich werde nicht weglaufen«, versicherte ich ihm.

»Gut. Dann bist du also nach wie vor dazu bereit?«, wollte er wissen.

Ich konnte nicht glauben, dass wir dieses Gespräch tatsächlich vor den Augen seiner Familie führten. Bisher hatte seine Schwester noch kein Wort mit mir gewechselt und seine Brüder sahen mich an, als sei ich ein Tier im Zoo. Was, wenn sie mich nicht mochten, oder wenn sie glaubten, ich sei nicht gut genug, um ein Mitglied ihrer Familie zu werden? Offensichtlich standen sie sich sehr nahe, wenn Leo bereit war, unsere Beziehung vor ihnen auszubreiten. Dann fiel mir ein, was Leo über meine Mutter gesagt hatte. Er vermutete, dass sie ihn nicht leiden konnte, war aber überzeugt davon, dass sie sich wieder beruhigen würde, wenn sie erst einmal erfuhr, wie viel ich ihm bedeutete. Mit seiner Familie wäre es nicht anders. Falls seine Geschwister mich nicht genauso herzlich willkommen hießen, wie Essa es getan hatte, dann würden sie ebenfalls darüber hinwegkommen müssen. Ich würde ihnen beweisen, wie viel Leo mir bedeutete.

»Ich war noch nie so bereit wie in diesem Moment.« Ich atmete tief durch und straffte die Schultern. »Und jetzt stelle mich deinen Brüdern vor«, sagte ich und bemühte mich um eine feste Stimme, um meine Nervosität zu verbergen.

»Sie gefällt mir, Bruder«, sagte einer der Männer lachend.

»Komm her, *tesorino*«, forderte Leo mich auf.

Er musste mich kein zweites Mal bitten. Um den emotionalen Aufruhr in meinem Inneren zu beruhigen, musste ich seine Arme um mich spüren.

»Olivia, das ist mein älterer Bruder, Marco junior, auch genannt MJ«, sagte Leo und deutete dann auf den anderen Mann. »Und das ist Luca, mein jüngerer Bruder. Ich nehme an, Ma hat dir Bella bereits vorgestellt.«

Auf gewisse Weise. Bisher hatte ich noch keine Gelegenheit, mich mit Bella zu unterhalten, da Essa sofort das Thema Ehe und Familie angeschnitten hatte.

»Hallo zusammen. Es freut mich, euch alle kennenzulernen.« Ich wusste nicht, was ich sonst sagen sollte. Die anderen schienen mich genauestens zu mustern und jedes meiner Worte auf die Goldwaage zu legen. Plötzlich wurde ich von dem Bedürfnis übermannt, die Flucht zu ergreifen, und wandte mich wieder der Küche zu. »Kann ich euch etwas helfen?«, fragte ich Essa.

»Lass dich nicht einschüchtern, *figlia*. Jungs, hört auf, das Mädchen eures Bruders anzustarren.«

»Tut mir leid, Ma. Es kommt nicht alle Tage vor,

dass ich in der Küche eine schöne Frau vorfinde«, erwiderte Luca.

»Pass lieber auf, was du sagst, Luca, sonst verpasst Leo dir einen Arschtritt«, verkündete MJ lachend.

»Er könnte es ja versuchen«, entgegnete Luca.

»Ich würde nur versuchen, die Möbel nicht zu beschädigen, wenn ich dir meinen Fuß in den Arsch ramme. Und jetzt hör auf, meine Frau anzugaffen«, knurrte Leo.

Er knurrte tatsächlich wie eine Dschungelkatze.

»Hütet eure Zunge«, schimpfte Essa. »Geht nach draußen, wenn ihr euch prügeln wollt. Meine Teppiche wurden letzte Woche gereinigt, und Blutflecke sind nur schwer herauszubekommen. Ich kann es kaum erwarten, bis ihr selbst Söhne habt. Dann werdet ihr endlich verstehen, wie es ist, wenn man sich mit widerspenstigen Jungs herumschlagen muss.« Essa wandte sich mir zu. »Sieh zu, dass du nur Mädchen bekommst. Keine Jungs. Letztere lieben ihre Mutter zwar, aber sie können dir gewaltig auf den Sack gehen.«

Ich musste unwillkürlich lachen. Gerade hatte Essa ihre Söhne wegen ihrer unflätigen Ausdrücke zurechtgewiesen, nur um dann selbst zu schimpfen wie ein Rohrspatz. Vielleicht gingen ihre Söhne ihr manchmal auf die Nerven, aber sie liebte ihre Familie augenscheinlich von ganzem Herzen.

»Würdet ihr bitte etwas netter zu Olivia sein? Ich hatte noch nicht einmal die Gelegenheit, mich mit ihr zu unterhalten. Mein ganzes Leben habe ich mir eine

Schwester gewünscht, und ihr verscheucht sie gleich wieder«, meldete Arabella sich zu Wort.

Als ich das hörte, begann mein Magen zu flattern. Sie alle hießen mich in ihrer Familie willkommen, doch ich war mir nicht sicher, ob ich deshalb verängstigt oder erfreut sein sollte.

»Lass dich nicht von ihr täuschen. Sie spielt das liebreizende und unschuldige Mädchen, aber in Wirklichkeit macht sie nur Ärger. Wenn du nicht aufpasst, wird sie dich in ihre verrückten Machenschaften hineinziehen«, sagte MJ.

»Halt die Klappe, MJ. So bin ich nicht.«

»Natürlich«, entgegnete er mit einem Lächeln.

»Ma!«, jammerte Bella.

»Tut mir leid, *figlia*, er hat nicht unrecht.«

Ich sah zwischen Leos Geschwistern und seiner Mutter hin und her, während sie weiter miteinander frotzelten. Schließlich begegnete ich seinem Blick. Er lehnte an der Wand und hatte die Arme vor der Brust verschränkt, während er seine Familie und mich beobachtete. Ein innerer Frieden erfüllte mich. Ich hatte keinen Zweifel mehr, dass ich hierhergehörte. Essa sagte, ich sei wie für ihren Sohn geschaffen und sie habe nur auf mich gewartet. In Wahrheit schien es eher so, als seien sie alle für mich geschaffen worden.

KAPITEL SIEBZEHN

LEO

Den ganzen Abend über beobachtete ich, wie Olivia meine Familie bezauberte. Dabei war sie einfach nur sie selbst. Die anderen hatten sich genauso schnell in sie verliebt wie ich. Sie hatte es geschafft, mich voll und ganz in ihren Bann zu ziehen. Es hätte mich zu Tode erschrecken müssen, doch das tat es nicht. Ich hatte genügend Erfahrung sammeln können, um zu wissen, dass ich für Olivia etwas Besonderes empfand. Meine Gefühle für sie waren echt. Und falls ich noch einen Hauch von Zweifel gehegt hatte, dann war er in dem Moment verflogen, in dem ihre Zunge die meine gestreift hatte. Zwischen uns war ein elektrisierender Funke übergesprungen, der uns auf eine unerschütterliche Art und Weise miteinander verbunden hatte. Es war, als seien unsere Seelen miteinander verschmolzen.

Mein ganzes Leben lang hatte Ma meinen Brüdern und mir versichert, dass wir es wissen würden, wenn wir der einen Frau begegneten, die Gott für uns geschaffen hatte. Wir alle hatten es als verrücktes Gerede abgetan. Luca und MJ würden mir niemals glauben, wenn ich ihnen jetzt erzählte, dass Ma tatsächlich recht behalten hatte. Olivia war der beste Beweis dafür. Aber meine Brüder würden das am eigenen Leib erfahren müssen.

Nach den Ereignissen der letzten Woche war das Essen mit der Familie genau das, was wir beide brauchten. Hier schöpfte ich Kraft. Jeden Sonntag, wenn ich nicht gerade im Einsatz war, saß ich an diesem Tisch. Und zwar nicht, weil es von mir erwartet wurde, sondern weil ich es brauchte. Ich stand den Mitgliedern meines Teams ebenfalls nahe, denn wir kämpften und bluteten Seite an Seite. Sie waren wie eine zweite Familie für mich, mit der ich auf eine Weise verbunden war, die viele wahrscheinlich nicht nachvollziehen konnten. Aber meine Ma, meine Brüder und meine Schwester gaben mir Halt. Sie erinnerten mich daran, dass ich mehr war als ein Auftragskiller, der die Bösewichte zur Strecke brachte, damit die Regierung sich die Hände in Unschuld waschen konnte. Wenn ich mit meiner Familie an diesem Tisch saß, wusste ich, wofür ich diesen Job machte – nämlich um für ihre Sicherheit zu sorgen. Ich nahm die Narben auf meiner Seele gern in Kauf, solange es bedeutete, dass meine Brüder, meine Schwester und Ma ruhig schlafen konnten und dem Bösen nicht ins Gesicht blicken mussten.

Als wir vor meinem Wohngebäude vorfuhren, schien Olivia völlig erschöpft zu sein. Ich hatte ein schlechtes Gewissen, weil ich ihr meine verrückte Familie zugemutet hatte. Meine Brüder hatten eine wilde Geschichte nach der anderen zum Besten gegeben, doch Olivia hatte ihnen lachend zugehört und sie ermutigt, ihr noch mehr zu erzählen. Arabella hatte gestrahlt, als hätte sie am Weihnachtsmorgen ein neues Spielzeug bekommen. Denn nun hatte sie eine Schwester, mit der sie spielen konnte. Und Ma war das letzte Mal vor dem Tod meines Vaters so glücklich gewesen. Sie hatte Olivia mit offenen Armen in ihre Familie aufgenommen, was mich ein wenig schockiert hatte. Statt Olivia wie erwartet durch die Mangel zu nehmen, hatte sie geweint und mir gedankt, dass ich ihr eine weitere Tochter geschenkt hatte. *Verrückte Frau.*

Da ich nun nicht länger gegen die Anziehungskraft zwischen Olivia und mir ankämpfte, hatte sich das Ziel meiner Mission geändert. Ich würde alles in meiner Macht Stehende tun, um sie an mich zu binden. Sie hatte mir wiederholt gesagt, dass sie zu einer festen Beziehung bereit war. Aber das arme Mädchen hatte keine Ahnung, wie rasant ich tatsächlich vorgehen konnte. Sie würde es in Kürze herausfinden. Und falls sie dagegen aufbegehrte, würde ich ihren Widerstand so lange brechen, bis sie ganz und gar die Meine war.

Der Moment der Wahrheit war gekommen.

Ich fuhr in die Tiefgarage und parkte den Wagen.

Plötzlich war ich nervös. Das war ein völlig neues Gefühl für mich, denn weder bei einer Mission noch in Gegenwart einer anderen Frau gingen meine Nerven je mit mir durch.

»Ist alles in Ordnung?«, fragte Olivia, als ich nicht sofort aus dem Wagen stieg.

»Alles bestens«, antwortete ich.

»Warum starrst du dann ins Leere? Hast du deine Meinung geändert?«, flüsterte sie.

»Nein, verdammt«, erwiderte ich schroffer als beabsichtigt. »Willst du die Wahrheit hören? Ich kann nicht glauben, dass ich dir das sage und dir damit nur noch mehr verdeutliche, was ich für dich empfinde. Das alles ist neu für mich. Ich habe Angst, dass ich zu forsch bin und dich überwältige. Falls du Reißaus nimmst, werde ich dir hinterherjagen, aber all diese Empfindungen sind dennoch ungewohnt für mich. Verdammt, normalerweise empfinde ich überhaupt nichts.«

»Du musst mir nicht hinterherjagen. Ich werde nicht weglaufen.«

Das sagte sie jetzt. Aber sie war fünfundzwanzig und hatte ihr Leben noch vor sich. Sie könnte sich einen Mann angeln, der kein ganzes Frachtschiff voller Ballast mit sich herumschleppte. Jemanden, den die Schuldgefühle und Erinnerungen nicht innerlich vernarbt hatten.

»Willst du wissen, was mir durch den Kopf ging, als ich im Haus deiner Mutter saß? Ich dachte daran, wie wohl ich mich dort fühlte und wie sehr ich sie nach dieser kurzen Zeit liebte. Ich hatte gehofft, dass sie mich akzeptieren würden, denn der Gedanke, sie würden mich vielleicht nicht mögen und ich könnte dich deshalb verlieren, wäre unerträglich. Und ich dachte, dass deine Mutter unrecht hatte. Ich wurde nicht für dich geschaffen, sondern du für mich. Aber nicht, um mich vor irgendwelchen Bösewichten zu retten, sondern um mich von einem einsamen und lieblosen Leben zu erlösen.«

Mit nur ein paar Worten hatte diese Frau mir meine Angst genommen.

»Eines muss ich dir noch sagen. Du weißt, wie ich meinen Lebensunterhalt verdiene und dass die meisten meiner Einsätze streng geheim sind. Ich kann dir nicht verraten, was ich tue oder wohin ich entsandt werde. Meistens kann ich dir nicht einmal sagen, wie lange ich weg sein werde. Du musst wissen, dass ich für gewöhnlich jemanden töten muss, wenn ich meinen Job ausübe. Bisher habe ich nicht darüber nachgedacht, welche Auswirkungen meine Arbeit auf jemand anderen haben könnte, weil mir nie in den Sinn kam, mit jemandem mein Leben zu teilen.«

Ich ließ meine Worte für einen Moment im Raum stehen und wartete, bis sie sie verarbeitet hatte. Wenn ich sagte, dass ich auf die Jagd gehen würde, dann meinte ich das wörtlich. Allerdings jagte ich keine pelzigen, wehrlosen Tiere, sondern menschliche Bestien.

»Wirst du auf direktem Weg zu mir kommen, wenn du von einem Einsatz zurückkehrst?«, fragte sie.

Ich war mir nicht sicher, ob sie sich der Bedeutung meiner Worte wirklich bewusst war. »Hast du verstanden, was ich dir sagen will?«

»Ja, Leo. Ich verstehe sehr gut, was dein Job beinhaltet. Doch er ändert nichts an meinen Gefühlen für dich. Ich bin stolz auf dich und muss die Einzelheiten deiner Missionen nicht erfahren. Es ist sogar besser, wenn ich nichts darüber weiß. Aber ich werde dich nie daran hindern, deine Arbeit auszuüben, sondern für dich da sein und auf dich warten. Also, wirst du mich nach einem Einsatz in D. C. besuchen oder soll ich zu dir nach Annapolis kommen?«

Törichtes Mädchen. Offenbar war sie der Meinung, sie wohne immer noch in Washington. »Nach Annapolis«, antwortete ich knapp.

»Perfekt. Dann ruf mich an, sobald du in Baltimore landest, und ich werde mich sofort auf den Weg zu dir machen. Meine Versicherungsprämie wird wahrscheinlich in die Höhe schnellen, weil ich so viele Geschwindigkeitsbegrenzungen überschreiten werde. Aber das ist mir egal.«

Sie hatte es immer noch nicht verstanden.

»Olivia, ich will dich hier bei mir in Annapolis haben«, sagte ich.

»Und ich werde da sein. Sobald du mich anrufst, werde ich mich auf den Weg machen. Versprochen«, versicherte sie mir mit einem Lächeln.

»Nein, *tesorino*. Ich möchte, dass du bei mir bleibst. Dauerhaft«, erklärte ich.

Ihr Lächeln erstarb und sie neigte den Kopf zur Seite. »Ich glaube, ich verstehe nicht ganz.«

»Ich möchte, dass du bei mir einziehst.«

»Wie bitte? Bist du verrückt geworden?«, fragte sie schockiert.

Jetzt hatte sie es endlich begriffen.

»Ich habe dir doch gesagt, dass ich ein rasantes Tempo vorlege. Es hat keinen Sinn zu warten. Ich weiß, was ich will.«

»Das ist nicht nur rasant. Ich glaube, du bist gerade mit Lichtgeschwindigkeit vorangeprescht. Ich kann doch nicht bei dir einziehen.«

Sie war so sexy, wenn sie sich aufregte. Ich wünschte, ich hätte mit dieser Unterhaltung gewartet, bis wir in meiner Wohnung waren.

»Warum denn nicht?«, wollte ich wissen.

»Was ist, wenn es dir nicht gefällt, wie ich mir die Zähne putze oder die Zahnpasta ins Waschbecken spucke, oder wie ich abends ein Buch lese und dann einschlafe, während das Licht noch brennt? Oder wenn ich meine Toilettenartikel und meine Schminke überall in deinem Bad verteile. Und davon habe ich eine ganze Menge. Außerdem besitze ich einen Haufen Schuhe. Vielleicht geht es dir auf die Nerven, wenn ich mit meinen Schuhen deinen ganzen Schrank vollstopfe.«

»Hör auf. Es ist mir scheißegal, wie du dir die Zähne putzt oder wie du spuckst. Nun, das ist nicht ganz richtig, natürlich interessiert es mich, ob du spuckst.« Er hielt inne und schenkte mir ein Grinsen. »In meinem

Schrank ist genügend Platz für deine Schuhe, und falls nicht, kannst du das Gästezimmer zu deinem Schrank umfunktionieren. Dasselbe gilt für das Badezimmer. Wenn nötig kaufen wir einfach ein Haus, um all deine Toilettenartikel unterzubringen. Und glaub mir, wenn ich zu Hause bin, wirst du nie wieder beim Lesen einschlafen. Wenn ich mit dir fertig bin, wirst du zu erschöpft sein, um auch nur an ein Buch zu denken.«

Das verlegene Lächeln auf ihren Lippen verwandelte sich in ein strahlendes Grinsen. Ich hoffte inständig, dass sie niemals einen anderen Mann auf diese Weise ansehen würde. Bei dem Anblick wollte ich ihr die Welt zu Füßen legen.

»Können wir ein Haus in dem Viertel kaufen, in dem deine Mutter lebt? Ich wäre gern in ihrer Nähe, wenn du nicht da bist«, erklärte sie.

»Wir gehen jetzt sofort nach oben«, forderte ich.

Olivias Lächeln verblasste. »Was ist los?«

»Gar nichts ist los. Im Gegenteil. Ich wusste, ich hätte diese Unterhaltung irgendwo mit dir führen sollen, wo ich dich auf der Stelle vernaschen kann. *Tesorino*, ob du es nun beabsichtigt hast oder nicht, du hast gerade dein Schicksal besiegelt. Nun gibt es kein Zurück mehr. Mein Vater hat meiner Mutter innerhalb von zwei Wochen einen Ring an den Finger gesteckt. Wenn du glaubst, das ist schnell, dann hast du mich noch nicht erlebt.«

Ich zog sie aus dem Wagen und führte sie zum Aufzug. Auf dem Weg nach oben brachte ich keinen Ton heraus, denn ich wollte die Selbstbeherrschung nicht verlieren. Es war mir wichtig, dass ich nichts überstürzte und ihr zeigte, wie viel ihre Worte mir bedeuteten. Sie hatte sich in mein Leben geschlichen und es völlig auf den Kopf gestellt.

Ich machte mir nicht die Mühe, ihr ihr neues Zuhause zu zeigen, sondern führte sie durch das Wohnzimmer direkt ins Schlafzimmer. Nachdem ich die Tür geschlossen und verriegelt hatte, zog ich meine Sig aus dem Holster, vergewisserte mich, dass sie gesichert war, und legte sie auf den Nachttisch. Sobald Olivia sich hier eingelebt hatte, würde ich ihr das Schießen beibringen. Es war unumgänglich, denn hier würde immer eine Waffe auf dem Nachttisch liegen. Olivia hatte keine andere Wahl, als zu lernen, damit umzugehen.

»Dusche.« Mehr brachte ich nicht heraus. Mein Körper stand in Flammen. Noch nie hatte ich ein solches Verlangen nach einer Frau gehabt. Doch ich war nicht nur auf sexuelle Befriedigung aus. Ich verzehrte mich danach, sie zu spüren, und sehnte mich nach Intimität, während ich meine Seele vor ihr entblößen wollte. Sie hatte nichts anderes verdient.

Olivia begann, sich wortlos zu entkleiden.

Ich folgte ihrem Beispiel und zog mir das T-Shirt über den Kopf. Dabei wandte ich den Blick nicht von ihr ab. Je mehr sie von ihrem Körper enthüllte, desto mehr verschlang ich sie mit meinen Blicken. Sie war atemberaubend schön. Als sie mich mit ihren hübschen braunen Augen ansah und in ihren Iriden ein Feuer loderte, während sie heftig keuchte, fühlte ich mich gleich drei Meter groß. Ich hätte nie gedacht, dass der einfache Akt des Entkleidens derart sinnlich sein konnte. Es juckte mir in den Fingern, ihr die Klamotten vom Leib zu reißen, doch ich zwang mich zur Zurückhaltung.

Nachdem wir uns beide vollständig ausgezogen hatten, ergriff ich ihre Hand und führte sie ins Bad. Sobald das Wasser warm genug war, zog ich sie in die Dusche und schloss sie in meine Arme. Ich umfasste ihr Gesicht mit beiden Händen und streichelte mit den Daumen über ihre Wangen. Sie war so zierlich. Ich beugte den Kopf vor und presste meine Lippen auf ihre. »Du bist so schön, *tesorino*.« Endlich küsste ich sie, wie ich sie schon seit Tagen hatte küssen wollen. Unsere Zungen verwoben sich in einem wunderbaren Tanz, den man nur als triumphal bezeichnen konnte. Ich verzehrte sie, saugte den Atem aus ihrem Körper und hauchte ihr im Gegenzug den meinen ein. Es war der intimste Moment, den ich je erlebt hatte.

Als ich schließlich den Kopf zurückzog, stand sie heftig keuchend mit geröteten Wangen vor mir. Perfekt.

»Dreh dich mit dem Gesicht zur Wand.« Sie tat wie geheißen und ich umfasste ihre prallen, geschmeidigen Brüste, um sie zu kneten und in ihre Nippel zu zwicken. Sie rieb ihren Hintern an meinem Schwanz, doch ich wagte es nicht, den Blick zu senken, aus Angst, ich könnte auf der Stelle explodieren. Ihr Keuchen wurde immer lauter, bis sie begierig stöhnte. Sie war so weit.

»Bist du bereit?«, flüsterte ich ihr ins Ohr, bevor ich meine Zunge über die zarte Haut unterhalb ihres Ohrläppchens bis hinunter zu ihrem Schlüsselbein gleiten ließ.

»Ja«, wimmerte sie.

Mit einer Hand fuhr ich über ihren flachen Bauch und zupfte an ihrem ordentlich getrimmten Schamhaar. Ihr tiefes, kehliges Stöhnen verriet mir, wie sehr sie es genoss. Ich konnte nicht länger warten und ließ meine Finger tiefer durch ihre feuchte Spalte wandern, um sie dann um ihre Klitoris kreisen zu lassen und schließlich mit zwei Fingern in sie einzudringen.

»Leo«, keuchte sie.

»Ich werde dich jetzt kommen lassen«, versprach ich.

Ich hoffte nur, dass ich sie zum Höhepunkt brachte, bevor ich mich an ihrem Rücken ergoss, denn mittlerweile ließ sie ihren Hintern immer fester und schneller an meinem Schwanz kreisen. Also massierte ich sie von innen, während ich mit der linken Hand ihre Brustwarze reizte.

Im nächsten Moment wurde sie von der Woge der Ekstase mitgerissen und wimmerte immer wieder meinen Namen. Ich zog meine Finger aus ihr heraus und stellte das Wasser ab. Wir hatten uns zwar nicht gewaschen, doch das war mir egal. Ich wollte sie so schnell wie möglich in meinem Bett haben und meinen Schwanz in ihr vergraben.

Wir waren klatschnass, als ich sie auf die Matratze bettete und mich auf sie legte. »Ich will dich hautnah spüren«, sagte ich. »Ich bin gesund. Wir werden jeden Monat getestet und seit meinem letzten Test war ich mit keiner Frau zusammen.«

Olivia sah zu mir auf und ihr Blick klärte sich. »Ich bin ebenfalls gesund. Ganz ehrlich. Ich wurde getestet nachdem … du weißt schon.«

»Baby, ich habe das nicht gesagt, weil ich dir nicht vertraue. Eigentlich wollte ich wissen, ob du etwas dagegen hättest, wenn wir kein Kondom benutzen.«

»Ich verhüte nicht«, erklärte sie mit einem enttäuschten Unterton in der Stimme.

Keine Verhütung. Ich wusste, was ich wollte, und musste über meine nächsten Worte nicht erst nachdenken. Mein Herz hämmerte wild in meiner Brust, als sich plötzlich alles zu einem Ganzen zusammenzufügen schien. »Ich habe kein Problem damit, *tesorino*. Aber falls du damit nicht einverstanden bist, werde ich ein Kondom benutzen.«

Reglos wartete ich auf ihre Antwort. Ich wagte nicht einmal zu zucken, aus Angst, mein Schwanz könnte ein Eigenleben entwickeln und von selbst einen Weg in ihren Unterleib finden. Doch diese Entscheidung musste sie allein treffen.

»Ich habe auch kein Problem damit«, sagte sie schließlich mit einem Lächeln.

Ich packte meinen Schaft und rieb meine Eichel über ihre Klitoris. »Bist du dir sicher? Hundertprozentig? Denn ich werde mich nicht zurückziehen. Bist du darauf vorbereitet, dass wir vielleicht ein Kind zeugen?«

Nie im Leben hätte ich mir erträumt, dieses Gespräch je mit einer Frau zu führen. Für gewöhnlich überprüfte ich das Kondom doppelt und dreifach, bevor ich Sex hatte. Verdammt, ich hatte in meinem ganzen Leben noch nicht einmal ein Kondom benutzt, das eine Frau mir gegeben hatte.

Mein Schwanz pochte erwartungsvoll, als sie schließlich antwortete: »Ich bin damit einverstanden, ein Baby zu zeugen. Aber bitte fick mich jetzt, Leo. Wenn du mich nicht bald nimmst, werde ich den Verstand verlieren«, flehte sie.

Ich drang zaghaft in sie ein, benetzte meine Eichel mit ihrem Honig und zog mich wieder zurück. Sie war so eng. Wenn ich nicht vorsichtig war, würde ich uns beide verletzen.

Als ich meinen Schaft zur Hälfte in ihr vergraben hatte, begann sie, die Hüfte aufzubäumen. »Ich werde dich nicht einfach ficken, Olivia, sondern Liebe mit dir machen«, flüsterte ich und drang bis zum Anschlag in sie ein.

Ich ließ die Hüfte kreisen und sorgte dafür, dass ich dabei ihre Klitoris massierte. Als ihr Stöhnen sich in ein Schluchzen verwandelte, wusste ich, dass ich mich beeilen musste.

»Verschränke deine Knöchel hinter meinem Rücken und strecke die Hände über den Kopf. Halt dich gut fest, Baby.«

Sie tat wie geheißen, sodass ich ihre beiden Hände mit einer Hand packte und auf die Matratze drückte, um mit kraftvollen Stößen immer wieder in sie einzu-dringen.

Als ihr Geschlecht zu zucken begann, rollten mir die Augen in den Hinterkopf. Sie stürzte über den Abgrund der Ekstase und die Muskeln in ihrem Unterleib spannten sich um meinen Schwanz herum an. Ein lustvolles Brennen wallte in meinen Lenden auf und meine Hoden zogen sich zusammen. Mit einem letzten kraftvollen Stoß vergrub ich mich bis zum Anschlag in ihr und ließ mich fallen. Verloren in fast unerträglicher Lust entfuhr mir ein tiefes Stöhnen, als ich mich in ihr ergoss. Ohne etwas zwischen uns.

Ich hatte noch nie etwas Schöneres erlebt.

KAPITEL ACHTZEHN

OLIVIA

Nichts konnte meine Stimmung drücken.

Ich wippte mit dem Kopf auf und ab, während ich in Gedanken immer wieder dasselbe Lied wiederholte. *I'm walking on sunshine, oh oh ...* Noch nie zuvor war ich so gut gelaunt in den Tag gestartet. Leo hatte recht behalten. Gestern Abend war mir ein Buch nicht einmal mehr in den Sinn gekommen. Nachdem er mich und sich selbst mit einem Handtuch abgetrocknet hatte, hatte er die nasse Decke vom Bett gezogen. Wir hatten uns aneinandergekuschelt wie zwei kleine Kätzchen und waren eingeschlafen.

Und ich hatte keinen einzigen Albtraum.

Er stand auf und machte uns Frühstück, dann entschuldigte er sich, um Zane anzurufen, und ging ins Gästezimmer, das er in ein Arbeitszimmer und einen Fitnessraum umfunktioniert hatte.

Ich machte mich daran, seine, nein unsere, Wohnung unter die Lupe zu nehmen. Es gab allerdings nicht allzu viel zu sehen, denn das Apartment war eindeutig eine Junggesellenbude. Sie war ordentlich und sauber, doch ihr fehlte der weibliche Touch. Es überraschte mich ein wenig, dass weder Bella noch Essa ihm beim Dekorieren zur Hand gegangen waren. Der Balkon neben dem Essbereich war ein Schmuckstück, von dem aus man einen Blick auf die Bucht hatte.

Leo stand plötzlich hinter mir und schlang seine Arme um mich. »Wie fühlst du dich heute?«, fragte er.

Mir stieg die Hitze in den Nacken, als ich mich an die vergangene Nacht erinnerte. »Ich bin ein bisschen wund«, gestand ich.

»Gut. Das bedeutet, dass du den ganzen Tag an mich denken wirst.« Er liebkoste meinen Hals und jagte mir einen lustvollen Schauer über den Rücken. Ich schob meinen Hintern zurück und stellte mit Freuden fest, dass er genauso erregt war wie ich.

»Nicht doch, Wildkatze. Wir müssen uns zuerst unterhalten.«

»Also schön«, seufzte ich, obwohl ich viel lieber mit ihm zurück ins Bett gekrochen wäre, um den Rest der Welt für eine Weile zu vergessen.

»Deine Ma ist auf dem Weg hierher. Ich hielt es für besser, dass sie zu uns kommt. Ausgehend von dem Verkehr auf der Umgehungsstraße um diese Zeit bleiben uns noch etwa eineinhalb Stunden, bis sie hier auftaucht.« Mit den Worten setzte er meiner guten

Laune einen Dämpfer auf. »Wir müssen uns außerdem um deine Wohnung in D. C. kümmern. Ich kann morgen eine Umzugsfirma dorthin schicken. Falls du lieber in Ruhe packen willst, helfe ich dir, sobald ich zurück bin.«

»Sobald du zurück bist? Wohin fährst du?«

»Ich muss heute Abend zu einer Mission aufbrechen. Wahrscheinlich werde ich nicht lange weg sein, höchstens ein paar Tage. Es wäre mir lieb, wenn du hierbleiben würdest, aber es gibt noch andere Möglichkeiten. Tom hat angeboten, dich im Weißen Haus zu beherbergen. Du könntest auch bei Ma bleiben, oder – und ich kann nicht glauben, dass ich dir diesen Vorschlag tatsächlich unterbreite – Bella könnte dir hier Gesellschaft leisten. Aber ich schwöre bei allem, was mir heilig ist, wenn sie dich in irgendeines ihrer verrückten Spielchen verwickelt, werde ich sie übers Knie legen.«

»Du würdest deiner Schwester nicht den Hintern versohlen.« Bei der Vorstellung, wie der große, starke Leo seine erwachsene Schwester züchtigte, musste ich lauthals lachen.

»Du hast keine Ahnung, wozu ich fähig bin, wenn es um dich geht. Gott weiß, dass ich meine Schwester liebe, aber sie ist eine Bedrohung für die Gesellschaft und sollte an die Leine gelegt werden.«

»Nein, das ist nicht wahr. Du bist gemein. Sie ist absolut in Ordnung. Ich könnte auch zu mir nach Hause fahren und anfangen zu packen.«

In Washington hätte ich zumindest etwas zu tun

und würde nicht untätig herumsitzen und mir Sorgen um Leo machen. Nun, das war wohl nicht ganz richtig. Ich würde mir auf jeden Fall Sorgen um ihn machen, aber in D. C. wäre ich beschäftigt.

»Nein, *tesorino*. Ich möchte, dass du in der Nähe meines Teams bleibst, während ich weg bin.«

Ich wartete darauf, dass er seine Worte näher erläuterte. Als er jedoch schwieg, musterte ich sein Gesicht und erkannte, dass er keine Widerrede dulden würde. Das musste einer dieser Momente sein, von denen Essa gesprochen hatte. Ich würde mich entscheiden müssen, ob ich ihm die Stirn bot oder nachgab. Offensichtlich war es ihm wichtig, dass ich hierblieb, und im Grunde störte es mich nicht, ihm den Wunsch zu erfüllen. Ich würde schon etwas finden, um mich zu beschäftigen.

»In Ordnung.«

»Danke. Ich habe mir ein paar Immobilienanzeigen von Häusern in Mas Nachbarschaft angesehen. Du könntest sie entweder allein besichtigen oder Ma mitnehmen. Was auch immer dir lieber ist. Suche dir eins aus. Falls dir keines davon gefällt, werden wir uns weitere ansehen.« Hatte er den Verstand verloren? Ich sollte ein Haus kaufen? Jetzt? »Ich sagte dir doch, wenn ich etwas will, kann mich nichts aufhalten, *tesorino*. Es hat keinen Sinn, dass du hier einziehst und es dir gemütlich machst, nur um dann gleich wieder umziehen zu müssen, wenn wir erfahren, dass du schwanger bist.«

»Schwanger?«, fragte ich ungläubig. Jetzt war ich mir sicher, dass er wahnsinnig geworden war. Ganz eindeutig. Ich hatte mein Herz an einen Verrückten verloren.

»Allerdings. Ich habe dich letzte Nacht geschwängert. Ganz sicher, ich habe es gespürt.«

Er meinte es wirklich ernst und war überzeugt, ich sei schwanger.

»Du hast es *gespürt*? Dir ist schon klar, dass das ziemlich verrückt klingt, nicht wahr?«, lachte ich.

»Nun, Baby, wenn ich dich letzte Nacht nicht geschwängert habe, dann werde ich es eben jetzt tun.«

Er zog mich von der Couch und führte mich ins Schlafzimmer. Im Handumdrehen hatte er uns unserer Kleider entledigt und mich aufs Bett geworfen. Er legte sich auf mich und presste seine Lippen auf meine. Ich liebte seine Küsse, sie waren so sanft und doch fordernd. Er saugte meine Zunge in seinen Mund und ließ mir keine andere Wahl, als mich ihm hinzugeben. Während er mich regelrecht verschlang, drang er gemächlich in mich ein. Im Gegensatz zu mir hatte er es offenbar nicht eilig.

»Bitte«, flehte ich. Während er mich langsam dehnte, setzte er jede Faser meines Körpers in Brand. Ich bäumte die Hüfte auf und versuchte, ihm entgegenzukommen.

»Beweg dich nicht. Ich will dir nicht wehtun.«

Die Schmerzen waren mir egal, ich wollte ihn sofort in mir spüren. Ich stützte einen Fuß auf die Matratze und stemmte mich mit aller Kraft nach oben, um ihn auf den Rücken zu rollen. Ich wusste, dass es nur funktionierte, weil er mich unter seinem Gewicht nicht erdrücken wollte und mir nachgab.

Bevor er mich dafür tadeln konnte, setzte ich mich auf ihn und nahm ihn bis zum Anschlag in mich auf. Ich stieß einen Schrei aus, als ein lustvoller Schmerz mich durchzuckte.

»Verdammt, Olivia.« Leo packte meine Hüfte.

»Es geht mir gut«, keuchte ich und versuchte, mich zu bewegen, aber er hielt mich fest. Er füllte mich ganz und gar aus und bescherte mir ein Gefühl quälender Lust, das mein Verlangen ins Unermessliche steigerte.

»Du hättest dich fast in zwei Hälften geteilt.« Er lockerte seinen Griff ein wenig, sodass ich mich anheben und wieder absenken konnte. Leo stöhnte auf und vergrub seine Finger in meiner Taille. »*Tesorino*, du hast genau zwei Minuten Zeit, um dich auf meinem Schwanz zum Höhepunkt zu bringen, bevor ich dich wieder auf den Rücken drehe.«

Jedes Mal wenn ich mich absenkte, schob ich das Becken zurück. Ich hielt so lange durch, wie ich konnte, und genoss den Anblick seiner verzückten Miene. Ich war kurz davor zu kommen, doch ich wollte mich noch nicht fallen lassen. Mir war klar, dass er in dem Moment, in dem ich den Gipfel der Lust erreichte, sofort wieder die Kontrolle übernehmen würde.

»Süße, ich weiß genau, was du tust.«

Leo bäumte die Hüfte auf und jagte mir einen lustvollen Schauer durch den Körper. Wenn er sich weiter so bewegte, würde ich nicht mehr lange durchhalten können. »So sehr ich es auch genieße zu beobachten, wie deine Brüste auf und ab wippen, während du mit deiner engen Muschi meinen Schwanz umschließt, hast du jetzt genug gespielt.« Er richtete den Oberkörper auf, schlang seine Arme fest um mich und schob mich vor und zurück. Ich konnte mich nicht länger zurückhalten. »Komm für mich, Olivia.«

Ich wurde von der Welle der Ekstase mitgerissen, und im nächsten Moment rollte er mich wieder auf den Rücken. »Jetzt werde ich dich zum Schreien bringen. Halt dich gut fest.«

Er machte seine Worte wahr. Und zwar nicht nur einmal, sondern ganze dreimal. Als er mich ein letztes Mal zu den Sternen katapultierte, flehte ich ihn an aufzuhören. Er lenkte erst ein, nachdem ich versprochen hatte, mich nie wieder zu verletzen.

Wir wussten jedoch beide, dass ich das Versprechen nicht halten würde.

Er schlang die Arme um mich und drückte mir einen Kuss auf den Kopf. »Wir sollten uns besser anziehen. Deine Ma wird bald hier sein.«

»Du weißt, wie man einem Mädchen die Laune verderben kann, Leo.«

Leo bebte vor Lachen. »Tut mir leid, *tesorino*. Ich dachte, du würdest es vorziehen, wenn deine Mutter uns nicht zusammen im Bett vorfindet.«

»Ja, du hast recht. Ich werde unter die Dusche springen.« Leo wollte ebenfalls aufstehen, als ich ihm Einhalt gebot. »Oh nein, Großer, du bleibst hier. Wenn du dich mit mir unter die Dusche stellst, werde ich nicht mehr gerade gehen können, wenn meine Mutter kommt.«

Leo ergriff meine Hand und zog mich an sich. »Du weißt, dass ich dich liebe, nicht wahr?«

Er liebte mich. Er hatte es gesagt. Leo *Panther* Gillonardo hatte mir gerade seine Liebe gestanden. Mein Herz machte einen Satz und pochte so heftig, dass ich überzeugt war, Leo könnte es ebenfalls hören.

»Du weißt, dass ich dich auch liebe, nicht wahr?«, erwiderte ich mit einem Lächeln.

»Mit jeder Faser meiner Seele, *tesorino*.«

Meine Güte, ich liebte diesen Mann.

* * *

Wieder einmal schlug mir das Herz bis zum Hals, doch diesmal waren meine Mutter und Peter Newton dafür verantwortlich, denn sie hatten gerade die Klingel in der Empfangshalle betätigt.

Ich versuchte, so gelassen wie möglich zu bleiben, doch die Mischung aus Wut, Glück und Angst in meinem Inneren nahm überhand, bis ich glaubte, mich übergeben zu müssen.

Vielleicht hatte Leo mich tatsächlich geschwängert. Wäre es zu früh, bereits zwölf Stunden nach der Empfängnis an morgendlicher Übelkeit zu leiden?

Als ein Klopfen an der Tür ertönte, schreckte ich auf.

»Ganz ruhig, Olivia. Alles wird gut«, beschwichtigte Leo mich.

Er öffnete die Tür. Meine Mutter stand neben Peter Newton, der genauso nervös wirkte, wie ich mich fühlte. Hinter ihnen hielten zwei Agenten Wache. Ich fragte mich, ob das Leben des Justizministers weiterhin in Gefahr war, und blickte um Antwort heischend zu Leo auf.

»Das ist die übliche Vorgehensweise, *tesorino*. Es ist alles in Ordnung«, versicherte er mir.

Er versuchte, mich zu beruhigen, doch ich hatte wenig Hoffnung, dass die Lage zwischen meiner Mutter und mir sich bessern würde.

»Schätzchen«, schluchzte meine Mutter und kam auf mich zu. »Ich habe mir solche Sorgen um dich gemacht. Geht es dir gut? Wo warst du? Jetzt kannst du nach Hause zurückkehren. Du wirst für eine Weile bei mir im Penthouse wohnen, bis die Wogen sich geglättet haben. Wir können sofort aufbrechen.«

»Das reicht, Pamela«, meldete sich Peter zu Wort. Seinem schroffen Tonfall nach zu urteilen hatten die beiden ihren Zwist noch nicht beigelegt.

»Nicht so hastig«, forderte Leo. »Gehen Sie es langsam an und geben Sie Olivia die Möglichkeit, sich mit Ihnen zu unterhalten.«

Das fing ja gut an. Wenn man ihr nicht hin und wieder einen Dämpfer verpasste, konnte meine Mutter sich selbst in Rage bringen und würde jeden im Raum herumkommandieren. Doch bei Leo würde sie damit auf Granit beißen, denn er würde sich nicht davor scheuen, ihr den Mund zu verbieten. Zu wissen, dass er hinter mir stand, gab mir die Kraft, meiner Mutter gegenüberzutreten.

»Warum setzen wir uns nicht und reden«, schlug ich vor.

»Wir können uns im Wagen unterhalten. Lass uns deine Sachen holen und aus der Wohnung von Mr. … Entschuldigung, ich habe Ihren Namen vergessen«, sagte meine Mutter mit einem höhnischen Schnauben.

Verdammt, wenn sie es darauf anlegte, konnte sie ein richtiges Miststück sein.

»Olivia bleibt hier. Und Sie wissen verdammt gut, wie ich heiße«, erwiderte Leo.

»Das ist eine Angelegenheit zwischen meiner Tochter und mir und geht Sie nichts an. Sie haben Ihren Job gemacht. Jetzt werde ich meine Tochter mitnehmen, damit wir uns zu Hause unter vier Augen unterhalten können.« Meine Mutter straffte die Schultern und machte sich zum Kampf bereit.

»Olivia bleibt hier, Pamela«, wiederholte Leo.

»Und was glauben Sie, wer Sie sind? Ich werde …«

Leo fiel ihr ins Wort. »Ich bin der Mann, der Ihre Tochter heiraten wird. Aus diesem Grund werde ich dafür sorgen, dass Olivia sich nicht zu sehr aufregt. Wenn ich irgendwann im Verlauf dieses Gesprächs das Gefühl habe, dass Olivia genug hat, werde ich Ihnen so schnell Einhalt gebieten, dass Ihnen schwindelig wird. Ich verstehe, dass die Situation unschön ist und viele Emotionen im Spiel sind, also werde ich Nachsicht walten lassen. Aber ich warne Sie, überspannen Sie den Bogen nicht. Mir ist klar, dass Sie mich aus irgendwelchen Gründen, die sich nur Ihnen selbst erschließen, nicht mögen, und damit habe ich kein Problem. Eines Tages werden Sie begreifen, dass ich Ihnen nur helfen will, die Beziehung zu Ihrer Tochter zu reparieren, wenn ich Ihnen Folgendes sage: Bleiben Sie ruhig und hören Sie ihr zu.«

Meine Mutter öffnete den Mund, um etwas zu erwidern. Zweifellos war sie drauf und dran, Leo zu beleidigen, was ihn dazu veranlassen würde, sie hinauszuwerfen.

»Setz dich, Pamela, und hör dir an, was Olivia zu sagen hat«, warf Peter ein.

Überraschenderweise tat meine Mutter wie geheißen. Sie setzte sich auf die Couch und Peter nahm neben ihr Platz. Ich machte es mir in dem Sessel ihnen gegenüber bequem und Leo hockte sich auf die Armlehne. Während des ganzen Gesprächs wich er nicht von meiner Seite. Nicht, als ich meine Mutter anschrie, weil sie mich angelogen hatte, und auch nicht, als sie zurückschrie und mir sagte, dass ich so nicht mit ihr reden dürfe. Während der gesamten einstündigen Unterhaltung wich sie mir aus und weigerte sich, meine Fragen zu beantworten. Irgendetwas stimmte nicht. Meine Mutter war noch nie derart unhöflich und streitlustig gewesen. Ich erkannte sie nicht wieder. Sie wollte nicht mit mir reden, sondern mich dazu bringen, für sie Partei zu ergreifen, während sie behauptete, dass Peter an allem schuld sei. Dabei schien sie zu vergessen, dass sie uns beide belogen hatte, doch sie tischte mir eine Ausrede nach der anderen auf und verhielt sich völlig irrational. Ich hatte genug.

»Wir sind hier fertig«, verkündete Leo.

»Wie bitte? Nein, wir sind ganz und gar nicht fertig. Olivia muss noch packen«, sagte meine Mutter.

»Wie ich sehe, haben Sie Ihrer Tochter verdammt noch mal nicht zugehört«, blaffte Leo.

»Reden Sie nicht in diesem Ton mit mir. Glauben Sie, ich bin damit einverstanden, dass meine Tochter mit einem Mann wie Ihnen zusammen ist?«

»Ist das alles, was Sie meiner Aussage entnommen haben? Da Sie offenbar nicht zugehört haben, werde ich es Ihnen erklären.« Oh Scheiße, das hörte sich nicht gut an. »Ich werde Olivia weiterhin ermutigen, einen Weg zu finden, Ihnen zu verzeihen. Doch das tue ich nicht um Ihretwillen, sondern für Olivia. Ich will vermeiden, dass sie sich selbst das Leben schwer macht, weil sie mit Wut im Bauch lebt. Wenn sie nachts in meinen Armen einschläft, will ich, dass sie ein Lächeln im Gesicht hat, in dem Wissen, dass ihre Welt perfekt ist. Sie können ein Teil ihres Lebens sein, aber nur, wenn Sie nicht durch diese Tür treten und Gift verspritzen. Peter, das Gleiche gilt für Sie. Ich werde mein Bestes tun, um Olivia dabei zu unterstützen, eine Beziehung zu Ihnen aufzubauen, wenn das euer beider Wunsch ist. Olivia lebt jetzt hier. Falls Sie sie nicht gehört haben, als sie sagte, dass sie nicht nach George-town zurückkehren wird, wiederhole ich es für Sie. Wenn sie herausgefunden hat, was sie tun will, wird sie es Ihnen mitteilen. In der Zwischenzeit wird sie sich

Zeit für sich nehmen, um zu heilen und glücklich zu sein.«

»Danke, Leo«, sagte Peter.

»Warum bedankst du dich bei ihm, Peter? Siehst du nicht, dass er sie manipuliert und sie herumkommandiert? Er weicht ihr nicht von der Seite«, protestierte meine Mutter.

»Genau das tut ein Mann, der seine Frau beschützt, Pamela. Das wüsstest du, wenn du zur Abwechslung die Luft anhalten und zuhören würdest. Er will nur vermeiden, dass ihr jemand wehtut«, versuchte Peter, meine Mutter zu beruhigen. Ich hatte sie noch nie derart verstört erlebt. Was war nur los mit ihr?

»Meine Tochter muss nicht vor mir beschützt werden, schon gar nicht von einem Mann wie *ihm*.«

»Offensichtlich glaubt er, dass es nötig ist. Und ich muss sagen, ich stimme ihm nicht nur zu, ich bin auch beeindruckt von seiner Selbstbeherrschung.« Peter lehnte sich auf der Couch zurück. Ihm war sichtlich unbehaglich zumute.

»Raus aus meiner Wohnung«, rief ich. Ich sprang auf, wobei ich Leo versehentlich von der Armlehne stieß, sodass er sich ebenfalls erhob. »Ich habe versucht, höflich zu sein. Dabei wollte ich dir nur ein paar Fragen stellen, doch du hast dich geweigert, sie zu beantworten. Ich wollte mich mit dir über die Uni unterhalten, aber du hast nicht zugehört. Und als ich mich für mein Verhalten im letzten Jahr entschuldigen wollte, hast du dich auch davor verschlossen. Wenn du nicht mit mir reden willst, ist mir das auch recht. Aber wage es nie wieder, Leo gegenüber derart respektlos zu sein. Ich werde ihn dir immer vorziehen.

Ich weiß, du hast dein Bestes getan, um mich großzuziehen und für mich zu sorgen. Weil du so viel gearbeitet hast, konnten wir uns schöne Dinge leisten. Aber du warst nie für mich da und hast mir nie deine ganze Liebe zuteilwerden lassen. Heute weiß ich, warum das so war. Du warst gebrochen. Du hast mir erzählt, dass du meinen Vater geliebt und nie einen anderen Mann gefunden hast, weil dich niemand so lieben könnte, wie er es getan hat. Ich konnte nicht verstehen, was das bedeutet, bis ich Leo traf. Nun weiß ich es. Es tut mir leid, dass du die letzten fünfundzwanzig Jahre unglücklich und verletzt warst. Aber nun kannst du es wiedergutmachen, Mom. Peter sitzt direkt neben dir. Schluck die bittere Pille und gib zu, dass du gelogen hast. Dann krieche vor ihm zu Kreuze und flehe ihn an, dir zu vergeben. Ich wünsche dir alles Gute, aber wie Leo schon sagte, bist du in unserem Heim nicht willkommen, solange du dich wie eine verrückte Furie aufführst.« Ich atmete tief durch und wandte mich Leo zu. »Bitte begleite meine Mutter und Peter hinaus. Ich habe Kopfschmerzen und muss mich hinlegen.«

Leise schloss ich die Schlafzimmertür hinter mir und kroch ins Bett. Was zum Teufel war nur los mit meiner Mutter? Ich hatte sie noch nie derart manisch erlebt. Sie konnte zwar herrisch und übellaunig sein, wenn ihr etwas nicht passte, aber dieses Verhalten war völlig übertrieben.

Kurze Zeit später kam Leo ins Zimmer, schloss die

Tür und verriegelte sie. Ich beobachtete, wie er seine Waffe aus dem Halfter zog und auf den Nachttisch legte. Er schloss sogar zu Hause die Tür ab, wenn er seine Waffe nicht bei sich trug.

»Warum hast du in Kalifornien die Badezimmertür nicht abgeschlossen, als du unter der Dusche standest? Du hattest deine Waffe nicht umgeschnallt.«

»Ich wollte die Tür nicht verriegeln, falls du mich brauchst«, antwortete er.

Er hatte für mich seine einzige nicht verhandelbare Regel gebrochen. Für den Fall, dass ich ihn brauchen würde.

Um meine Rührung zu überspielen, scherzte ich: »Wahrscheinlich hast du gehofft, dass ich reinkomme und mich von deinem gigantischen Schwanz beeindrucken lasse.«

Leo warf den Kopf in den Nacken und lachte schallend.

Der Anblick war wunderschön.

»Dir gefällt mein gigantischer Schwanz«, erwiderte er immer noch lachend.

»Da ich jetzt weiß, was du damit alles anstellen kannst, gefällt er mir sogar sehr.«

»Gefällt er dir einfach nur?«, fragte er und legte sich neben mich ins Bett.

»Ich verweigere die Aussage, damit deine Brust nicht noch mehr anschwillt«, entgegnete ich kichernd und kuschelte mich an ihn.

»Im Moment ist nicht nur meine Brust geschwollen«, murmelte Leo und gab mir einen Klaps auf den Hintern.

»Ich wusste, dass du das sagen würdest.«

Leo streichelte mir über den Kopf. »Ich bin stolz auf dich. Du hast dich heute gut geschlagen.«

»Danke. Es tut mir leid, dass sie so ein Miststück war. Ich weiß nicht, was in sie gefahren ist.« Leo hielt plötzlich inne. »Was ist los?«

»Gar nichts. Es tut mir leid, dass ich heute Abend schon aufbrechen muss.«

»Kein Problem, Bella wird mir Gesellschaft leisten«, stichelte ich.

»Ma wäre die bessere Wahl. Oder MJ. Ruf MJ an, falls du dich langweilst. Er ist eine Schlaftablette und bringt dich nicht auf dumme Gedanken. Ich habe dir alle Kontaktnummern aufgeschrieben, die du vielleicht brauchen könntest. Die Handynummern meiner Mutter und meiner Geschwister, sowie die Nummer, mit der du das Büro erreichen kannst. Sie wird dich direkt mit Rena verbinden, die Zanes persönliche Assistentin ist. Im Notfall ist sie die Einzige, die mich finden kann. Außerdem habe ich die Handynummern sämtlicher Teammitglieder notiert, doch bis auf Jasmin und Linc werden sie bei mir sein. Wundere dich nicht, falls Jasmin plötzlich vor der Tür steht, um angeblich nach dir zu sehen. Sie ist eine neugierige Klatschbase. Die Liste mit den Häusern habe ich dir ebenfalls ausgedruckt.«

»Mach dir keine Sorgen. Ich werde deine Mom oder Bella bitten, mit mir die Häuser zu besichtigen.«

Ich wünschte, er müsste nicht schon heute Abend aufbrechen, aber ich bemühte mich, mir die Enttäuschung nicht anmerken zu lassen.

»Dein Wagen steht unten in der Tiefgarage neben meinem Pick-up. Ich will ehrlich dir gegenüber sein, Jaxon hat einen Peilsender installiert. Jedes Mitglied unseres Teams trägt einen bei sich. Und bitte nimm den Ohrring nicht ab.«

Ich ignorierte die Tatsache, dass mein Wagen unten stand, da ich gar nicht wissen wollte, wo er gewesen war. In Wahrheit wollte ich ihn nie wieder fahren.

»Du trägst einen Peilsender bei dir? Befindet er sich in deiner Uhr?«, fragte ich und strich über das High-tech-Gerät an seinem Handgelenk.

»Nein.« Leo hielt einen Moment inne. »Uns wurde ein Chip in die Schulter implantiert.«

Die Antwort war ein wenig beängstigend. Ich wollte gar nicht wissen, warum er mit einem permanenten Peilsender herumlief.

»Das ist gut«, sagte ich stattdessen und bedachte die Vorteile, die ein solches Implantat mit sich brachte. Falls Leo Hilfe brauchte, würde sein Team ihn finden können.

»Komm her und küss mich. Ich will noch ein letztes Mal Liebe mit dir machen, bevor ich gehen muss.« Ich hatte keine Gelegenheit, etwas zu erwidern, denn im nächsten Moment zog Leo mich an sich und küsste mich leidenschaftlich.

KAPITEL NEUNZEHN

Ich betrachtete Olivia, die schlafend in unserem Bett lag. Die Worte waren Musik in meinen Ohren – unser Bett. Ich wollte nicht gehen, doch wir mussten uns um Siles kümmern. Zane hatte mir angeboten hierzubleiben und mir versichert, dass er einen Mann aus einem der anderen Teams abziehen könnte, doch ich wollte diesen Auftrag unbedingt annehmen. Ich wollte derjenige sein, der Siles' Leben beendete.

Wenn ich mich nicht sofort auf den Weg machte, würde ich mich zurück ins Bett legen und Olivia ein weiteres Mal vernaschen. Ich vergewisserte mich, dass ich den Zettel mit sämtlichen Nummern neben ihrem Autoschlüssel und ihrem neuen Handy auf die Anrichte gelegt hatte. Als ich gedroht hatte, meiner Schwester den Hintern zu versohlen, falls sie Olivia in

Schwierigkeiten brachte, war das kein Scherz gewesen. Olivia dachte, Bella sei niedlich, und genau da lag das Problem. Bella war wirklich niedlich und lustig, bis zu dem Moment, in dem sie dich überredete, auf einen Wasserturm zu klettern, um zu sehen, ob man oben im Speicherbecken schwimmen konnte. Während der Highschool hatte sie das tatsächlich einmal getan. Ihre haarsträubenden Eskapaden kannten keine Grenzen.

Wie auf Autopilot fuhr ich zu der Scheune, in der wir uns treffen wollten. Mit jedem Kilometer, der mich weiter von Olivia entfernte, schnürte meine Brust sich ein wenig enger zu. Aber ich konnte nichts daran ändern, denn ich musste diesen Job erledigen.

Als ich den Wagen vor der Scheune parkte, sah ich, dass die anderen bereits eingetroffen waren. Sie würden mir zweifellos die Hölle heißmachen, weil ich mich verspätete. Ich durchlief die Sicherheitschecks und eilte die Treppe zum Keller hinunter, wobei ich jeweils zwei Stufen auf einmal nahm. Nun, da ich hier war, konnte ich es kaum erwarten, mit der Operation zu beginnen.

»Unser Romeo hat sich endlich entschlossen aufzutauchen«, begann Jaxon.

Es hatte keinen Sinn, ihm Einhalt zu gebieten, also lehnte ich mich gegen den Türrahmen und machte mich auf die Sticheleien der anderen gefasst. An ihrer Stelle hätte ich dasselbe getan.

»Wir wollten gerade den Notarzt rufen. Wir dachten, du hättest vielleicht einen Herzinfarkt erlitten. Tod beim Geschlechtsakt«, meldete sich Colin zu Wort.

»Ich hätte nichts dagegen, wenn ihr euer Erstgeborenes nach mir benennt«, warf Garrett ein.

Von wegen.

»Hast du sie wenigstens losgebunden, bevor du gegangen bist?«, fragte Eric.

Ich erwiderte nichts. Bisher hatte ich Olivia noch nichts von meiner Vorliebe für Fesseln erzählt. Das hatte ich mir für ein andermal aufgehoben.

»Wann ist die Hochzeit?«, fragte Z mit ausdrucksloser Miene. Im Gegensatz zu meinen anderen Kameraden, die mich nur aufs Korn nehmen wollten, hatte Zane eine ernsthafte Frage gestellt.

»Sobald wir zurück sind und ich ihr einen Ring kaufen kann«, antwortete ich.

»Ich habe es kommen sehen«, murmelte er.

»Was hast du kommen sehen?«, fragte ich und wappnete mich für seine Antwort.

»Ich sah es in dem Moment, in dem ich in den Hubschrauber kletterte und sie auf deinem Schoß saß. Du hast ein Gesicht gemacht, als hieltest du das wertvollste Gut der Welt in den Händen. Bevor wir uns auf den Weg quer durchs ganze Land machten und ich dir erklärte, wie die Sache laufen würde, hast du mich angesehen, als wolltest du mir den Kopf abreißen. Und wirklich verraten hast du dich, als du mir in Kalifornien tatsächlich den Kopf abgerissen und damit gedroht hast, mit dem Mädchen Reißaus zu nehmen.«

»Du hattest vor, meine Frau gegen Informationen einzutauschen«, erinnerte ich ihn.

»Einen Scheiß wollte ich tun. Und wenn du hättest

klar denken können, dann hättest du gewusst, dass ich niemals einen Menschen gegen Informationen eintauschen würde. Ich habe die verdammte CIA verlassen, weil sie genau so einen Mist abziehen. Ich tausche keine Menschenleben gegen irgendetwas aus. Und es macht mich wütend, dass du glaubst, ich wäre zu so etwas fähig.«

Scheiße. Er hatte recht.

»Es tut mir leid. Ich habe mich geirrt. Im Grunde weiß ich, dass du so etwas nicht tun würdest«, gestand ich.

»Gut. Dann lasst uns jetzt auf die Jagd gehen, Jungs. Wir müssen einen Drecksack entsorgen«, sagte Zane.

»Verstanden«, antwortete ich und machte mich auf den Weg zur Tür.

»Freut mich für dich, Panther«, murmelte Z, als er an mir vorbeiging. Er schenkte mir ein Lächeln, das jedoch nicht seine Augen erreichte. Denselben Ausdruck hatte er auch im Gesicht, wenn er Jasmin und Linc ansah. Dann war sein Blick voller Sehnsucht.

* * *

In Island war es eiskalt.

Ich hasste die Kälte und den Schnee. Man sollte meinen, dass ich nach all der Zeit, die ich im Mittleren Osten verbracht hatte, die Kälte begrüßen würde.

Weit gefehlt.

Der Hubschrauber landete nur einige Hundert Meter von dem Gefängnis entfernt, in dem Siles inhaftiert war, aber ich fror mir auf dem Weg dorthin trotzdem fast die Eier ab.

»Com Check Eins«, ertönte es über Funk.

»Verstanden, Oversight Eins«, antwortete ich.

Ich hörte, wie die anderen Jungs sich ebenfalls meldeten.

Wir waren vermummt, denn wir wollten vermeiden, dass die Gefängniswärter unsere Gesichter sahen. Sie wussten zwar, dass wir im Anmarsch waren und sie uns aus dem Weg gehen sollten, aber wir wollten uns dennoch nicht zu erkennen geben.

»Panther. Du kannst eindringen. Ich schalte dich auf Leitung zwei. Viper hält dir den Rücken frei. Ende.«

»Verstanden«, antwortete ich.

Zane hatte mir bei dieser Operation die Führung überlassen und gab mir Deckung. Er wusste, dass ich derjenige sein wollte, der den Abzug drückte. Leider gab es keine andere Möglichkeit, wir mussten Siles ausschalten. Hier ging es nicht um Rache, sondern darum, einen Kartellkrieg in Bolivien zu verhindern, der am Ende Tausende von unschuldigen Menschen das Leben kosten würde. Die bolivianische Regierung würde die USA um Hilfe bitten, die Soldaten entsenden würden, um die Drogengebiete zu schützen. Mit unserer Aktion würden wir das Problem im Keim ersticken und weiteres Blutvergießen verhindern.

Als wir Siles' Zelle betraten, sprang er von seiner Pritsche auf und hob die Hände.

»Dies ist kein Raubüberfall, du Mistkerl. Setz dich.«

»Tut mir leid, Mister, die Macht der Gewohnheit. Entschuldigung«, stammelte er.

»Lass den Scheiß, Arschloch«, blaffte Zane und schloss die Zellentür. »Overwatch, wir haben Tango eins«, sagte Z in sein Funkgerät. Dann wandte er sich wieder Siles zu und kam gleich zum Punkt. »Wir haben mit deinem Freund Gomez geplaudert.«

»Bitte liefern Sie mich nicht aus, er wird mich umbringen. Ich habe den Amerikanern alles gegeben, was ich weiß.«

Dieser Wichser.

»Du bist aufgeflogen. Lass den Scheiß und sei ein Mann. Du hast versucht, Gomez zu hintergehen, und er hat dich ans Messer geliefert, du Idiot«, teilte Z ihm mit, doch Siles starrte ihn nur an. »Lass es mich dir mit einfachen Worten erklären. Du wolltest die Amerikaner dazu bringen, Gomez auszuschalten. Doch dafür brauchtest du einen Köder, schließlich musstest du ihnen einen Grund geben, ihn töten zu wollen. Was wäre dafür besser geeignet als das Kind eines Regierungsbeamten? Guter Plan übrigens. Ich muss gestehen, wir waren kurz davor, Gomez für dich zu erledigen. Aber du hast dich verrechnet, denn ein Mitglied deines Teams, das Olivia festgehalten hat, hat eure Gespräche aufgezeichnet.« Z hielt einen Moment inne, als Siles offenbar dämmerte, was er ihm sagen wollte. »Wie ich sehe, verstehst du es jetzt. Diese Aufnahmen wurden an Gomez weitergeleitet. Er hat uns eine Kopie zur Verfügung gestellt. Der Justizminister ist nicht gerade erfreut, dass er ausgerechnet dem Mann geholfen hat, der seine Tochter entführt und gefoltert hat.«

»Was wollen Sie?«, fragte Siles, als er seine Scharade aufgab und nicht länger den Unschuldigen spielte.

»Nichts. Du hast nichts, was für uns von Interesse wäre. Wir sind nur hier, um den Müll rauszubringen«, sagte ich.

»Ihr habt einen Verräter in euren Reihen.«

Zane verdrehte die Augen. »Was du nicht sagst, Arschloch. Das haben wir auch ohne dich herausgefunden. Du kannst uns nichts erzählen, was wir nicht längst wüssten.«

»Ich kann euch verraten, wer es ist«, schlug Siles vor.

»Nein, das kannst du nicht, denn du kennst seinen Namen nicht. Wenn du es wüsstest, wärst du bereits tot«, erwiderte Z.

»Es ist kein Mann, sondern eine Frau. Ich kann euch helfen, sie zu finden, denn ich habe ihre Stimme gehört.« Siles versuchte immer noch, sein Leben zu retten.

Heilige Scheiße, eine Frau? Für gewöhnlich entsprach das, was ein Mensch im Angesicht des Todes erzählte, nur zu zwanzig Prozent der Wahrheit. Es war ganz natürlich, dass man anfing, Geschichten zu erfinden, um sein eigenes Leben zu retten.

»Gomez lässt dich grüßen. Ihr seht euch in der Hölle.« Ich gab ihm keine Gelegenheit zu antworten, als ich einen behandschuhten Finger an den Abzug meiner Waffe legte und abdrückte.

Trotz des Schalldämpfers hallte der Mündungsknall durch den Raum und Siles sackte zur Seite. Zane legte ihm eine Hand an die Halsschlagader und überprüfte seinen Puls.

»Extortion drei-eins kommen«, rief ich den Helikopter über Funk. »LZ eins zur Abholung bereit.«

Zane und ich machten uns auf den Weg zurück zum Treffpunkt. Jaxon, Colin und Eric standen vor dem Hubschrauber und gaben uns Deckung für den Fall, dass jemand versuchen sollte, uns zu folgen.

Wir kletterten in die Maschine. »Los«, wies Z den Piloten an.

Sobald wir in der Luft waren, entspannte ich mich ein wenig. Schon war ich Olivia einen Schritt näher. Ich lehnte den Kopf ans Fenster und genoss die Vibration des Hubschraubers.

Sieben Stunden später befanden wir uns wieder in D. C. Zane hatte im Weißen Haus angerufen und um eine persönliche Unterredung mit Tom gebeten. Als wir dort ankamen, war der Lagebesprechungsraum bereits geräumt und stand für uns bereit.

Zane klopfte zweimal an die Tür und zog seinen Besucherausweis durch das Lesegerät.

»Crashcode des Tages?«, fragte eine Stimme über die Sprechanlage.

»Tanker Eins«, antwortete Zane.

»Farbe des Tages?«

»Rot.« Zane verdrehte die Augen.

Mit der Geste sprach er mir aus der Seele. Die Sicherheitsvorkehrungen des Weißen Hauses waren fast so übertrieben wie seine eigenen. Um in sein Büro zu gelangen, musste man etwa zwanzig Sicherheitskontrollen passieren.

»Bestätigt.«

Die Tür wurde entriegelt und Zane stieß sie auf. Der Präsident saß am Konferenztisch. Er hatte sein Jackett ausgezogen und seine Krawatte gelockert.

»Willkommen zurück«, begrüßte Tom ihn.

Er sah beschissen aus, als würde das Gewicht der Welt auf seinen Schultern lasten. Da er der Präsident der Vereinigten Staaten war, traf das wahrscheinlich auch zu.

»Können wir frei sprechen?«, erkundigte Zane sich.

»Absolut«, bestätigte Tom.

»Wir haben unserem Freund einen Besuch abgestattet. Meine Eier sind übrigens immer noch nicht ganz aufgetaut. Er hat uns ein interessantes Detail mitgeteilt. Er schien zu glauben, dass sein Kontakt eine Frau war. Wir haben diese Information zwar noch nicht überprüft, aber ich wollte Ihnen dennoch Bescheid geben«, erklärte Zane.

»Eine Frau? Für wie glaubhaft hältst du diese Information?«, fragte Tom.

»Ich denke, es besteht eine große Wahrscheinlichkeit, dass er die Wahrheit gesagt hat«, warf ich ein. »Es war die Art, wie er uns die Information unterbreitet hat. Er redete nicht wie ein Wasserfall, sondern gab sich überheblich, als würde er uns etwas mitteilen, was wir noch nicht wussten.«

Auf dem ganzen Rückweg in die Staaten hatte ich über Siles' Worte nachgedacht. Und je länger ich sie mir durch den Kopf gehen ließ, desto mehr glaubte ich ihm.

»Ich möchte nicht wie ein sexistisches Schwein klingen, aber Frauen sind leichter zu manipulieren«, meldete Jaxon sich zu Wort. »Es ist einfacher, sich ihre Emotionen zunutze zu machen. Frauen handeln irrational, wenn ein geliebter Mensch in Gefahr ist. Falls der Verräter tatsächlich eine Frau ist, wurde sie wahrscheinlich mit einem Familienmitglied erpresst, das ihr nahesteht. Wir können außerdem davon ausgehen, dass sie hinter einem Schreibtisch sitzt. Sie ist keine Außendienstmitarbeiterin und hat höchstwahrscheinlich Aktenzugang«, erklärte er.

»Es ist mir egal, ob es sich um einen Mann oder eine Frau handelt. Wer auch immer es ist, ist ein Verräter, und ich will, dass er oder sie zur Rechenschaft gezogen wird. Ich werde dafür sorgen, dass ihr Zugang zu allen nötigen Informationen habt.« Tom hielt inne und trank einen Schluck Wasser. »Nehmt euch ein paar Tage frei, ihr braucht alle etwas Ruhe. Wir werden die Sache erst einmal aufschieben.«

»Verstanden. Danke, dass Sie sich Zeit für uns genommen haben.« Zane reichte Tom eine Akte. »Die Informationen sind nur für Ihre Augen bestimmt. Ich vertraue darauf, dass Sie sie vernichten, nachdem Sie sie gelesen haben.«

»Eine Sache noch, bevor ihr geht.« Tom durchbohrte mich mit einem Blick. »Ich habe gehört, dass du Olivia für dich beansprucht hast.« Als ich etwas erwidern wollte, hob Tom eine Hand, um mir Einhalt zu gebieten. »Sie ist ein gutes Mädchen, und ich bin froh, dass sie dich hat. Sie wird jede Unterstützung brauchen, die sie bekommen kann. Peter hat mir von eurem Treffen erzählt. Ich muss dir etwas mitteilen, was Pamelas Verhalten erklären könnte. Sie leidet an einem gutartigen Hirntumor. Die Schwellung an ihrem Frontallappen ist für die Stimmungsschwankungen und Aggressionen verantwortlich. Eigentlich ist Pamela eine sanftmütige Frau. Sie unterzieht sich derzeit einer Behandlung, um die Schwellung zu reduzieren, damit sie operiert werden kann.«

Von Tex hatte ich erfahren, dass Pamela krank war, aber keiner von uns hatte Näheres gewusst.

»Verdammt. Diese Neuigkeit wird Olivia umbringen. Sie und Pamela verstehen sich momentan nicht sonderlich gut. Wie ist die Prognose?«, wollte ich wissen.

»Westinghouse hat ein paar Beziehungen spielen lassen und ihr einen Termin beim besten Gehirnspezialisten des Landes verschafft. Er ist zuversichtlich, dass er den Tumor entfernen kann. Aber wir sprechen hier von einer Gehirnoperation. Da gibt es keine Garantien.«

»Das kann ich nicht vor Olivia geheim halten. Sie muss es erfahren.«

Ich wollte die Beziehung zu meiner zukünftigen Frau nicht mit einer Lüge beginnen. Ausgeschlossen.

»Das würde ich auch nicht von dir erwarten. Pamela hätte es ihr selbst sagen sollen. Im Moment ist es vielleicht besser, wenn sie es von dir erfährt. Ich vertraue darauf, dass du es ihr zur richtigen Zeit beibringen wirst. Peter kümmert sich um Pamela, und sie arbeiten daran, ihre Probleme aus der Welt zu schaffen. Was für ein Schlamassel. Ich hatte immer einen Verdacht, habe aber nie nachgefragt. Nun wünschte ich, ich hätte es getan. Vielleicht hätten die beiden dann nicht die letzten fünfundzwanzig Jahre voneinander getrennt gelebt.«

»Wie gut kennen Sie Peter Newton?«, wollte ich wissen. »Pamela hat angedeutet, dass er sie betrogen hat, während sie in Europa war.«

Ich versuchte, mich an die Unterhaltung im Keller der Scheune zu erinnern, als Pamela und Peter Olivia besucht hatten. Tatsächlich hatte meine Aufmerksamkeit jedoch Olivia und nicht Pamelas Gezeter gegolten. Olivia hatte so gebrochen und verloren gewirkt. Am liebsten hätte ich sie in den Arm genommen und sie an einen anderen Ort gebracht, um dem Drama zu entkommen.

»Peter hat Pamela nicht mit dieser Schlampe Anna Crofton betrogen. Anna hat Peter reingelegt. Sie waren auf einer Party und Peter hatte zu viel getrunken. Anna hat sich zu ihm ins Bett gelegt, ihn und sich selbst ausgezogen und Peter glauben lassen, er hätte mit ihr geschlafen. Einen Monat später war sie schwanger und drohte, sein Geheimnis an die Öffentlichkeit zu bringen, falls Peter sie nicht heiraten würde. Peter wollte Anna nicht heiraten, aber sein Vater bestand darauf, um die Familie nicht in Verlegenheit zu bringen. Peter befolgte die Anweisungen, denn damals war niemand in der Lage, Thad Newton etwas zu verweigern. Kurz nachdem Peter Anna geheiratet hatte, erlitt sie wie durch Zufall eine Fehlgeburt. Zu diesem Zeitpunkt wollte Thad nicht zulassen, dass Peter sich von ihr scheiden ließ, da die Croftons beträchtliche Spenden an die Newtons getätigt hatten und in deren Unternehmen investierten. Also blieb Peter bei dem Weib bis zu ihrem Tod. Ich rede nur ungern schlecht über Verstorbene, aber diese Frau war wirklich ein Miststück, und Peter hat das Leben mit ihr stillschweigend ertragen. Er war todunglücklich und hat nie aufgehört, Pamela zu lieben.«

Ich kannte Peter nicht sonderlich gut, aber er tat mir leid. Ich hoffte, dass die beiden nun, da die Wahrheit ans Licht gekommen war, wieder zueinanderfinden würden. Natürlich nur, wenn Pamela ihre Behandlung überlebte. Ich betete zu Gott, dass sie es überstehen würde. Falls sie starb, würde es Olivia umbringen.

»Das muss die beschissenste Geschichte sein, die ich je gehört habe«, sagte Z.

»In der Tat. Ihr Jungs solltet jetzt nach Hause fahren«, sagte Tom und entließ uns.

Ich verfasste eilig meinen Lagebericht, während Zane zurück nach Maryland fuhr. Eigentlich würde ich den Papierkram im Büro erledigen, aber nun hatte ich jemanden, der zu Hause auf mich wartete. Ich schickte meinen Bericht an Garrett und klappte meinen Laptop zu.

Fast zu Hause.

LEO

Es hatte ein paar Monate gedauert, doch endlich hatte ich es geschafft. Ich hatte meine Frau geschwängert und ihr einen Ring an den Finger gesteckt. Pamela und Ma waren hocherfreut und stopften unser Haus mit so vielen Babysachen voll, dass ich kaum noch einen Platz zum Sitzen fand.

Nachdem ich sämtliche Fakten über Pamelas Hirntumor gesammelt hatte, nahm ich Olivia mit zum Haus meiner Mutter, wo ich ihr im Kreise der Familie alles erzählte. Sie reagierte so, wie ich es von meinem Mädchen erwartet hatte – sie brach zusammen. Ma, Bella, MJ und Luca schlossen sich zusammen und ließen ihr so viel Liebe zuteilwerden, wie sie brauchte, um die folgenden Wochen zu überstehen. Ich war noch nie so stolz auf meine Familie gewesen.

Danach besuchten Olivia und ich Pamela in Washington und nahmen Ma als Verstärkung mit. Pamela war kampflustig und aggressiv und explodierte, als wir sie mit all den Informationen konfrontierten. Schließlich schaffte Ma es, Pamela zu beruhigen. Sie brach in Tränen aus und erzählte Olivia alles. An jenem Tag schlossen Ma und Pamela eine enge Freundschaft. Sowohl Pamela als auch Peter waren bei den meisten Sonntagsessen anwesend. Olivia war nun ein Teil unserer Familie und dadurch waren auch Pamela und Peter willkommen.

Ma war glücklich, denn ihre Familie wuchs stetig weiter.

Peter wich nie von Pamelas Seite. Ihre Operation war erfolgreich, aber sie hatte noch einen langen Weg vor sich. Die beiden kamen sich langsam wieder näher. Peter hatte bewiesen, dass er ein guter Vater war, und rief Olivia jeden Tag an, um sich nach ihr zu erkundigen. Er unterstützte sie, als sie verkündete, dass sie ihrer Leidenschaft für Kunst nachgehen und eine Designschule besuchen wollte.

Meine Olivia war glücklich. Und schwanger!

Ich warf einen Blick auf meine Frau, die neben mir saß und irgendeine Zeitschrift las, auf deren Titelseite eine stillende Mutter abgebildet war. Ich konnte es kaum erwarten zu beobachten, wie unser Baby in Olivias Bauch heranwuchs.

»Bist du nervös?«, fragte sie mich, als sie bemerkte, dass ich sie anstarrte.

»Nein, überhaupt nicht. Ich weiß, dass alles in Ordnung ist.«

»Mrs. Gillonardo bitte«, rief die Arzthelferin sie auf.

Mrs. Gillonardo. Verdammt, das war Musik in meinen Ohren.

Wir standen auf und folgten der Arzthelferin in den Untersuchungsraum.

»Dr. Lee wird gleich bei Ihnen sein.«

Olivia setzte sich auf die Untersuchungsliege und versuchte, es sich darauf bequem zu machen, wobei die Liegenabdeckung unter ihr knitterte. Jemand klopfte an die Tür, und zu meiner Erleichterung betrat eine Frau Mitte fünfzig den Raum. Die Jungs hatten mich schon die ganze Woche damit gequält, dass Olivia von einem männlichen Arzt behandelt werden würde. Dann hatten sie mir detailliert erklärt, wie der Kerl meine Frau untersuchen würde.

Nachdem wir uns vorgestellt hatten, forderte Dr. Lee Olivia auf, sich zurückzulehnen, und gab ein durchsichtiges Gel auf ihren Bauch. Olivia drückte meine Hand und lächelte.

»Bist du bereit?«, flüsterte sie.

Ob ich bereit war? Auf jeden Fall. Am liebsten hätte ich in die Welt hinausgeschrien, wie bereit ich war. Stattdessen nickte ich nur.

Die Ärztin fuhr mit dem Ultraschallgerät über Olivias Bauch, woraufhin ein Pochen durch den Raum hallte.

Es war der schönste Laut, den ich je gehört hatte.

»Ein starker Herzschlag«, verkündete Dr. Lee.

Nichts hätte mich auf diesen Moment vorbereiten können, in dem ich zum ersten Mal den Herzschlag meines Kindes hörte.

Es war wunderschön.

* * *

OLIVIA

Ich bekam keinen Bissen mehr runter, doch Essa versuchte immer noch, mich zu füttern.

»Du musst essen, *figlia*«, drängte sie.

»Ma, ich habe schon zwei Portionen verschlungen. Ich kann nicht mehr.«

»Essa hat recht, mein Schatz, du musst essen«, warf meine Mutter ein.

Ich verdrehte die Augen. Es war furchtbar, wenn die beiden Frauen eine Front gegen mich bildeten.

»Sie hat mehr gegessen als die Jungs. Lasst sie in Ruhe«, kam Bella mir zu Hilfe.

Mein Gott, ich liebte dieses Mädchen. Sie trieb ihre Brüder in den Wahnsinn, und ich genoss es, dabei zuzusehen, wie die Männer ihretwegen die Fassung verloren.

Wir wollten heute alle überraschen. Nun, im Grunde überraschten wir sogar uns selbst. Wir hatten heimlich eine 4D-Ultraschalluntersuchung vornehmen lassen. Unsere Mütter würden zwar außer sich geraten, weil sie nicht dabei waren, aber wir hofften, dass unsere Überraschung sie besänftigen würde. Wir hatten die Aufnahmen für sie auf eine DVD brennen lassen.

Leo kam zurück ins Wohnzimmer und stellte einen Kuchen mit weißem Zuckerguss auf den Tisch.

»Der sieht köstlich aus, Leo«, sagte meine Mutter beifällig.

Ich stellte mich an seine Seite, woraufhin er den Arm um mich legte und mich an sich zog.

Stets berührt er mich.

»Wir haben euch etwas zu verkünden. Die Großmütter mögen bitte einen Blick unter ihre Platzdeckchen werfen«, sagte Leo.

Ich lächelte, als die beiden Frauen die Umschläge unter ihren Tischsets entdeckten.

»Macht sie ruhig auf«, ermutigte ich sie.

Sie schnappten gleichzeitig nach Luft.

»Ist das …« Meine Mutter brachte vor Rührung keinen weiteren Ton heraus.

»Unser Enkelkind?«, beendete Essa den Satz für sie.

Ich konnte durch die Tränen hindurch kaum etwas sehen und nickte nur. Sie wirkten beide so glücklich, als sie ihr Enkelkind zum ersten Mal betrachteten. Auf der Karte war eine perfekte 3D-Aufnahme des Gesichts des Babys abgebildet.

»Essa, sieh dir nur diese kleinen Pausbäckchen an«, rief meine Mutter und wedelte mit der Karte herum.

»Ich … das ist einfach …« Essa war nicht in der Lage, die richtigen Worte zu finden. »Ich danke dir, *figlia*. Danke für dieses wunderschöne Baby.«

»Wir haben noch etwas zu verkünden. Dabei werden wir sogar uns selbst überraschen, denn nicht einmal Olivia und ich wissen es bisher.« Ich sah zu Leo auf und blickte in seine tränenfeuchten Augen.

»Dad, würdest du bitte den Kuchen anschneiden?«, sagte ich zu Peter.

Peter stand auf, kam auf mich zu und zog mich in seine Arme. »Danke«, flüsterte er.

Dann übergab er mich wieder an Leo und trat mit vor Stolz geschwellter Brust an den Tisch. Nachdem er ein Stück Torte herausgeschnitten hatte, hielt er es in die Höhe, sodass alle es sehen konnten. »Wir bekommen eine Enkelin«, verkündete Peter, als er den rosa gefärbten Kuchen sah.

Ein Mädchen.

Leo wird eine Tochter bekommen. Oh Gott! Ich hoffte, die Welt war darauf vorbereitet, dass Leo der Vater eines Mädchens sein würde. Ich war es nicht.

Alle brachen in Jubel aus und es flossen einige Tränen. MJ, Luca und Bella klatschten sich gegenseitig ab und begannen, sich darüber zu streiten, wer von ihnen ihre Nichte am meisten verwöhnen würde.

Die Großeltern diskutierten darüber, wer ihr das erste Kleid kaufen würde.

Und Leo und ich?

Wir standen einfach nur Hand in Hand da und

beobachteten, wie sehr sich die Menschen, die wir am meisten liebten, über unsere Tochter freuten.

Der Anblick war wunderschön.

* * *

Holen Sie sich das nächste Buch der Serie »Vergebung für Violet«, um herauszufinden, wie es weitergeht. Demnächst erhältlich.

DANKSAGUNG

An Sie alle – meine Leserinnen und Leser. Danke, dass Sie dieses Buch gelesen und mir einige Stunden Ihrer Zeit geschenkt haben. Ob dies nun das erste Buch ist, das Sie von mir lesen, oder ob Sie schon von Anfang an dabei sind, danke für Ihre Unterstützung. Ihretwegen habe ich den tollsten Job der Welt.

BÜCHER VON RILEY EDWARDS

<u>Red Team – Stahlharte Beschützer:</u>

Jasmins Erinnerung

Schutz für Olivia

Vergebung für Violet (1 Sept)

Erlösung für Ivy (1 Okt)

<u>Die Gemini-Gruppe:</u>

Nixons Versprechen

Jamesons Erlösung

Westons Schatz

Alecs Traum

Chasins Kapitulation

Holdens Erwachen

Jonnys Befreiung

<u>Eliteteam 707:</u>

Shanes Auferstehung

Jaspers Freiheit

Levis Erkenntnis

Nolans Zwiespalt

facebook.com/Novelist.Riley.Edwards
x.com/rileyedwardsrom
instagram.com/rileyedwardsromance
bookbub.com/authors/riley-edwards
amazon.com/author/rileyedwards

Ein Beschützer für Brenae
Ein Beschützer für Sidney
Ein Beschützer für Piper
Ein Beschützer für Zoey
Ein Beschützer für Avery
Ein Beschützer für Kalee
Ein Beschützer für Jane

<u>Die Zuflucht in den Bergen</u>

Zuflucht für Alaska
Zuflucht für Henley
Zuflucht für Reese
Zuflucht für Cora
Zuflucht für Lara
Zuflucht für Maisy
Zuflucht für Ryleigh

<u>SEALs of Protection: Alliance</u>

Schutz für Remi
Schutz für Wren
Schutz für Josie (4 Mar)
Schutz für Maggie (1 Apr)
Schutz für Addison (6 May)
Schutz für Kelli
Schutz für Bree

<u>Das Bergungsteam vom Eagle Point</u>

Ein Retter für Lilly
Ein Retter für Elsie

Ein Retter für Bristol
Ein Retter für Caryn
Ein Retter für Finley
Ein Retter für Heather
Ein Retter für Khloe

Die SEALs von Hawaii:
Die Suche nach Elodie
Die Suche nach Lexie
Die Suche nach Kenna
Die Suche nach Monica
Die Suche nach Carly
Die Suche nach Ashlyn
Die Suche nach Jodelle

Delta Team Zwei
Ein Held für Gillian
Ein Held für Kinley
Ein Held für Aspen
Ein Held für Jayme
Ein Held für Riley
Ein Held für Devyn
Ein Held für Ember
Ein Held für Sierra

Die Delta Force Heroes:
Die Rettung von Rayne
Die Rettung von Emily
Die Rettung von Harley

Die Hochzeit von Emily
Die Rettung von Kassie
Die Rettung von Bryn
Die Rettung von Casey
Die Rettung von Wendy
Die Rettung von Sadie
Die Rettung von Mary
Die Rettung von Macie
Die Rettung von Annie

Mountain Mercenaries:

Die Befreiung von Allye
Die Befreiung von Chloe
Die Befreiung von Morgan
Die Befreiung von Harlow
Die Befreiung von Everly
Die Befreiung von Zara
Die Befreiung von Raven

Ace Security Reihe:

Anspruch auf Grace
Anspruch auf Alexis
Anspruch auf Bailey
Anspruch auf Felicity
Anspruch auf Sarah

Die Männer von Silverstone

Vertrauen in Skylar
Vertrauen in Taylor

Vertrauen in Molly
Vertrauen in Cassidy

<u>Eine Sammlung von Kurzgeschichten</u>
Ein langer kurzer Augenblick

BIOGRAFIE

Susan Stoker ist die New York Times, USA Today und Wall Street Journal Bestsellerautorin der Buchreihen »Badge of Honor: Texas Heroes«, »SEAL of Protection«, »Die Delta Force Heroes« und einigen mehr. Stoker ist mit einem pensionierten Unteroffizier der US-Armee verheiratet und hat in ihrem Leben schon überall in den Vereinigten Staaten gelebt – von Missouri über Kalifornien bis hin zu Colorado. Zurzeit nennt sie die Region unter dem großen Himmel von Tennessee ihr Zuhause. Sie glaubt ganz und gar an Happy Ends und hat großen Spaß daran, Geschichten zu schreiben, in denen Romantik zu Liebe wird.

Besuchen Sie Susan im Netz!
www.stokeraces.com
facebook.com/authorsusanstoker

twitter.com/Susan_Stoker
bookbub.com/authors/susan-stoker
instagram.com/authorsusanstoker
Email: Susan@StokerAces.com